叙述トリック短編集

似鳥 鶏

講談社
タイガ

CONTENTS

カバーイラスト――石黒正数
カバーデザイン――坂野公一（welle design）

叙述トリック短編集

読者への挑戦状

この短編集は『叙述トリック短編集』です。収録されている短編にはすべて叙述トリックが使われておりますので、騙《だま》されぬよう慎重にお読みくださいませ。

しかしその前に、そもそも「叙述トリック」とは何か、という説明をしなければなりません。

ミステリには「トリック」というものがあります。双子をすり替えたり氷でナイフを作ったりするあれです。そしてトリックには、いくつかの分類法があります。たとえば、

ドアの鍵《かぎ》の掛け金に氷を挟んでおき、氷が溶けると掛け金が落ち、ひとりでに鍵がかかる。

というのはいわゆる「密室トリック」です。

一方、

警察には「その時間は家でテレビを観《み》ていた。番組の内容だって詳しく言える」と証言した。しかし実は、ワンセグやポータブルテレビを使って事件現場でテレビを観ていた。

というのはいわゆる「不在証明《アリバイ》トリック」です。

また、

ドアに内側《うちがわ》から鍵をかけるためのつまみ（サムターンと言います）に糸を巻きつけておき、そのもう一方の端《はし》をドアの隙間《すきま》から外に出す。外から糸を引っぱればサムターンが回り、鍵なしで外から鍵をかけられる。

といったものを「物理トリック」と呼び、

ドアの鍵を管理者に返した、と思わせておいて形が似た別の鍵を渡し、手元に残った本

物の鍵を使って現場に出入りした。

といったものを「心理トリック」と呼ぶ、という分類方法もあります。

しかし、この本で毎回使われる「叙述トリック」は、それらとはちょっと違います。「叙述トリック」とは、小説の文章そのものの書き方で読者を騙すタイプのトリックです。たとえば、

犯人は「事件の時に一人だった人間」である。主人公は事件の時、「松方《まつかた》」という人物と話していた。だから犯人ではない、と読者は思ったが、実は「松方」という人物は実在せず、主人公が作り出した妄想であった。つまり主人公は、客観的には事件時に「一人」だったのであり、犯人は主人公である。

こういうやつです。この作品は主人公の視点で書かれており、「主人公にとっては松方は存在する」のだから、「松方が言った」とか書いても嘘《うそ》ではないわけです。そのかわりよく読んでみると、実は松方が主人公以外と会話をするシーンが一つも書かれていないので、注意深い読者なら「この松方って実在するのか……?」と気付くはず。どうだい?という感じのトリックが「叙述トリック」です。このため、叙述トリックは「作者が読者

に対して仕掛けるトリック」という言われ方もします。

ですが。……「注意深い読者なら」と言いますが、ほんとに気付けるでしょうか？　これ。

だってはっきり「松方はそう言った」とか書かれてるんですよ。松方、いないなんて誰も思わないじゃないですか。ミステリを読む人は毎回、そんなことまで疑いながら読まにゃならんのでしょうか。それはちょっと狡《ずる》くないでしょうか。一般的な読者がしないレベルの努力（地の文に書かれたこともすべて、本当だという論理的確証が得られるまでは「真偽不明」として扱いながら読み進める）を要求し、それをしない読者を騙したところで、それは後出しジャンケン、または「1＋1＝？」「2」「ブップー。田んぼの田でしたー」みたいなもんなんじゃないでしょうか。

そもそも、もともと小説にはいくつもの約束事があるのです。「彼の心臓は動いていた」といちいち断らなくても、登場人物は心臓を持ち、動かして生きている。特に断りがないなら、主人公は「一般的な日本人」である（日本の小説では）。そのシーンの天気について何も書いていないなら「一応雨や雪は降っていない」ということにする。そういう約束事の方は暗黙の了解で乗ってもらったのに、「松方が実在するという客観的な記述がないのだから松方は実在しないかもしれないでしょ」と言いだすのはダブルスタンダードなんじゃないでしょうか。いますって。松方。松方はどこにでもいます。職場にも駅にもあなたの後ろにも。あなたの家の床下にも天井裏にも。あなたのいつも通る路地の側溝の蓋《ふた》の下にもあなたの部屋のベッドの下にも松方はいるのです。植木鉢をどけると受け皿の中にいますし木のうろの中にもいますし便座を持ち上げると裏側にびっしり松方が張りついているのです。

松方はさておき、そういう騙し方をするものだから、よく「叙述トリックはアンフェアだ」と言われてしまいます。これが叙述トリックというものの泣きどころです。そのためミステリ作家は叙述トリックを使う時、「アンフェアだけどそれでも面白い」小説になるように頑張るのです。

では、アンフェアにならずに叙述トリックを書く方法はないのでしょうか？

答えはノーです。一つだけ、方法があるのです。最初に「この短編集はすべての話に叙述トリックが入っています」と断る。そうすれば皆、注意して読みますし、後出しではなくなります。

問題は「それで本当に読者を騙せるのか？」という点です。最初に「叙述トリックが入っています」と断ってしまったら、それ自体がすでに大胆なネタバレであり（そのため、叙述トリックが入っている作品はしばしば書評で「ネタバレ防止のため詳しくは書けません」という言い方をされます）、読者は簡単に真相を見抜いてしまうのではないでしょうか？

そこに挑戦したのが本書です。果たして、この挑戦は無謀なのでしょうか？　そうでもないのでしょうか？　その答えは、皆様が本書の事件を解き明かせるかどうか、で決まります。

まあ、別に謎《なぞ》を解こうとか思わずただなんとなく読んでいただいて一向に構わないというか、私も普段はけっこうそういう読み方をしているのですが。

ちなみに、叙述トリックの成立はしばしば不自然な偶然に頼ることになる（たまたま一人称が「僕」の女性がいた、等）のですが、本書ではなるべくそういうことがないように頑張っています。そして話はなるべく、現実に起こりうる範囲で書いているつもりです。ただ一つ、

一人だけ、すべての話に同じ人が登場している

という点がありますが、そこはまあ、名探偵の登場する連作短編につきもののお約束としてご容赦ください。

また、本書はとても親切なので、各話のトリックが分かりやすいよう、あらかじめヒントを出しておくことにいたしました。まあ**最終話などはノーヒントで問題なく解ける**でしょうが、**その前の話では「それまでの話すべてを読み返してみる」**とトリックに気付きや

すくなるでしょう。**さらにその前の話では「たくさんいる登場人物をどこかにメモして並べておく」**ことが、**その前の話では「最初のシーンがなぜ書かれたのか」**、**その前の話では「なぜ登場人物の名前がそれなのか」**、**その前の話では「なぜその形式で語るのか」**が重要になります。書きすぎた上に太字にまでしてしまったのはやりすぎかもしれないと気付いたので**ここまでにいたします**が、たぶん、このヒントがあっても、すべての話の真相を見抜ける方は稀《まれ》であると思われます。

というわけで。

とにかく、騙されるお話です。真相を見抜いてやろうと挑戦するもよし、なんとなく読むもよし、どちらにしても楽しい時間をお届けできると信じております。

それでは『叙述トリック短編集』開幕です。どうか最後までお付き合いいただけますように。

ちゃんと流す神様

1

以前から思っていたのだが、英語の〝God〟を日本語の「神」と訳すのはどうかと思う。英語のGodは基本的にキリスト教の、つまり一神教の唯一神である。神と言えばそのお方しかおらず、全知全能絶対唯一、〝The One〟で通じる存在である。一方日本はというと確認されているだけでも八百万だという。地の神、水の神、牛の神田の神愛の神と大物ばかり挙げていってもせいぜい八百柱程度にしかならないわけで、もっと細かく「値札シールの神」「左膝《ひだりひざ》半月板の神」「刺身に載っているタンポポ[*1]の神」といった細かい方々もおわすのだろう。となれば英語圏の「あの《G》お《o》方《d》」と日本の「神様」を同一の単語で表すのは何やらむこうに失礼になりそうな気がする。全知全能の主も「刺身に載っているタンポポの神」と同列に扱われてはかなわないだろう。それなら英語の〝God〟は聖書のように「主」と訳すべきであったと思えるが、今となってはあとの祭りである。一度普及してしまった言葉を言い換えるのは難しい。E電[*2]もチョモランマ[*3]も母さん助けて詐欺《さぎ》[*4]も結局定着しなかった。

唯一神の心配はさておくとして、つまり日本の「神様」というのは単体ではその程度のものなのである。だとすれば六反田《ろくたんだ》女史の言う通り、当社つまり株式会社セブンティーズ本社の北棟二階総務課前にある女子トイレを担当する個別の「トイレの神様」がいるということも、確かにありえなくはない。若井《わかい》篤彦《あつひこ》はそう考えかけ、自分の考えの非現実性に気付いて慌てて首を振った。

「いや、別に神がかり的な何かがなくったって、勝手に流れるようになったりすることも

＊1　正確にはタンポポではなく菊。

＊2　要するにJRのこと。国鉄が分割・民営化する一九八七年に「国電」（国鉄の近距離電車）に代わる新しい呼び方としてJR東日本が公募した結果、決まったが、結局みんなJRと呼ぶようになった。

＊3　世界最高峰エベレストのこと。「エベレスト」は測量をしたサー・ジョージ・エベレストの名前をとってそう呼び始めただけで、現地語では「チョモランマ」（チベット語）、「サガルマータ」（ネパール語）などと呼ばれる。エベレスト氏自身も「現地の呼び方で呼ぶべきだ」と主張していたが、当時は現地でどう呼ばれているか分からなかったらしい。

＊4　「オレオレ詐欺」「振り込め詐欺」に代わる名称として公募されたが結局定着しなかった。この手の特殊詐欺は必ずしも「母さん助けて」と言う手口ではないので、定着しなくてよかったと思われる。というより「長すぎて誰も使わないのでは」と誰か指摘しなかったのだろうか。

あるでしょう。ただの詰まりなんだから」

興奮気味で部屋に駆け込んできた六反田女史を落ち着かせようと思ってあえてゆっくり言ったのだが、彼女はますます興奮したらしく、でもだっておかしいわよと、マンボウの産卵のごとく大量の言葉を無駄にばらまく。「だってじゃあそれなら誰かがなんとかしたってことでしょう。じゃあそれならどこの誰がやったの？　詰まったの知ってるのはこの部屋の人くらいなのに誰もやってないって言うのよ。それじゃあ自主的にこっそりやってくれて、こぼれた水も全部掃除してくれて、やりましたよとも何も言わないで黙って仕事に戻ったってことでしょう。そんな偉い人いないわよ総務課《ウチ》には」

随分な言い方だなと思うが当たってはいる。うちの会社の性質上なのか、総務課にはそういう殊勝《しゅしょう》な人間はあまりいない。

「羽海《うみ》ちゃんとかじゃないですか？」

部屋の隅《すみ》のポットでお茶を淹《い》れてくれている羽海ちゃんを振り返って言うが、彼女が視線に気付いて首をかしげるのと同時に六反田女史がいいえええと勝手に否定する。

「さすがに羽海ちゃんでも言うわよさっき業者呼んだの知ってるんだし。ねえ羽海ちゃん。羽海ちゃん女子トイレの詰まったの直してくれたりしてないわよね？　そう。そこのトイレよ、トイレ」

繁忙期を除けばなんとなく休憩タイムという雰囲気になる午後三時過ぎとはいえ、業務時間中に室内全域に響き渡る声でトイレトイレと連呼され、羽海ちゃんは急須《きゅうす》を持ったまま驚いた顔で首を振る。向かいの席で好物の甘納豆をのんびり食べていた淵《ふち》さんも顔をしかめるので、若井は就寝前の椋鳥《むくどり》のように興奮する六反田女史を掌《てのひら》で押しとどめる。

「ちょっと、六反田さん。あんまりトイレトイレって」

「あっ、ごめんなさいねお食事中に」六反田女史は全く反省していない様子で淵さんにも話しかける。「ねえ、でも咲子《さきこ》ちゃんはどう思う？　それとも本当に勝手に詰まりがとれたのかしら。だったら大きなウンチが詰まってただけ？　でもウンチって水に溶けるのかしら」

「六反田さん。淵さん甘納豆食べてるから」

いや「甘納豆」と具体的に指摘したらかえって連想をさせてしまうかもしれない、しかしまあ花林糖《かりんとう》よりはましか、と小学生並みのことを考えながら若井が止めると、若井の言葉でやはり連想したらしく、淵さんは甘納豆の袋に視線を落として顔をしかめ、ぱたぱたと手を振った。しかし六反田女史はますます身を乗り出して淵さんに話しかける。「あら、でもどうなのかしらウンチって。溶けるっていうか崩れるって感じかしら？　でも水を流したりかき混ぜたりしなきゃ崩れないでしょう、でも柔らかさによっては大丈夫なのかしら。バナナみたいな長あい一本じゃなくてポロポロした甘納豆みたいなのなら、あらごめんなさいね咲子ちゃんそれ甘納豆ね」

もはや無神経を通り越してわざとやっているのではないかという領域だが、六反田女史はいつもこうで本人に悪気はないのである。それを知っている向かいの淵咲子さんも無言で俯《うつむ》くのみで、情況を察してやってきた羽海ちゃんがお茶を置いて彼女を慰めている。

「あの、お口直しに」

業務時間中に何をやっているのやらと、無遅刻時間厳守を信条にしてきた若井は思うが、「適当」「のんびり」「それなりに」を社風とする株式会社セブンティーズではさして珍しい光景ではない。加えて九月中旬の総務課はそれほど仕事がなく、室内の雰囲気はここ数日、随分とゆったりしている。淵さんは制服のベストを脱ぎ腕カバーを装着したいつものスタイルだが、これについては彼女自身が「この方が働いている感じが出るから」といいかげんな理由を挙げており、別に忙しいとか気合いを入れなければならないというわけではないのである。あるいはそんな雰囲気であるがゆえに、こんな些細《ささい》な「事件」を六反田女史が話題にしているのかもしれなかった。年初月末ボーナス時といった繁忙期なら誰も話題にはせず、ただ「余計な手間が減ってありがたい」で流してしまっているだろう。なにしろ「詰まっていたトイレが、誰も何もしていないのに綺麗《きれい》に流れるようになっているらしい」というだけの「事件」なのだから。

若井は後ろを向いて壁の時計を見る。ことの起こりは一時間半ほど前になる。午後、ゆったり業務を開始してしばらくの後、部屋のすぐ前のトイレに入った六反田女史が「溢《あふ》れてる。溢れてるのよ便器からドゥワァーッて」と妙に個性的なオノマトペで、女子トイレの一番奥にある個室の便器が詰まって水が溢れていることを報告してきたのである。今思えばわざわざ男の若井に報告しても何にもならない気がしなくもないのだが、とにかく若井は「じゃあとりあえず使用禁止にして、業者を呼んでは」と提案し、六反田女史はばたばた走って個室のドアに貼《は》り紙をした。業者は来るまでに二時間程度かかるという話だったが、水が溢れ続けているわけでもなし、溢れた水も綺麗なただの水である。とりあえずそのまま待てばいいだけの、ほんの日常的なトラブルのはずだったのだが。

しかし先程、状況確認のために女子トイレに入った六反田女史がいつの間にか便器の詰まりがとれ、床も綺麗になっていることを発見。「ねえ誰か女子トイレの人いる？　女子トイレの詰まり直してくれた人」と尋ねて回り、総務課の全員が首を振ったことから「北棟二階総務課前のトイレにはひとりでにトイレを直して掃除もしてくれるトイレの神様がいる」という話になってしまったのである。トラブルが起こったことではなく、解決したことが「事件」になるとはなんとも奇妙な話だが、しかし、確かに神の御業《みわざ》かと疑いたくもなる不可解な事態ではあった。

「もう不思議ねえ。ねえちょっと若井くん、あなたも現場見てみてよ不思議なんだから。本当に綺麗になっちゃってるのよ。神隠しみたいに」

あまり例のない神隠しだ。「いえ女子トイレですから」

「いいのよそんなの全員ここにいるんだから誰も使ってないし。ていうか当社《ウチ》の女子は女子なんてもんじゃないんだから」

「六反田さーん……それはちょっと他部署で言わないでくださいね」

お茶を持ってきた羽海ちゃんがたしなめると六反田女史は彼女を捕まえてすりすりと腕を撫《な》でた。「あら失礼羽海ちゃんは『女子』よ？　このお肌だもん。でもねえ」

それはつまり私のことかという目で淵さんが睨《にら》む。若井はわかりましたわかりましたと六反田女史を宥《なだ》めつつノートパソコンを閉じて立ち上がった。一応「ピカピカの新入社員」という立場のせいかこういう時に駆り出されるのは大抵若井であるが、どうせ課長は不在だし決裁書類も夕方まで出ては来まい。今日急いですべき仕事はもうないのだった。

だが椅子《いす》の背にかけていたジャケットをばさりと着てスマホをポケットに入れた若井の肩を叩《たた》く者がいた。振り返ると、いつも通り洒落《しゃれ》たネクタイとブランドスーツをびしっと着こなした男成《おなり》常務が、両手でチョコレートの箱を差し出しつつ立っていた。

「や。若井君お一つどうぞ」

「常務」音を立てずにひとの背後に来るのは勘弁してほしいと思うが、ありがたく礼を言いチョコレートはいただく。「おっ、うまいですね。しかしこの名前はなんて読むんですか」

「『ダロワイヨ』[*5]。パリの老舗《しにせ》。あ、若井君はこっちのシュプレムモカの方がいいよ。君十二月生まれでしょ？　朝の占いでラッキーカラーがベージュって出てたから」

「恐れ入ります」この役員は毎朝占いをチェックし、従業員に今日のラッキーカラーだのラッキーアイテムだのを教えて回っている。重役出勤という役得を「自由が丘に寄って洋菓子を買ってから会社に来るため」に使ったりする、ありがたくも奇妙な常務である。

菓子に目がない六反田女史もすぐさま反応した。「あらあ男成常務。いつもありがとうございます。どれにしようかしら。ねえ若井さんどれが一番おいしいの？　ねえ咲子ちゃん、あなたも食べなさいよ太郎ワイヨ」

今「太郎」とか何とか言ったなと思うが淵さんは甘納豆で満腹なのか首を振った。常務は六反田女史にいくつかを渡すと広い心で男性課員たちの間を回り、ダロワイヨを配りつつ誕生月を知っている者には今日のラッキーカラーとラッキーアイテムを教えて戻ってきた。従業員とのコミュニケーションと言っているが、「ここの雰囲気が一番のんびりしていて好きだから」という理由で普段から総務課にばかり入り浸っているから、実際のところはただ遊びにきているのだろう。

しかし今、六反田女史と常務の組み合わせはまずいなあ、と若井が思うと、案の定常務

＊5　「DALLOYAU」と書く。Lindtと並ぶ「日本人が読めない洋菓子ブランド」である。

は若井に笑顔を向けた。「ねえ、そういえば若井君。六反田君が何か『事件』って騒いでた気がするんだけど」

六反田女史との会話を聞いていたらしい。危惧《きぐ》していたことだがこの二人が絡んだ以上ややこしくなるのだろうな、と若井は覚悟した。常務は二時間サスペンスが大好きで必ず録画している。

そおうそうそう、と六反田女史がすり寄ってきた。「常務。不思議なんですよトイレの神様が出たんです。あらちょうどチョコレートだわトイレとチョコレート。連想ゲームみたい。あはは」

こっちは食ってるんだぞと目で抗議するがそれには一切気付く様子がなく、六反田女史は常務に「トイレの神様事件」のことを言い募《つの》る。

案の定常務は乗った。「面白いね。一体誰が何のためにトイレの詰まりを直し、しかも申告せずに黙っているんだろうね。ちょっと現場を見てみよう。ほら若井君も」

「女子トイレですが」

「そんなのいいって役員も一緒だし」

それは関係ないだろうと思うがこの人にはかなわない。若井は口の隅に残るシュプレムモカの滑《なめ》らかな甘さを味わいつつ、常務と六反田女史に続いて部屋を出た。後ろで羽海ちゃんが苦笑していた。

2

そういえば女子トイレなるものに入るのは生まれて初めてかもしれない。この歳《とし》になってだ。それゆえに男子トイレとどこが違うのかといろいろ観察してみたい気が起こるが、女子トイレには女性特有の男性には見せたくない何かがあるのかもしれず、若井はとにかく六反田女史の指し示す個室の貼り紙だけに集中することにした。男子トイレとの違いは小便器がなく個室のドアだけがずらっと並んでいることぐらいしか発見できなかった。

「一時半頃でした。トイレに行った私はこの個室のドアの下から水が漏れてるのに気付いて、ドアを開けたらもう床がびしょびしょで。そうね、大ジョッキ一杯分くらいはこぼれてたわ」

飲食物に喩《たと》えるのをやめていただきたい。しかし六反田女史は「現場」である一番奥の個室に進んでドアを示す。「あら、って思ったから私はとっさに水が溢れ続けてないことを確かめるとドアを閉めて、他の誰かがうっかり入っちゃったら大変なのでこの貼り紙をしたんですよ」

たいしたことではないだろうに、六反田女史は武勇伝のように語る。ドアには本人のイメージとはあまり合わない丁寧な達筆で「使用禁止　総務課」とある。

「しかし今はこの通り綺麗だよ？　座敷童《ざしきわらし》の仕業《しわざ》かな」

常務がドアを開けて中に入り、便器を覗《のぞ》き込む。便器は普段通りの量の水が溜《た》まっており、汚れも傷も、落ちている物もなかった。床は湿っているようだったが、溢れたはずの水も綺麗に掃除されている。何の異状もない「事件現場」。というより何の異状もないからこそ事件なのである。

しかし常務は楽しげに腕を組む。「なるほど、これは不可解だね。何かのきっかけで自然に詰まりがとれたっていうだけなら、床まで綺麗になっているはずがない」

「あら、そういえばそうね」六反田女史も頷《うなず》く。「じゃあ、ますますトイレの神様ですね」

「そうだねえ。しかし、やはり誰かが自主的に掃除をしてくれたと考えるべきなんだろうけど」常務は廊下方向を振り返った。「そういえば、さっきまでそこに長林《ながばやし》君と誰かがいなかったかな？」

「おりました」

若井が答えると、常務はジャケットの裾《すそ》をバッとはためかせて踵《きびす》を返した。「では聞き込みをしてみよう。犯人を見ているかもしれない」

犯人と言っても何も悪いことはしていないどころかどう見ても皆の役に立っている。そうまでして探すべきものなのかと思うが、常務はすっかり探偵気分、六反田女史も助手気分のようである。若井はとりあえず便器のレバーを押して水がちゃんと流れていくことを確認し、業者にキャンセルの電話を入れねばなと思った。常識的に考えて、まずすべきは聞き込みよりこちらだ。

廊下にいたのは長林総務課長と同僚の千草《ちぐさ》である。課長がタブレットを出していたことからして、廊下で立ち話を始めてそのまま「立ち会議」になったのだろう。長林課長がよくやることであり、課員は皆慣れている。しかしそうなると、彼らに目をつけた常務の判断は正しかった。課長の「立ち会議」はしばしば一時間以上に及ぶからだ。

「長林君、ちょっと聞きたいんだけどいつからここにいた？」

「常務」課長はタブレットをしまい、腕時計を見た。「申《もう》し訳《わけ》ありません。一時間半……弱も打ち合わせをしてしまったようで」

千草も腕時計を見て時間の経過に驚いている。しかし常務は笑顔になった。「そう！ それはよかった」

「はあ」課長はきょとんとしている。

一方の常務は目を輝かせている。「そこの女子トイレが壊れてこの六反田君が使用禁止にしてたの、知ってるね？」

「ああ、そういえば」千草が先に答えた。「貼り紙持って入っていきましたね、六反田さんが。そのあと二回くらい入って……何か騒いでいたような」

「その間ずっとここにいたの？　でかした」

「はあ」千草もきょとんとした。

「とすれば、君はこの事件の犯人、人呼んで『トイレの神様』の姿を見ていることになる」常務はジャケットの内ポケットから手帳とボールペンを出した。「六反田君が貼り紙を持って入ってから今まで、このトイレに誰が出入りしたか、覚えているかな？　その中に犯人がいる」

「えっ。はあ。それは、まあ」女子トイレの目の前である。千草は課長と顔を見合わせ、しかし困惑しながらも言った。「ですが、そこの六反田さんと、それから淵さんと、あと羽海ちゃん……くらいですが」

千草が確かめる様子で課長を見ると、課長も頷いた。「その三人だけです」

「間違いないね？」

「はい。見ましたから」課長は答え、それから六反田女史を見て慌てて手を振る。「いやいやいや別に覗いてたわけじゃありませんよ。ここにいたから見えた、というだけで」

千草も手を振る。「見てませんよ女子トイレですから」

「容疑者は三人」常務は頷く。「その三人のうちの誰かがトイレを掃除してくれたみたいなんだけど、そういう気配はなかった？」

「はあ。掃除……ですか」なぜ質問されているのか分からないままの課長が困惑し続けながら答える。「しかし、みなさん入ってすぐに出てきましたよ。掃除している時間はなかったかと」

「すぐでしたね。……いやいや観察してたわけじゃないですよ?」千草も答え、あたふたと手を振る。

「私はすぐ出ましたよ。サッと入ってパッと」六反田女史が言う。「パッとね。風のように」

そこで若井は「おや」と思った。常務も首をかしげている。

おかしなことになってきた。貼り紙をしてからトイレに入った三人がすぐに出てきたというなら、犯人はいったいいつトイレの詰まりを直し、床を掃除したのだろう。

常務が「ふむ」と頷き、再びトイレに入っていく。がたがたと何かを動かす音がするから何をしているのかと追いかけると、常務は入ってすぐのところにある掃除用具入れを漁《あさ》っていた。

「あのう、常務」

「カメさん。見てくれこれを」

誰がカメさんやねんと思うが[*6]、若井は常務が取り出したモップを見て気付いた。「……使用した跡がありませんね」

＊6　亀井《かめい》刑事（十《と》津川《つがわ》警部の相棒）のことか。

「そうなんだ」常務はすっかり刑事気取りでモップを掲げる。「こうなると、ますます不可解だよ。犯人は明らかに、ただ掃除をして黙っていた、というわけじゃない。道具までよそから持ってきて、初めからこっそりやるつもりで詰まりを直して掃除したっていうことになる。どうしてそんなことを？」

「……自分が詰まらせたからじゃないですか？」

「それなら余計なことをせず、ただ黙っていればいい。すでに業者を呼んでたんだから」

それもそうである。そういえば業者が来てしまう前に早くキャンセルの電話を入れなければと思い出したが、それよりもこの奇妙さが気になる。

「業者を呼ぶとお金がかかりますし、大事《おおごと》にしたくなかったのでは？　犯人は『自分が詰まらせた』ということに責任を感じていたのでは」

若井がそう言うと、常務はまた首を振った。「それなら業者を呼ぶ前か、呼んだ段階で『自分で直せないかちょっと挑戦してみます』と断ればいい話だと思わない？　そう言ったからって別に自分が詰まらせた犯人だと疑われるわけじゃないし、責任を感じているならなおさら、自己申告すべきだと思うけどねえ。少なくとも、どこかから道具を持ってきてまでこっそりやる、というのは不自然だと思うけど」

確かに、それもそうなのである。自分が詰まらせたなら素直に名乗り出るか完全に業者任せで黙るか、どちらかだろう。

六反田女史が「やっぱりトイレの神様」と言いかけるのを制し、常務はさらに言う。

「それにもう一つ謎《なぞ》があるよ。長林君と千草君によると、紙が貼られた後、入った三人はすぐに出てきた。それならいつ、どこから入ってトイレの詰まりを直し、掃除をしたんだろう？　この事件の犯人——人呼んで『トイレの神様』は」

呼んでいるのは今のところ六反田女史だけだが、そこも不可解である。トイレの入口は一ヵ所しかない。そしてその前では課長と千草がずっと「立ち会議」をやっていたのである。たまたま二人の目を盗んでトイレに入り、さらにたまたま二人の目を盗んでトイレから出られた、などということは確率的にあり得ない。それよりは「勝手に詰まりが直り、かつ突然床が発熱して凄《すさ》まじいスピードで溢れた水が蒸発したのだ」という可能性の方がまだあり得そうである。

しかし、若井がこれはどういうことなのだろうと本腰を入れて考え始めた途端、たたたたたん、という軽やかな足音が階段の方から聞こえてきた。うちの課員にあんな軽やかな足音をたてる人間などいない。この時期に来客だろうかと思ったが、現れたのは明らかに「客」より「闖入者《ちんにゅうしゃ》」という単語がふさわしい、怪しげな青年だった。ポール・スミスのカジュアルなジャケットを羽織《はお》って大人っぽい服装だが、背が小さく少年に見えるため総合的には年齢不詳である。

「あ、どうもこんにちは。みなさんお揃《そろ》いで。お元気そうで何よりです」

「これはどうも」若井はとりあえずお辞儀をする。「総務課の者に御用でしょうか。ええと、失礼。以前どこかでお会いしましたでしょうか」

「いえいえ初対面です。私はただの通りすがりで、お手洗いをお借りしに上がらせていただいただけですから」

「はあ」エエーと言いたいのをこらえる。「ああ、お手洗いでしたら一階にも」

「そちらは生憎《あいにく》満員でして。私の直腸は現在、喩えるならポン菓子の袋程度の状態なものですから」

「うわ」若井と横にいた千草が慌てて道を空ける。「それはまずい。早くどうぞどうぞ」

「ちょっと貴方《あなた》、食べ物に喩えるのはよくないわよ」

六反田女史が言い、常務から「お前が言うな」の視線を向けられる。怪しい青年はこれは失礼という残響を置き土産《みやげ》にして男子トイレに消える。

「……変な奴《やつ》だね」

今度は常務が全員から「あんたが言うな」の視線を向けられるが、常務は気付かない様子で男子トイレを見ている。男子トイレの中からは何やら興奮気味の声が聞こえてきた。

「おっ、これは凄《すご》い。個室のドアは普通の化粧板で鍵《かぎ》も角ラッチなのに便器はＴＯＴＯのネオレストＮＸ！　いいですねえこのローテクの中のハイテク！　ネオレストシリーズの無駄を省いた曲線美と床タイルのＳ番モザイクのミスマッチによるマッチがまた」

「おい若井君。何だあいつは」

課長が困惑気味に訊《き》いてくるが無論若井も知らない。「変な人ですね」すでにポン菓子なんじゃないのか早く入らないのかと心配してそわそわする課長をよそに、常務は腕を組んで感心したように頷いている。「トイレマニアか。世の中にはいろんな好事家《こうずか》がいるものだねえ」

変人は変人を知るのだろうか。しばらくして満面の笑みで出てきて「いやあいいお手洗いでした。洗面台の蛇口が経年により微妙にくすんでいるTENA型であの色合いとラインがまた」と続けようとする青年を遮《さえぎ》り、真っ先に話しかけたのも常務だった。「君、トイレに詳しいの？」

「詳しい……というとどうでしょう。好きではあります。たとえばTOTO商品で言うなら最新のネオレスト・ピュアレストシリーズも美しいですが伝統のCSシリーズとSシリーズの組み合わせがコーナーに収まっている姿もやはり」

「分かった分かった。詳しいんだね。水回り関係の仕事を？」

「いえ、探偵です。あとフリーライターもやっています」

まったく関係ないじゃないか。しかも怪しい。インターネットの記事で見たが、「名乗ると怪しい職業」のナンバーワンは「〇〇コンサルタント」で二位が「探偵」だった。しかし探偵にしてはこの男目立ちすぎるのではないか。探偵というのはもっとこう、運送業者に扮《ふん》してオートロックを開けさせたりアンケートと称して身辺調査を入れてくるもので、目立ってはいけないのではないか。しかし常務は全く疑いを持たない様子で「フリーライターというと、何関係の雑誌に書いてるの？」「いろいろです。あ、名前は別紙《べっし》です。お見知りおきを」「別紙ってどれ？」「いえ別紙という姓なんです。香川・徳島あたりの姓で」「ややこしいね何か」とやりとりしている。この人が監査役でなく取締役《とりしまりやく》で本当によかったと若井は思った。

「でも、ねえ貴方。トイレお好きならちょっと訊きたいんだけど」

六反田女史はさもいいことを思いついたという口調で別紙青年に話しかけ腕を取る。

「ちょうどいいわ。ちょっとね見てもらいたいものがあるのよこっちの便器。トイレお好きなら分からない？」

「はあ。あのう、こちらは女子トイレでは？」

「いいのよ誰もいないんだから。ちょっとこっち。ほら入ってこの奥のドアの」

別紙は六反田女史に引っぱられて女子トイレに連れ込まれた。事情を知らずにただ見たらなかなかにホラーな構図だな、と若井は思った。しかし、ただトイレを借りにきた青年まで巻き込んでしまっていいものだろうか。

3

「……ははあ。なるほど。それは確かに奇妙ですね」

女子トイレに連れ込まれて五分。開け放された「現場」の便器を前に六反田女史から「トイレの神様事件」のあらましを聞いた別紙は洗面台横のハンドドライヤーを振り返って「なんと、これは初期型の三菱電機《みつびしでんき》製『ジェットタオル』では？　サイドオープン方式を世界で初採用した歴史的名機がまだ現役で」などといささか集中力のない状態ではあったが、一応状況は理解したらしかった。

「……確かに不可解ではありますが」別紙は便器を見る。「しかし神様ということではないかと。誰かがこっそりと掃除したんでしょう。いくらネオレストＮＸでも便器の外に溢れた水を自動洗浄してくれる機能はありませんから。そして何より、そこの窓の鍵だけ開いている」

別紙が指さしたのは個室の前にある窓だった。曇りガラスの大きな窓で、閉まってはいるが確かにクレセント錠は開いている。

「おっ、本当だ」常務が窓を開け放す。

「上に換気扇もついていています。換気のために開ける必要はそうそうないでしょうし、開けてしまったら外から丸見えになってしまいますし、普通はこの窓、開けたりしないのでは？　とすると……あ、ちょうどいい。そこのあなた」

「はい？」

振り返ると、さすがに騒ぎに気付いて見にきた様子で、淵さんと羽海ちゃんがトイレの中を覗き込んでいた。いきなり振り返った別紙に指さされた羽海ちゃんはぎくりと気をつけをしたが、別紙に「一階の女子トイレに行って、用具入れの清掃用具が少し前に使われた痕跡《こんせき》がないか確認してきてもらえますか？」と頼まれるとプリーツスカートをパラソルのように翻《ひるがえ》して華麗に駆け出した。たたたたたん、と階段から飛び降りる音を響かせると、ものの一分もしないで駆け戻ってくる。早いなあ軽やかだなあ若いなあ、と姓だけは若い若井は思う。

「どうでした？」

ハンドドライヤーを撫で回しながら別紙が訊くと、羽海ちゃんが頷いた。「あの、確かにそうでした。一階のモップも使った跡がありましたし、ええと、あの、ゴムの、柄《え》のついた、スッポンってやるやつも使った跡が……あれ、なんて言うんでしょうか」

「そういえばなんて言うのかしらね？　スッポン？　スッポン棒」

「『便所スッポン』だろう。俺が子供の頃はそう呼んでた」

「ラバーカップです」どうでもいいことで盛り上がる六反田女史と千草を制して別紙が言

う。「ええと、あなたが羽海さん……ですよね。間違いありませんか？」

「えっ……はい」羽海ちゃんは自分の名前が知られているという時点ですでに困惑しているようである。「あの、ところで、当社の方ではないですよね。あなたは」

「お手洗いをお借りしにきた別紙といいます。占い師をしております」

さっきと言っていることが違うじゃないかと思う。しかし別紙は周囲から降り注ぐ疑いの視線などお構いなしで皆を振り返った。

「これ、動かぬ証拠ですよね。犯人がどうやって、長林課長と千草さんに見られずにこのトイレを掃除したかも、これではっきりしたのでは」

当然という顔をして別紙が皆を見回す。若井は開けられた窓を見る。確かに、会社で雇っている清掃員は午前中に仕事を終えていて、たまたま誰かがその後に一階の用具入れの道具を使った、というのは考えにくい。モップだけならともかくスッポン――ラバーカップとかいったか、あれまで使った跡があったとなると、使ったのはまず間違いなく犯人だろう。つまり、別紙が言っているのは。

皆も沈黙していた。さっき来たばかりの淵さんと羽海ちゃんは一体何の話が進行しているのかと不安そうにしているが、常務は腕を組み、六反田女史は唸《うな》り、長林課長と千草は顔を見合わせている。

「でもね別紙君。ちょっと待って」常務が口を開いた。「君はひょっとして、犯人がそこの窓から出入りした、と言うつもり？」

別紙は当然という顔で頷いた。

「出入口はこの窓とそちらの入口しかないわけですからね。そして入口の方は長林課長と千草さんがずっと張っていた。その間、ここにいる六反田さんと淵さんと羽海さんは現場に入ったということですが、全員すぐに出てきたんでしょう？」

別紙の視線が女性三人を向く。六反田さんはええ、ええ、と激しく頷き、淵さんはどこか不満げに、羽海ちゃんはスカーフを直したりしてもじもじしながら頷く。三人とも、容疑者にされていることには気付いているようである。

別紙は探偵小説に出てくる名探偵のごとく言う。

「それなら、他に考えられないでしょう。犯人は一階の女子トイレで掃除用具とラバーカップを拝借し、一階の女子トイレの窓から二階のそこの窓までよじ登って便器の詰まりを直し、掃除をし、また窓から出て一階の女子トイレに道具を返したんです」

「それはそうなんだけどね……」

常務が若井をどかして窓から身を乗り出した。確かに真下が一階の女子トイレである。雨樋《あまどい》や室外機があるので、この窓まで上り、また下りることは不可能ではないのだが。

常務は別紙を振り返り、皆を手で示す。「よく考えてほしいな。確かに足場なんかはあるけど、三メートルはよじ登らなきゃいけない。下りるのはもっと大変だよ」

課長が急いで言い添える。「そうだよ。総務課員《ウチの》を見てくれ。できると思うかい？」

別紙は周囲の総務課員たちを見回して頷きはしたが、すぐに言った。「しかし、容疑者は別に総務課員に限らないのでは？」

「外部の誰かが侵入したということ？　それはないよ。トイレが詰まっていることを知っていたのは総務課員《ウチの》くらいのものだし、そもそもこのトイレ自体、総務課の人間以外はほぼ利用しないんだ。他の人間は無関係だよ」

課長の言うことは事実である。当社は従業員三百人規模であるが総務部だけが離れのように突き出したこの北棟に入れられており、北棟には日がほとんど当たらなくて寒いため総務部への配置転換は陰《かげ》で「シベリア送り」と言われている。北棟の二階には総務課員以外滅多《めった》に来ないから、つまりこのトイレは普段、ここにいる六反田女史と淵さんと羽海ちゃん、それに今日忌引《きび》きで来ていないもう一人の専用になっているのだった。

「窓から出入りするのは無理。入口も長林課長と千草さんが見ていたから無理」別紙は常務を見る。「……ということですか？　しかしそれでは不可能犯罪……いや犯罪ではないので『不可能善行』になってしまいますが」

「……現時点では、そう考えるしかないんじゃないかな」

「もちろん、目撃証言が真実であるという証拠はありません。たとえば長林課長と千草さんの二人が結託し、嘘《うそ》の証言をしている可能性もありますが」

「いやいやいや」

「滅相《めっそう》もない」

課長と千草は同時に首を振った。羽海ちゃんが言う。「でも話し声、ずっとしてましたよ」

別紙はその反応を分かっているという様子で続ける。

「まあ、それも無理でしょう。そもそも現場が女子トイレですし、『犯人』が使用したのも一階の女子トイレの道具です。男性が犯人だとすると、その男性はまずこの現場に入って状況を確認し、さらに二階の女子トイレに入って道具を拝借し、またこの現場に入って掃除をし、一階の女子トイレにまた入って道具を返し、何食わぬ顔で部署に戻ったことになります。いくらなんでも女子トイレに入りすぎで、男性だと心理的にハードルが高すぎます」

心理的なハードルだけではないなと思う。ここのトイレの入口は、中から廊下の様子が観察できない。こっそり入ることはできても、誰にも見られずに出るのは困難だ。かといって窓から出入りしたら建物全体をぐるりと回り込まねばならず、そちらの方がよほど目立つ。もちろん廊下に小型カメラを仕掛けて廊下の様子を中から見ることができるようにしていたとか、羽海ちゃんが聞いたのは犯人がスピーカーで流した偽の話し声だとかいう推理もあるにはあるが、そもそも元々の「トイレの詰まり」の方が突発事態だったはずで、犯人はそんな準備をする余裕などなかったと考えるべきだろう。

つまり、犯人は女性なのである。それも普段ここのトイレを使う女性。犯行可能な人間はたった三人に絞られてしまう。しかし。

「……課長と千草さんの証言によれば、六反田さんも淵さんも羽海ちゃんも、入ってすぐに出てきたということでしたが」

若井は言った。これはつまり、本当に「不可能善行」なのではないか。トイレの神様の仕業、いや御業なのではないか。それでいいという気もしてきている。

「あとは、そうだね……こういうのはどうかな？」常務はドア越しに便器を見る。「六反田君が見た『溢れた水』は実は水ではなくて、別の揮発性《きはっせい》の液体だった。犯人は便器に詰まってしまった何かを溶かそうとしてその液体を流し込んだが、やりすぎて溢れてしまった。液体作戦は成功してひとりでに詰まりがとれ、溢れてこぼれた液体も揮発してなくなった」

「ほほう。それは面白いですね。筋も通っている」別紙は個室に入ると、便器の横にしゃがんで床のにおいを嗅《か》ぎ始めた。「しかしそんなに大量の揮発性物質が使われたなら、第一発見者の六反田さんは何かしらのにおいを感じている、というより頭痛と目眩《めまい》で危険な状態になっているのではないでしょうか。また、無臭かつ無色透明で人体に無害でさっと揮発し、なおかつ便器の詰まりを短時間でとるような便利な液体は、この世には存在しません。残念ながら」

若井は常務に対しよく一瞬でそんなことを思いつくなと驚き、別紙に対してはよく女子便所の床を躊躇《ためら》いなく嗅げるなと呆《あき》れていたが、別紙は平然として立ち上がった。

「となれば、結論はもう一つしかないでしょう」

別紙は個室から出てきて言い、皆をぐるりと見回した。宣言というより、確認する口調だった。

「長林課長。あなたは二度『課員』という言葉をお使いになりましたが、なぜわざわざそういう言い方をなさったのでしょうか？」

その言い方の不自然さは自覚していたらしい。課長は「うっ」と分かりやすく唸る。

別紙は一つ頷いた。「私から見れば一目瞭然《いちもくりょうぜん》です。みなさんが立場上、その結論からあえて目を背けて遠回りせざるを得ないのも、まあ理解できるわけですが」

皆がなんとなく、別紙から視線をそらしたり顔を伏せたりする。気がつくと若井もそうしていた。やはりそういう結論になるのか、と思った。

犯人は女性。しかも皆がどうやら「その結論」を避けている、という時点で、真相は最初から明らかだったと言えなくもない。確かに、犯行可能な人間は一人しかいないのだ。若井も最初からその可能性をうっすら疑っていたが、おそらく皆も、途中から「その結論」に気付いて少しずつ後悔しているのではないか。

「彼女が犯人……というかトイレの神様だと仮定すれば、不可解な点がすべて解消できると思いませんか？　なぜ業者を待たずにこっそりとトイレを直し、掃除して黙っていたのか。なぜそれを長林課長と千草さんに見られてはいけなかったのか。見られずにどうやってトイレに出入りしたのか」

「いや、しかしねえ」常務が言った。「そうだという証拠もないし」

「警察ではないので物証はまあ難しいですが、証言はとれますよ」別紙は課長と千草を指さした。「あちらの二人に、誰がいつ、どんな順番でこのトイレに入ったのかをちゃんと訊けば、それだけで犯人が推測できます」

ああそうか、と若井は納得した。この別紙という青年、怪しいが、言うことは的を射ている。常務の方はまだ分かっていないのか、眉《まゆ》を寄せて沈黙している。

「では、伺ってよろしいでしょうか。長林課長」

課長は証言台に立たされたように緊張した面持ちになった。別紙はそれに構わず質問する。「六反田さんが貼り紙をして出てきてから、誰が、どの順番でこのトイレに入りましたか？」

「それは……」

課長は許可を求めるように常務を見た。外国人には不思議がられる日本人特有の生態だが、自分の発言が何か重大な結果を引き起こしそうな場合、無条件でその場にいる最も偉い人間に伺いを立てるのは勤め人の本能である。だが常務はその視線に気付かずに別紙を見ており、結局、課長は千草と顔を見合わせた後、ゆっくりと言った。

「……最初に六反田さんがまた入ってすぐ出てきました。これはただ見にいっただけかと。それからしばらくして羽海ちゃん。さらにしばらくして今度は淵さん……の順、でした。そしてその後、また六反田さんが入って『第一発見者』になった。他には、おりません」

ちゃんと言いましたよ、知りませんよ、という顔で課長が言い、千草が「間違いありません」と頷く。

別紙は満足そうに頷いた。「では、『トイレの神様』が誰なのかは明らかですね」

4

誰も反応する者はいなかった。どうやら、別紙の言っていることがまだ分からないらしい。隣の男子トイレを使っている者がいるのか、壁越しにくぐもった水音が響いてくる。

別紙は周囲を見回し、どうやら補足説明が必要だと判断したらしく、ばっさりと言った。

「犯人は羽海ちゃんさんです」

なんだその言い方は、と思うが、別紙は羽海ちゃんと課長を見比べる。

「なぜなら、貼り紙がされてから今までの間で、二番目にトイレに入ったからです」

「二番目……?」常務が首をかしげる。「二番目なのが問題なの?」

「本件に関しては、最初でも最後でもない。二番目にトイレに入ることが重要なんです。仮にトイレに入った人数が全部で四人であっても五人であっても百億人であっても、二番目に入った人が犯人なんです」

そんなにトイレに行くかそもそも地球上にそんなに人間がいるか、と思うが、別紙の言うことは当たっている。常務や課長は彼の言っていることが分からなかったようだが、羽海ちゃんは「あ」と声をあげた。彼女は理解したらしい。

「つまり、こういうことです。状況からして、犯人は一階の女子トイレで道具を借りて、ここの窓から入ったということは間違いがない。しかしその方法、一つ問題があるんです」別紙はなぜか恭《うやうや》しく手で窓ガラスを示す。「おっと、このYKK APW、いいですよねえ。熱貫流率1・4未満を実現した高い断熱性のアルミスペーサーと複層ガラス。従来のものより」

「あの、ガラスの説明は結構です」若井は急いで遮った。ひょっとしてこの男は手の込んだ飛び込み営業なのだろうか。「それより、なぜ二人目が犯人なのかという説明を」

「失礼」別紙はコホンとわざとらしく咳払《せきばら》いをした。「簡単なことです。窓から侵入しようにも、こんな大型の、女子トイレの窓なんて普通鍵をかけて閉めています。つまり犯人は犯行前、あらかじめ内側からこの窓の鍵を開けておかなければならない。したがって犯人はどうしても、犯行前に一度、この現場に入る必要があるわけなんです」

課長が羽海ちゃんを気遣《きづか》ってか言う。「しかし、現場に入ったのは羽海ちゃんだけでは……」

「さすが課長さん。適切なツッコミでプレゼンを円滑に進めてくださる」別紙はなぜか褒めた。「犯人は最初に入るわけにはいかないのです。なぜなら、もし自分以外にトイレに入る人間が誰もいなかったら、どう見ても自分が犯人だということになってしまうからです。現場のトイレはほとんど総務課の女性しか使わなかったといいますし、業者が来るまではたったの二時間。その間、他の人が一人もこのトイレに入らないまま、という可能性は充分に考えられます。現場になっているわけですしね」

実際、ここまでの約一時間半で犯人以外に二人もトイレに行ったというのは、わりと多い方だと思う。まあ、うちの会社はトイレが近い者が多いのだが。

「したがって犯人としては、自分が『唯一トイレに入った人間』にならないよう、まず他の誰かがトイレに入るのを確認してから入りたいところです。かといって待ちすぎて『トイレに入った最後の人間』になってしまってもやはりまずい。自然、犯人は一人目がトイレに入ったすぐ後に、追いかけるようにトイレに入った二人目の人間、ということになります。まあそれでも自分が『最後の人間』になってしまう可能性はあるわけですが、真っ先に入るよりはましですからね」

羽海ちゃんはすでに観念した様子で俯いている。

「つまり犯人はそこの羽海ちゃんさんということになるわけですが、しかし、どういたしましょうか。私はここのみなさんのお顔を拝見して、彼女がなぜこっそりトイレの詰まりを取り、掃除をしたのか、なんとなく予想ができています。個人的にはそれ、お話ししちゃっても特に問題ないかと思うのですが」

羽海ちゃんは「いや、それは……」と困っている。「言わないでほしい」ではなく「言わないでやってほしい」という顔であり、どうも彼女自身が何かまずいことをしたわけではないようなのだが。

「いいかげん、頑張ってくれた羽海ちゃんさんも可哀想《かわいそう》ですし、ばれてもどうということはない、と思いますが」別紙は言い、羽海ちゃんの後ろで俯いている淵さんに言った。

「淵咲子さん……ですよね。いかがでしょう?」

淵さんが何か関係しているとは思わず、若井は驚いて彼女を見た。六反田女史などはもっと露骨に「ええっ? 咲子ちゃん?」と声をあげて彼女を振り返っている。

「まあ、どう頑張っても今日中にばれると思います。なにしろあなたは、事件発生から一度も口を開いていないわけですから」別紙は言った。

若井はどういうことだろうと考えかけ、すぐに気付いた。そういうことか。しかし別紙に対しては「そんなに大々的に発表しなくてもよかろうに」という気持ちと、「まあ別に、一般的には隠すようなことではないか」という気持ちが混ざり、褒めていいのかどうか分からない。

「ええ、まあ……そうです」淵さんは普段と全く印象の違う喋《しゃべ》り方で口を開いた。「便器に詰まったの、私の入れ歯です。私、総入れ歯なのよ」

それから恥ずかしそうに、皆に口を開けて見せる。歯がなかった。

「お弁当のゴボウが引っかかってる感じがずっとしててね。口の中をもごもごさせながら下を見たら、うっかり便器に入れ歯、落としちゃって。もう、恥ずかしくてねえ」淵さんは頰《ほお》を赤らめる。「うろたえちゃって、とっさに流しちゃって、詰まっちゃったの」

「私、淵さんのあとに入ってそれに気付いたんですけど、どうしていいか分かんなくて。とりあえず私も流そうとしたんですけど、溢れちゃって」羽海ちゃんもうなだれて言う。「総務課の人で入れ歯ですって言ってる人、いないし、だったら『入れ歯落ちてましたよ』なんて報告しない方がよさそうだと思ったし、でも業者さんが来ちゃうし」

別に総入れ歯は恥ずかしがることではないだろうと思うが、何を恥ずかしがるかはその人の美学の問題で、人それぞれである。歯がないまま甘納豆まで食べてみせたということは、淵さんにとっては絶対にばれたくないことだったのだろう。とにかく彼女は困ったわけだ。業者が来れば入れ歯が詰まっていたということは明らかになる。六反田女史などは大喜びで「入れ歯だってあはははは！　ねえこれ誰の？」と騒ぎかねない。羽海ちゃんは、それはあまりに忍びないと思い、また自分が水を溢れさせて業者を呼ぶ流れになってしまったことの責任もあって、トイレをなんとかしようと考えた。しかし自分がやったとばれたら、「淵さんが入れ歯を落とした」ことを知っている、と淵さん自身に気付かれる。それもまた気まずいわけである。だから彼女は、自然に詰まりがとれたように見せかけるため、窓から入ってまでこっそりとトイレの詰まりを直した。課長と千草の「立ち会議」がなければ、普通に入口から出入りできたのだろうが。

「……床を掃除する必要まではなかったんじゃないか」

若井が言うと、羽海ちゃんは「ですよね。つい……」とうなだれる。いい子だな、と思った。こんないい子が、どんな事情があって不登校になっているのだろうか。

淵さんが「気を遣わせてごめんねえ」と言って彼女の背中を撫でている。課長たちもうんうんと頷いている。スーツと事務服の大人たちに囲まれて一人、学校のセーラー服姿の羽海ちゃんは、自然と皆の中心になる。

役員の孫で、不登校で居場所がないためなんとなくこの会社に出入りするようになり、今では雑用を積極的にこなしてすっかり従業員のようになってしまった彼女は、課員全員の孫娘のような存在だった。男成常務の計らいで「あくまでポケットマネーから出したお小遣《こづか》い」という形にして給料は出しているのだが、羽海ちゃんは本来、総務課員ではなく従業員でもない。長林課長が「課員」という言い方をして、なんとか彼女を容疑者リストから外そうとするのもまあ、宜《むべ》なるかなといったところだった。

「窓から入った、という時点で、犯行可能なのは羽海ちゃんさんくらいだと思いましたが」別紙は常務を見る。「まあ男成常務さん。あなたは何かスポーツをやってらしたようにお見受けします。雰囲気もなんとなく乙女っぽいですし、あなたがお名前と違って女性だったら、あなたも容疑者になっていたわけですが」

「私も無理だよ、二階の窓によじ登るなんて。肩が上がらない」常務は右肩を押さえてみせた。「それに今年、七十八だよ？　こんな歳で忍者ごっこをしようなんて思わないよ」

「あら常務。私なんて去年八十ですよ。咲子ちゃんはまだ六十九だけど」六反田女史が言い、細い手で口許《くちもと》を押さえてあはははと笑い、「ひとの歳をばらさないの、もう」とむくれる淵さんにつつかれる。

「それ言ったら俺も七十三だもん。忍者ごっこなんて無理無理」長林課長も笑う。「腰は痛いわ膝は痛いわ、胃も半分しかないし前立腺《ぜんりつせん》が、おっとセクハラかこれは」

「課長はまだまだですよ。私なんかまだ六十七ですが、昨年、棺桶《かんおけ》に片足突っ込んでますから。今も心臓に太い管が入ってます」千草が言う。

何やら病気自慢大会になってしまっているが、皆、この歳になれば無理もないことではある。しかし苦笑している若井にも千草が言う。「みんなツギハギみたいなもんだから。元気なのは若井くらいだろう。名前通り、うちじゃ君が一番若い」

「私も無理ですよ」別紙に釈明する意味もあって言う。「それに私だってもう六十一ですよ？　落っこちて怪我《けが》でもすれば即、寝たきりになる可能性がある。……いいですか別紙さん。人間、六十を越えると等しく崖《がけ》っぷちなんです」

「そうよ。入れ歯に老眼鏡、腰のボルトに車椅子。現代人なんてみんなどこかがサイボーグよ」六反田女史がからからと笑い、淵さんの肩を叩く。「入れ歯くらい誰が気にするもんですか」

淵さんは苦笑する。確かに、まだ十五歳の羽海ちゃんを除けば彼女がこの中で一番健康体なのだ。総務課だけではない。総務部、いや全部署を合わせても一番健康な方だろう。当社では。

なにしろ株式会社セブンティーズは社名通り、従業員の平均年齢が七十二歳、最低が六十一歳で最高齢はなんと百四歳なのである。会社の方針として「定年なし・採用は六十歳以上」と決めている……というか、もともと高齢者が集まって何か会社をやりたい、という理由で始まったからだ。こんな変わった会社は世界にも例がない。もっともそれは、六十代七十代になっても「勤め人」でいたい、などと考えるのが日本人くらいのものだからなのだが。

つくづく働くのが好きな国民だと思う。社長がこの会社を立ち上げた時、最初の目的は「年金支給開始年齢の引き上げに伴い、無収入状態で困窮する高齢者の救済」だったのだという。だが現在ではその意義は後ろに隠れ、単に「まだ働きたい。働かせろ」という仕事第一世代の男性と、「私も寿退社なんてせずに働きたかった」という専業主婦の女性が積極的に集まってきている。

株式会社セブンティーズに就職した者は皆、定年退職制度にもやもやしたものを抱いていたのだった。若井も思う。これだけ働いてきたのに。会社のために身を砕《くだ》き心を潰《つぶ》して奉公してきたのに。若い者たちについていこうと新しい技術だって必死で勉強してきたのに。なぜ六十代になったら問答無用で退職《クビ》で、あとは運良くお情けで再雇用されるくらいしか働き口がないのか。俺たち年寄りはもう役立たずだというのか。確かに昨今の若い者たちの貧困を見れば、年寄りは高い給料を取らずにさっさと若者に働き口を譲れ、と言いたくもなるのかもしれない。自分たちは退職後数年間の無年金期間、という程度で済んでいるが、おそらく今の若い世代が俺たちくらいの歳になる頃には、年金支給開始年齢は七十にされ七十五にされ、もらえるまでに大部分が死んでいるだろう。それはひどいと思う。だが、だから俺たち年寄りはさっさといなくなれというのか。それはあまりに冷たくはないか。皆、いずれは年寄りになるというのに、自分が歳を取った時にそんな風潮のままでいいのか。

嘆きはすれど、できることといえばせいぜい新聞に投書するとか選挙に行くことぐらいで、社会だの風潮だのといったものに対して何ができるわけでもない。少なくとも、株式会社セブンティーズができるまでは、若井もそう思っていた。

社長がそれを打ち破ったのだった。定年を過ぎたらどこも雇ってくれなくなる。それなら自分で会社を創ればいいではないか。高齢者はGDPに貢献しないと言って邪魔者扱いしてくるなら、GDPに貢献してやろうではないか。同世代向けの商品やサービスをどんどん提供し、貯蓄率が高い同世代の財布からじゃらじゃら市場に金を流してやれば文句はあるまい。

もちろん当初は苦労も多かったという。やはりどうしたって若い者の方が柔軟で、会社のやり方に合わせてくれるからだ。他社で定年まで勤め上げたような人間はプライドも高く、最初は烏合《うごう》の衆《しゅう》だったという。だが社長は会社の理念を当時の従業員一人一人に説いて回り、時には強権を用いてなんとか皆をまとめた。なんとかまとまりさえすれば、社会経験が長く格安の給料で雇える上、唯一無二のこの会社がなくなったら大変ということで、当社の従業員は桁外《けたはず》れに愛社精神が高い。そして昨今ますます市場が広がっている同世代向けのサービスも商品も、同世代ゆえけっこう有利に発案できるのである。まあ死ぬ者、体を壊す者が通常の会社よりはるかに多いため保険関係では随分と苦労をし、取引先の信頼を得るのも大変ではある。だが従業員の体力を考えると長時間労働ができず、無駄な接待やピリピリした雰囲気は御免こうむるという風土ができたおかげで、かえって現在では、他社ではありえないほどワークシェアリングやテレワーク、スローワークといった理念が浸透しており、昨年などは若い社長の新興企業を差し置いて「新しい働き方」のモデル企業としてテレビに紹介された。これは痛快で、従業員一同腹を抱《かか》えて笑った。

病気自慢大会で盛り上がる中、若井は思う。悠々自適の老後に憧《あこが》れがないわけでもない。七十、八十になってまで会社に行くのか、と思う気持ちがないでもない。しかし、あくせく働く老後というのも日々、刺激があってなかなか悪くないのだ。我ながら働き蜂《ばち》なことだと、若井はひそかに苦笑する。

背中合わせの恋人

堀木《ほりき》輝《ひかる》の1

始まりはほんの些細《ささい》な、携帯の着信からだった。

大学二年の六月初め。就職活動という漠然とした暗雲のようなものはまだ山向こうに見えているだけで、さりとて学業に精を出すわけでもなくバイトもほどほど、その上楽な単位の取り方や授業をサボっていいぎりぎりのラインといった悪知恵はひと通りついていた頃のある日、僕は必要最低限の単位を取るため必要最低限だけ出席していた授業の一つが休講になったので、じゃあその次とさらにその次の授業ももう一回ぐらい休んでも支障はない、この授業ならあとでノートを見せてもらうってもあるから、と自主休講を決めてアパートの自室でごろごろしていた。六月にしては肌寒く、窓の外ではいかにも億劫《おっくう》な灰色の空の下、しとしとしとと特に激しくもなくしめやかさもない普通の雨が、普通の強さで上から下に降っていた。傘をさして外に出ても特にいいことなどなくただ濡《ぬ》れるだけという、メリットのない雨だ。同居している一つ下の妹は一限から授業があるらしく二時間ほど前、ずばん、どばーん、とけたたましく玄関ドアを開閉し出ていったが、僕は損をしてまで外に出ていく気が起こらず、無理矢理二コマ続けて自主休講にして外に出ずに済まそうと考えたのだった。残り物と冷凍ごはんの朝・昼食をもそもそ食べ、洗濯機を回し、本棚に入っている何度読んだか分からない漫画をぼんやりめくって過ごしていたのだが、これでは雨が降ったらお休みするハメハメハ大王そのままではないか[*1]と思った。しかし思っても体が動こうとしない。ベッドに寝転び、振動を始めた携帯を取った。緊急の恐れがある電話着信でもほぼ家族からの用件であるメール着信でもないのにすぐに取ったのは、要するにやることがなかったからだろう。

着信はSNSによるものだった。携帯というのはある情報を受け取ると必ずその周囲に不要な情報をぶらぶらくっつけてくる。ブラウザを開くと上下左右に広告バナーがちらつく。どこかにログインすると突然画面が変わって宣伝アプリをダウンロードしろと勧められる。電話会社は営業メールを送ってくるし、SNSの運営会社も勝手にメッセージを送ってくる。図々《ずうずう》しいなあと感じなくもないが、まあたとえばウェブ上の無料サービスなど

＊1　〈南の島のハメハメハ大王〉（作詞：伊藤《いとう》アキラ）によるが、風が吹いたら遅刻して雨が降ったらお休みするのは王様ではなくその子供である（三番の歌詞）。ちなみにモデルになったと思われるカメハメハ一世（一七五八－一八一九）は歴史上初めて全ハワイの統一を成し遂げた後、いち早く英語を習得しヨーロッパの技術を取り入れ、列強に対抗してハワイ王国の独立を守った名君。軍略に長《た》け外交センスに優れた人物であったらしく、とても雨が降ったらお休みしそうではない。

はそうした広告と引き換えに運営会社に支払われる広告料で賄《まかな》われているわけだから、無料のサービスだけ利用して付属する広告をやめろと言うのは店に無銭飲食をさせろと要求するようなものなのである。したがってこうした広告に対しては苛《いら》つくのではなくなるべく自然に、エネルギーを用いず、流れるように無視するのが最も効率的なのだ。普段は僕もそうしていた。ＳＮＳの着信は「あなたを友達だと言っているユーザーがいます」という類の、どのＳＮＳにもどこかしらに存在するおせっかい機能による通知で、こういうものも普段は無視する。本当に友達なら実際に会うか別のツールを使うかして相互了解のもと登録をしているはずで、ＳＮＳがこういうことを言ってくる時はほぼ確実に迷惑業者か運営会社の広告アカウント、でなければ間違いか獲物を探す犯罪者のどれかである。画面を見る。僕の友達だと主張しているのはdrizzleなる記憶にないアカウントで、識別のためのアイコンは青空に列をなす綿雲の画像だった。どこかから不正入手した名簿をもとに不特定多数に「つながりましょう」の申請を送り、うかうかと応じるとウィルスを仕込まれたり架空請求をされたりという犯罪が横行しているが、そういう業者はアカウント名をいかにも若い女性というものにしアイコンの画像もノリの軽そうな若い女性の顔、露骨なところは胸や太股《ふともも》の画像を使う。そうしてみると、一見男か女かも分からないＩＤのこのアカウントはおそらくそうした業者でないただの個人で、僕への申請は誤送信によるものだろう。暇な僕はそう判断し、なんとなくdrizzle氏のプロフィールを見てみた。年齢性別その他の情報は一切なく、よく見るとなかなか壮大で目を引く雲の画像の下には「写真が趣味の学生です」という簡潔な一文と、ミニブログのURLだけが書いてあった。知らない人が一方的に提示してきたURLをタップするほど危険なことはない。にもかかわらず僕がdrizzle氏のブログにアクセスしたのは、画像の空の色具合や綿雲の端《はし》が夕日を受けて色を変えているところなどに「おっ」と思わせるものがあったからだろう。まあ暇だったのである。誤送信したこの人がどんな人なのか、ちょっと見てみようと思ったのだ。

面白いことに、drizzle氏本人のブログにアクセスしても、彼のことはほとんど分からなかった。いや、プロフィール画面を出すとdrizzleというIDの下に「平松《ひらまつ》詩織《しおり》」というユーザー名があり、ブログのやり方からしておそらく本名だろうと思えたため、彼ではなくおそらく彼女なのだろうということは分かったが、それ以外の情報は何もなかった。アップした画像にも彼女は全くコメントをつけておらず、閲覧者のコメントも受け付けていなかったため、画像とともに表示される文字情報は日付だけだった。プロ・アマ問わずカメラマンが宣伝のために自分のブログのURLだけを撒《ま》くことはままあるが、drizzleこと平松詩織さんのブログは情報が特にない上にどこかのサイトに誘導されるでもなく個展や出版物の宣伝がされるでもない。その無頓着さから、どうやら本当に「写真が趣味の学生」が日々の記録ついでにちょっと撮った写真を公開、という気持ちでやっているのだろうと推測できた。

だが、アップされた写真はどれも美しかった。写真は平均すると一日に一枚のペースで二ヵ月近く前からまめに更新され、それなりの数があったが、三、四枚に一枚は「おっ」と思うものがあり、そのうちの五枚に一枚は、単純に美しかったり発想が面白かったりお洒落《しゃれ》だったりして、保存していつでも見られるようにしておきたいと思うようないい写真だった。空の写真が多かったが、側溝の蓋《ふた》や野良猫の後ろ姿など、街の日常的な風景を切り取ったものも多かった。空に突き出て向かいあい、挨拶《あいさつ》をする二頭の首長竜《くびながりゅう》に見えるクレーン。同じパターンが続く路面のタイル模様に一枚落ちたポプラの葉とその影。逆光でシルエットになった建物が黒い鋭角で切り取る青空。どれも普段僕が目にしているはずのそこらの風景なのに、drizzle こと平松詩織さんは切り取り方と見せ方でそれらを単純化し、抽象画のように見せていた。建売住宅の屋根の群れが作り出すぎざぎざのパターンは空を削る巨大な鋸《のこぎり》のように見え、逆光でシルエットになった街路樹の枝葉は曼荼羅《まんだら》の神秘的な模様に見えた。マンホールの蓋に刻まれた「きけん」の文字は真面目《まじめ》な顔で不条理なギャグを言うコメディアンの台詞《せりふ》を思わせたし、灰色の雨雲が作り出す不規則な凹凸は何か巨大なものの内部にいるような不安感を醸《かも》していた。僕はそれらの画像を楽しんだ。次も見せてくれ、次はどんなネタだ、と、好きな漫画の頁《ページ》をめくるようだった。次々見ていたらいつの間にか一番古い最初の画像まで移動してしまい、これで終わりなのか、他にはないのかとひと通り考えた末、次の更新を待つしかないのかと思ってURLをブックマークした。

そうしながら思った。僕が日常的に見ている飛行機雲や道路標識に、嫌な天気だとしか思わない灰色の曇り空に、こんな面白くて美しい絵を見出《みいだ》す人がいる。普通の人とは違う知性とユーモアがなければできないことだ。そして平松詩織さんは得意がるでも見せびらかすでもなくさりげなくそれを示し、ブログにはコメント一つ求めない。文字が少ないおかげで画面に静けさが生まれている。ロゴだけでシンプルにデザインされたヨーロッパ系のブランドのような潔さで、僕を含む「そのへんの学生」とは全く違うセンスを持っている。この平松詩織さんは一体どんな人なのだろうと思った。学生だという。平日の昼間に撮ったらしき写真も多いから高校生ではないのだろうし、医学部とか教職課程などの忙しい学生ではなさそうだ。大人っぽい印象があるため「学び直しで大学に入学した年配の主婦」というイメージが浮かんだが、題材や時折入るギャグ調の作品のトーンからすると普通に同年代のようだった。僕と同年代にこんな人がいるのだ。どの地方の人だろうか。学部は何だろうか。

今度は情報を探す目で写真を一枚ずつ見ていくことにした。そこで気付いた。「きけん」の文字が入ったマンホールのデザインは僕も見覚えがある。マンホールの蓋は地域ごとにデザインが違うことが多いというから、撮影場所はわりと近くなのかもしれない。

そして一枚の画像を見てさらに気付いた。どこにでもありそうなアパートの壁面だが、この壁にも見覚えがある。アパート名は分からないが、うちの大学の近所で見た気がする。だとすると。

「……うちの大学なのか」

ベッドに座り直して画像をよく見る。間違いなくうちの大学の、たしか北門を出てすぐのところにあるアパートの壁である。学生向けアパートで、住んでいるのは全員がうちの学生のはずのあのアパートだ。北門から出る時は毎回見ている二階建ての古アパート。生協前の掲示板に賃貸物件情報が貼り出《はだ》されていたこともあるはずだ。

うちの学生、ということが分かると、僕はなぜか急に緊張した。大学の知り合いから「平松さん」という名前が出たことはなかったが、それでも僕は気付かぬうち、キャンパスのどこかで平松詩織さん本人とすれ違っている可能性があるのだ。もしかしたら探せば見つかるのではないか。

もちろんすぐに「探して見つけてどうするのだ」と自問はした。だが、本人を見てみたいという気がした。このセンスとユーモアと観察眼の持ち主はどんな顔をしているのだろうか。何学部で何を目指しているのだろうか。僕が何も感じずに見過ごしているこの平凡な景色からこれだけのものを見出す彼女と会話したら、どんな感じなのだろうか。

僕は何か非常に「佳《よ》きもの」を見つけたような気分で、まだ見ぬ平松詩織さんを「どんな人なんだろう」といろいろに想像し、彼女が実在するという事実にそわそわしていた。

つまり。
友人は笑うだろうし妹は呆《あき》れるだろう。だが明らかにこれは「恋」だった。

平松詩織の1

明らかにこれは「恋」だった。しかし問題は、いわゆるひと目惚《めぼ》れに近いものであるという点だ。

現代日本では「ひと目惚れ」はおおむね軽薄で子供っぽいものとされている。だが古代ギリシアではひと目惚れこそが最も純粋な恋だとされていたらしいのである。わたしは古代ギリシア人に感謝する。Ἐπαινῶ《エパイネ》! Σε《セ》 φιλῶ《フィロ》! 軽薄なつもりはないし子供っぽいと言われるのも心外だ。それに厳密に言えば別に見た瞬間惚れたというわけではない。「新入生の方ですか?」―「教科書販売所を探してるんですよね? あれ、こっちですよ」と、話す声もちゃんと聞いてから惚れた。ひと目ではない。

わたしはもともと人との会話が苦手で、その中でも一ヵ所に集められた初対面同士が挨拶と自己紹介をして、という感じのグループワーク的なものが最も苦手だった。入学式直前に学部棟の大教室に集められて開催された新入生オリエンテーションは最後に教官が「これ終わったら周りの人たちと自己紹介しあってくださいねー」と言って終了したため、教官が退室するとにわかに周囲がざわつき始め、コミュニケーション能力の高い人たちが始めた自己紹介合戦の輪が教室全体に広がり、一斉借り物競走のようにマナーに配慮した挨拶と自己紹介が飛び交《とか》い始めた。周囲で他の人たちがどんどんつながりを作ってい
く喧噪《けんそう》の中、わたしは誰にも声をかけられずに視線を泳がせつつ沈黙していた。他の人たちがなぜ初対面の人に気軽に声をかけられるのか不思議だった。いきなり物欲しげに「仲よくなりましょう」と声をかけられて、気持ち悪いとか思われたらどうするのか。そもそもこういう時にどういう人を狙《ねら》ってどのくらいの大きさで声をかけ、第一声では何と言えばいいのか。決まり文句があればいいのにそういうものはどこを検索しても載っていない。声が小さくて気付かれなかった場合は再度、より大きく声をかけていいのか。声は聞こえているがわたしの雰囲気が駄目っぽいからさりげなく無視したのにもっと大きな声でまた来られて迷惑した、あいつそんなことも分からないの空気読めよププッ（笑）とかいうことになるのではないか。そういうケースと単に聞こえなかっただけでもう一度声をかけてもいいケースはどこで区別すればいいのか。大人は誰も教えてくれなかった。そもそも高校までは何時にここに来い制服はこれをこう着ろあれをするなこれをするなと細かく指示していたのに大学に入った途端服装も日々の予定も指示しないまま放り出すとはどういうことか。しかしきょろきょろしても誰も話しかけてはくれない。やはりわたしの服装はダサいのか。わたしから見れば明らかにお洒落な数人以外は誰も彼も同じくらいの水準に見えるがそれはわたしが馬鹿舌《ばかじた》だからで、他の人たちは今年のボージョレ・ヌーヴォーの出来をテイスティングするソムリエのごとくダサいかそうでないかを当然見分けていて、やはりわたしがダサいということが見え見えなのか。こんなふうに悩む人間を現代用語では「コミュ障（コミュニケーション能力の形成過程における何らかの不具合により同能力の発達に著《いちじる》しい問題を抱《かか》え人間関係の構築に関し平均人以上の障害の存在を自覚するに至った人物）」と言うが、普通の人たちの間では「実はコミュ障は伝染病である」という認識がありコミュ障と会話したり握手したりするとコミュ障が伝染《うつ》るとでも思われているのか。実際にコミュ障と話すと唾液《だえき》や呼気からコミュ障ウィルスまたはコミュ障細菌が感染するのだろうか。などと他人のせいにばかりしているが現実にはきっとわたしがきょろきょろしているわりに誰かと視線が合いそうになるとさっと俯《うつむ》いて家守《やもり》のように逃げるのが主因だろう、とそんなことを考えているうちにいつの間にか歓談タイムは終了し、早速《さっそく》コミュニティを形成した健全な人たちは一グループ、また一グループと連れだって教室を出ていった。わたしは一人の友達もできないまま、しかし最後まで一人で突っ立っているのはみじめなのでそれらの集団に紛《まぎ》れてほどほどのタイミングで教室を後にした。我ながら見事な孤立状態隠蔽《いんぺい》術だったと自賛するが、そんな技術ばかり磨《みが》いているからシラバスを受け取って時間割を作るのも一人、時間割に応じて教科書を買いにいくのも一人だったのである。

　別に学科で友達を作るつもりはないのだからいいのだ。写真同好会に入れば同じ趣味でマニアックな話をしても引かない優しい同級生や先輩たちと楽しくキャンパスライフなのだ、と思っていたわたしだが、一人では時間割を作る間も「これで単位が足りているのか」「他の人はどのくらい授業を入れているのか判断できない」と困惑と不安の連続であり、しかも第一回の授業までに揃《そろ》えておくべき教科書がどこで売られているのか分からず閉口した。生協の書店にはそれらしき場所がなく、新入生で賑《にぎ》わっている様子もなかったのだ。もしかして友人のできた人たちにだけ闇《やみ》のネットワークで教科書販売所の場所が提示され、わたしは一人だけ「まさか友人が一人もいないなんて学生は存在しないだろう」と判断した大学側に忘れられ放置されているのではないか。不安に思うもののレジの店員さんに「教科書はどこですか」と尋《たず》ねる勇気はなく、わたしは生協の書店内を四、五周していた。今の自分が店員さんには万引きに見えているのではないかという恐ろしい疑念が持ち上がり、さっとバッグを抱いて逃げだそうと思った（それこそが万引きの所作である）瞬間、男の人に声をかけられた。

と思ったが、声をかけられたのはわたしではなく、レジ付近にいた別の男子学生だった。そういえばわたしの他に、店内で同じように漂っている男子学生がいた。男子学生は本学の先輩であるらしい男の人と「新入生の方ですか？」「はい」「教科書販売所を探してるんですよね？　あれ、こっちですよ」「あ、ありがとうございます」と話をし、わたしと同様会話の苦手そうな男子学生を連れて生協書店を出ていった。どうやら先輩の人は、迷っている男子学生を教科書販売所まで案内してあげるようだった。しめたと思ったわたしは尾行に必要な距離を保《たも》ちながら二人の後をつけた。二人を尾行すれば「コミュ障禁制秘密の教科書販売所」に辿《たど》り着《つ》ける。

生協書店を出て教科書販売所に向かう間、先輩の人はおそらく男子学生の緊張をほぐそうとして穏《おだ》やかに言葉を発していた。どうも教科書販売所は生協の書店とは全く別の場所に特設されているらしく、毎年そうだから昨年自分も迷い、友達に教えてもらうまで広いキャンパス内を水海月《みずくらげ》のように彷徨《さまよ》っていた（大意）*2。それで、同じく沖海月《おきくらげ》のように彷徨っていた彼を見て同類だと察し、声をかけた（大意）といったことらしい*3。

わたしは感心すると同時に、羨望《せんぼう》の眼差《まなざ》しで先輩の人を後ろから見ていた。困っている

---

*2 「ミズクラゲ」……旗口《はたくち》クラゲ目ミズクラゲ科。日本近海で最も普通に見られる、白色透明をしたお椀《わん》型の体に四つ葉のクローバーのような模様をつけたクラゲ。一応毒があるが、刺されても「人によってはチクッとするかも」程度。

*3 「オキクラゲ」……旗口クラゲ目オキクラゲ科。夏に現れる「刺すクラゲ」。毒がわりと強く、肉食性で気も強い。個体差はあるものの茶色やピンクに見える点、長い触手が揺れている点などでミズクラゲと区別できるが、まあ遊泳中にクラゲの判別をするのは難しいので、海の生き物にはむやみに触らないのが無難《ぶなん》である。

見知らぬ人にさらりと声をかけられる人種、というのがこの世界にはいる。きっとこの先輩は電車内で席を譲り、駅の階段で女性のスーツケースを持ち、転んで泣いている子供を泣き止《なや》ませているのだろう。

　そういう天使のような人に声をかけられた経験はわたしにもあった。小学校一年生の頃、大型店舗のおもちゃ売り場で親とはぐれ、不安でパニックになりながらも恥ずかしくて泣けないわたしに「ママいなくなっちゃった？」と声をかけてくれたお兄さんを今でも覚えている。お兄さんはわたしをインフォメーションセンターに連れていってくれて迷子の放送で親を呼んでくれ、親が来るまで待合室で一緒にいて話し相手になり、遊んでくれていたのだった。最初、不安でひとことも喋《しゃべ》らなかったわたしだが、お兄さんがかっこいいので徐々に嬉《うれ》しくなり、親が来たあともお兄さんと別れるのが惜しく、またあのお兄さんに会えるかもしれないと思って大型店に行くとわざと親と離れて歩いたりもした。思えばあれが初恋だったのだがよく考えてみたらお兄さんの隣にはお姉さんもいて、彼女もいろいろ話しかけてくれていた。奥さんまたは彼女さんだったのだろう。

　わたしは適切な距離を保ちつつ二人を追跡しながら、なんとなくその時のことを思い出していた。先輩の人はあの時のお兄さんに少し似ており、もっとよく見たい気もしたが、コミュニケーション能力が高い人間は発光しているためまともに見ると危険だった。人間関係の地下で暮らすコミュ障は光刺激の受容器官が退化しているため強い光を浴びると錐《すい》体細胞《たいさいぼう》が死ぬのである。どうもわたし同様錐体細胞が貧弱であるらしい男子学生も俯きがちではあったが、それを見下ろして（いい感じに身長差があった）話しかける先輩の人は優しい兄のような雰囲気で、ああ男兄弟ってこんな感じなのだろうかいいなあと思った。[*4] わたしは二人の跡を追ってしれっと新入生が凝集している教科書販売所に辿り着き、男子学生と同じタイミングでこっそり先輩の人に頭を下げた。先輩の人は穏やかに「じゃ」と言って去っていった。すごい人だなと思った。世の中には気持ち悪がられるとか突如攻撃されるとかいう心配をせずに見知らぬ他人に声をかけられる人種がいるのである。あの男子学生は困っていますとか迷っていますとか一言も発していないはずだった。プラカードを掲げてもいないし手や顔に「困っていますとか」と書いていたわけでもないだろう。なのに先輩の人はひと目見るだけで彼が「教科書販売所が見つからなくて困っている新入生」だと見抜いて声をかけたのである。すげえ。しかも、錐体細胞が死ぬのであまりまじまじと見はしなかったが、わたしが「こらあかん好きなやつや」とつい関西弁になるタイプの整った顔だった。社交的だがちゃらちゃらしておらず、真面目で大人しそうなのがいい。わたしは「惜しかった」と思った。声をかけられた男子学生はレジ付近の目立つ位置にいた。わたしは奥の棚の間だった。もし位置が逆なら声をかけられたのはわたしだったはずなの

＊4　妄想である。普通はそんなに綺麗ではない。

だ。もちろん、そうなったらなったで錐体細胞が大変だが。

というわけで、たったこれだけで堀木さんの存在がわたしの大脳新皮質にざっくり刻まれてしまったのだった。もちろんその時は「案内してくれたあの先輩の人」という名称で認識していて、堀木輝さんという名前も後になって知ったのだが、わたしは数日後、生協書店で再び「あの人」を見る。距離的に何の本を買ったのかは分からないが書店にはよく来るらしく、レジのおばちゃんと一言二言にこやかに言葉を交わして会釈して退店していった。やはり社交的であり、お洒落なのかどうかは分からないが好ましい容貌《ようぼう》であったことも再度確認できたのだった。とっさに「後ろ姿をカメラに」という考えが浮かんだが、それは完全に「はみ出た」行為なので、出したカメラはちょっと面白い位置関係にある一般教養棟屋上のエッジと空の積雲を逆光で収めるにとどめた。家に帰ってパソコンで確認したらそこまでイメージ通りの構図になってはおらず、あの場所で粘《ねば》ってもう五、六枚撮っておけばよかったと後悔した。五、六枚撮ったらその中の一枚にたまたまあの人が写り込んでいても不自然ではなかったな、などと考えながら写真をミニブログにアップし、なんとなく溜《た》め息《いき》をついた。短期間に二度、目にするという偶然のおかげで、「あの人」がすっかり大脳新皮質に刻まれてしまった。

世間にはああいった「社交的な人」というのが多数存在し、道の真ん中を歩いている。そういった人は大抵押しが強く勢いがあり、正面に立つとこちらは竦《すく》んでしまう。だが、

「あの人」は何か違いそうだった。社交的ながら暴風的でなく穏やか、という人を、わたしは初めて目にした。たとえばあの人ならば、わたしのような陰性人間にも優しく穏やかに接してくれるのではないか。もしそうであるなら、わたしももう少し顔を上げて会話ができるかもしれない。どんな会話になるのだろうか。

そう考えると「あの人」がひどく貴重な存在に思えた。ただ好みの外見をした人なら他にも見たことがあるが、それでいてわたしが怖くなく話せるかもしれない雰囲気まで持っている人は初めて見た。そんな絶滅危惧《きぐしゅ》種並みの存在が同年代の、しかも同じ大学にいるとはすごいことだ。もう二度と見ることがないかもしれないとてつもなく貴重な人なのだと思うと、いてもたってもいられなくなる部分があった。だがもちろん知っていた。ああいう人にはとっくに彼女がいるに決まっているのだ。もうとっくに誰かのものなのだ。そう繰り返して心を落ち着けた。

客観的に見れば、その時点ですでにわたしは八割方古代ギリシア人であった。そして古代ギリシア人のわたしはその日から、キャンパス内に「あの人」の姿を捜すようになった。

堀木輝の2

平松詩織さんがうちの学生だと気付いてから、なんとなくキャンパス内に彼女の姿を探すようになった。顔も知らない以上、いきなり見つけることは不可能に近いのだが。

そうやってきょろきょろしながら歩いていると、いろいろと見つけるものもある。授業後、一般教養棟A号館の前で空を見上げ、あ、これは平松さんが以前撮っていたアングルだなと気付いた。探したわけではなく本当に偶然だったので驚きのあまり「お」と声が出た。今日は青空と薄雲が半々程度であり、曇り空を写した彼女の写真とはだいぶ印象が違うが、とにかく見つけた。これは幸運だった。

更新を待つのがすっかり趣味の一つになってしまった平松詩織さんのブログは、相変わらず日に一枚くらいのペースで続いていた。彼女は特に空が好きなようで、それも青空や夕焼けといった分かりやすいものだけでなく曇り空や雨模様も平等に好きなようだった。行動範囲は広くなく、あくまで近所の画像が多いようだったが、鳥が好きらしく、どこにでもいるハシボソガラスやムクドリといった都市鳥たちの、野性味や愛嬌《あいきょう》を感じさせる写真もある。何気ない路上の自動販売機や側溝の蓋、あるいは鬱々《うつうつ》とした印象しかないはずの曇り空などにはっとするような切り取り方で美を見出す詩織さんのカメラは、時折ユーモラスなアイディアを挟み、そして相変わらずコメントはほとんどなくシンプルだった。彼女の目にはこんな何気ないものでもこんなに美しく映っているのだろうかと思うとその世界をもっと知りたくもあったし、それでいながらユーモアセンスのある彼女と話をしてみたいという気持ちは日を追って膨《ふく》らんでいった。気付くと学内で通り過ぎる女子を「もしかしてあの人が」というふうに目で追ってしまうことがあり、もはや確実にこれは恋愛だった。僕は友達から「好きなタイプは」と訊《き》かれた時はいつも「物静かな人」と答えているが、本当はこういう知的で上品なユーモアのある感じの人に弱いのだ。なんとなく嫌な奴《やつ》に見られそうだから「物静かな人」と言い換えているのだが、実はそうなのである。

そして平松詩織さんは、どうやら会えない存在ではなさそうだった。アップされた画像をじっくり検討してみると、近所で撮られたと覚しきものがたくさんあった。そのため僕は最近、大学内外を歩きながら彼女の撮った風景を探すのが小さな趣味になってしまっている。あまり場所が特定できるような撮り方をしていなくても、撮られた場所に実際に行ってみるとここだと分かるもので、これまで見つけたのが七ヵ所。自宅のパソコンで確認は取るが、今度のこれで八ヵ所目であることはほぼ間違いがない。なんとなく、それだけで「今日は一ついいことがあった」という気分になれる。周囲を見回す。五限の授業中であり学生の姿は一つか二つ。出入りの業者らしきスーツ姿の男性二人組がファイルを広げて話しながら玄関に入っていく。この同じ場所に詩織さんも立ったのだ。彼女の写真は日常使っている場所からそう外れずに撮っているから、このまま張っていれば彼女がここを通る可能性もある。そう思うとやってみたくなる。だがそういう行為は方向性が完全にストーカーである。

突っ立っていても怪しいので歩き出し、C号館との間にある広場に出る。昨日の雨が乾いていることを確認してベンチに座り、抜いた昼食のかわりに買った惣菜《そうざい》パンを出す。サークルに顔を出そうと思ったが、その前に僕は悩んでいた。

平松詩織さんは本学の学生である。それならば、全く手の届かない存在ではないのだった。妹を頼りさえすれば。

妹の空那《そらな》はこの春に、僕と同じ大学に入ってきた。僕は四月四日生まれで妹は三月二十八日生まれ。母によると予定日より一週間ほど早かったというから、予定通り生まれていれば誕生日が同じになっていた可能性もあり、もしそうなっていたらきっと誕生日をまとめて祝われて釈然としない思い出になっていただろう。だがとにかく年度をまたいだことで、実質的にほぼ二つ差のはずが年子扱いになっている。その妹が同じ大学の一つ下に入ってきたのは、流されやすい彼女に都会で一人暮らしをさせることを不安がった両親が「輝と同じ大学に受かって一緒に住むなら一人暮らしをさせてあげる」という条件をつけたからだ。妹の方はそれは一人暮らしではないという当たり前の反論をしたそうだが結局親には敵《かな》わず、とにかく家を出てみたい一心で猛勉強してうちの大学に入ってきた。僕は妹の分と合わせて多めにもらう仕送りで、兄妹《きょうだい》二人が自分のスペースを確保できる2DKの部屋に住んでいる。同じ大学のくせに生活時間はわりとばらばらで、一度も顔を合わせない日も時折ある。

そしてその妹が平松詩織さんの鍵《かぎ》を握っている。四月中旬、入学時に案内して以来初めてキャンパス内で妹を見かけたのだが、その時彼女は友達からカメラを借りていじっていた。妹は朝、一緒に通学することを嫌がるくらいなので声をかけたものかどうか迷い、二人が話す様子を遠目に見ていたのだが、妹に手を振って去っていったその友達はカメラに相当詳しいようだっただけでなく、妹とは仲がいいようだった。

「うわ。おにい」家庭内の呼び方で僕を呼んだくせに、僕が声をかけると妹は周囲を気にした。「なんで出てくんの」

「いや、ここ僕の大学」

去っていった友達の後ろ姿を見る。「さっきの友達？　挨拶しとけばよかったか」

「やめて。マジで」

別に兄馬鹿というわけではないが、基本的に一人でいられない性格のくせに引っ込み思案の妹が大学で話し相手を得られた様子で少しほっとした。しかし思い返してみれば、妹は高校時代、お気に入りの友達にずっとくっついていて、たしかその人も同じ大学を受けたのだった。

「……いや、あの人、例の仲よしの人か。いつも一緒の」たしか松本《まつもと》さんと言ったか。高校時代、妹が学校でのことを喋ると一つのトピックに一、二回必ずその名前が出てきた。妹がこの大学を受けた動機の一つも、彼女が受けるからだったはずだ。

「『例の』って私そんなに話に出したっけ。別にいつも一緒ってほどじゃないし」

「たしか学部違うんだよね。他の友達はできた？　学科に一人ぐらい友達いた方が便利だよ」

「知ってる。別に大丈夫。サークルにも入るし。写真同好会、誘われたし」

相変わらず流されやすいやつだと思う。これまで写真に興味を示したことなど一度もなかったのではないか。むしろ僕の方が好きなくらいかもしれない。「カメラ買うの？　けっこう金かかるけど」

「写真……」

「最初は今持ってるデジカメでいいって言われた」

まあ、友達にくっついてとはいえ、興味のなかった同好会に飛び込むのだから、のんびり貧乏旅行に行くだけのサークルでのんべんだらりとしている僕より立派かもしれない。しかし松本さんも大変である。高校で自分にくっついていた人が大学まで同じところに追いかけてきて、サークルまで入るという。やはり一度きちんと挨拶しておけばよかったな、と思って去っていった方を見たのだが、彼女の姿はもちろんとっくに消えていた。

それが二ヵ月ちょっと前の話である。その時妹が座っていたベンチに座り、ツナマヨコーンの濃厚さに舌を痺《しび》れさせつつ僕は考える。平松詩織さんが写真同好会に入っているという確証はないが、その可能性は充分に期待できる。そしてうちの妹も一応写真同好会の会員だ。つまり、もしかしたら、僕と接点がないわけでもないかもしれないのである。

だが妹は未《いま》だにちゃんとしたカメラを買っていないし、家で写真の話もしない。写真同好会の部室には時折行っているようだから、松本さんと喧嘩《けんか》したとかいうわけではなく単純にそれほど熱心でないのだろう。だとすると妹が写真同好会の人の連絡先などをきちんと把握しているかというと怪しい。だからといって僕が単身「妹がお世話になってますんで ―」などと言いつつ写真同好会に乗り込んでも不自然だし怪しいし妹は怒るだろう。となれば妹より熱心そうで、つまり写真同好会員の情報も妹より把握していそうな松本さんをなんとか捉《つか》まえるしかないが、彼女とはまだ、ちゃんと話したことすらないのだ。妹が高校の頃、でなければせめて二ヵ月ちょっと前のあの時、きちんと挨拶をしておけばよかったと思う。もちろん妹に引きあわせてもらって松本さんと接触し、彼女に平松詩織さんを知ってるか尋ねることも可能だが、ただ平松詩織さんを探すためだけに妹が世話になっている友達と接触するのは図々しい。妹→松本さん→平松詩織さん。彼女に近付く道筋はあるのだが、まず妹が難関である。正直に話しなどしたらどれだけからかわれるか。松本さんの方に気があると思われたらそれも面倒くさい。確かにちらりと見たところでは松本さんは落ち着いた物静かな雰囲気の人で、真面目そうな服装なんかもあいまってかなり好きな感じではあったのだが、それだけに妹に誤解されたら否定しても信じてもらえない気がする。誤解した妹が誤った情報を流して、それが平松詩織さんの耳に入ってしまう、という可能性まで考えだすと、なんとかして妹を迂回《うかい》したかった。だが無理なのだ。松本さんしかルートがない以上、結局妹を通さなければならない。

持っているパンに目をつけたか、雀《すずめ》が四羽《わ》も周囲に来てチイチイやっている。可愛《かわい》いがこれでも野生動物だから餌《えさ》はやれない。パンの残りを口に押し込んだが、その時に視界の端に何かを感じた。

あるいは今感じたのは視線だったかもしれないと思い、そちらの方に首を伸ばして人影を探す。二人組の男子が似たようなリュックを背負って話しながら歩いていくが二人がこちらを見た様子はない。自転車に乗った女子が目の前を通り過ぎた。知らない人だし彼女も僕など見てはいない。気のせいだろうか。学内の友人・知人・先輩・後輩を脳内に並べて検索してみるが、僕を一方的につけ回して観察するような趣味の人には覚えがない。

広場の真ん中で風が巻き砂埃《すなぼこり》と枯れ葉がかすかに渦を作る。このベンチは日陰《ひかげ》で、日が落ちると思ったより涼しい。僕は腕をさすりながら立ち上がり、サークル棟に向かいながら、妹にどう言えば笑われずに松本さんまで進めるかを考えた。進んだ結果どうなるかまでは今は考えなくていいと思う。経験上平松詩織さんのようなセンスのいい人には大抵「大昔からつきあっている」彼氏がいて不動で近付きようがないことが多かったが、それを心配してみても始まらないし、もしかしたら自分は駄目でもともと、破れかぶれで人生初の略奪愛に走るかもしれない。だが今はそれ以前なのだ。彼女の素性を、妹を迂回して知る方法はないか。

パンの袋を握って立ち上がり、あの時に声をかけておけばよかった、と後悔した。一ヵ月ほど前、僕はキャンパス内で、写真を撮っている松本さんを見かけたことがあったのだ。昨年の大学祭で写真同好会の展示を見たらわりと近所の作品が多かったから、写真同好会では普通のことなのかもしれない。場所は正門を入ってすぐの植え込みの中で、彼女が何を撮っているのかまでは見なかったが、真剣そのものの顔でアングルをあれこれ試している松本さんを見て「写真やってる女性っていいよな」と平松詩織さんによる好感度補正でそう思い、邪魔になるかと思って声をかけずに通り過ぎてしまったのだ。

今思うとあれが悔《く》やまれる。その時はまだ妹を迂回して直接松本さんに平松さんのことを尋ねれば、というところまで考えが回っていなかったのだ。本学は学生数千人以上、キャンパスの敷地《しきち》面積三十五万m²。また偶然松本さんを捉まえられる可能性は低い。おかげで今はなんとかして妹にからかわれずに松本さんに取次いでもらう口実を考えなくてはならないが、何も思いつかなかった。ブログで写真を見ただけ。顔も知らない人だと言えば、妹は笑うか気持ち悪がるかどちらかだろう。勇気がなかなか湧《わ》かない。

でもなあ、と舌の上で呟《つぶや》く。顔も知らない人を好きになるのって、そんなにおかしなことだろうか。

平松詩織の2

顔しか知らない人を好きになるのって、そんなにおかしなことだろうか。実際にはかなりありふれていると思うのだが。

たとえばよく行くカフェの店員が好きになったとかいう話も聞いたことがあるが、店員として接客されたことしかないのに惚れたとすればこれはほぼ顔しか知らないことになる。接客中のその人はマニュアルと営利で動く、プライベートとは別の人格だからだ。中学高校の頃から誰それが好きになっただの告白するか悩んでるだの話で盛り上がっている人たちはいたが、もともとの友人などでなく「○○部の××君」とかであった場合ほとんど直接に会話をしたことがないわけで、これも外見以上のデータがどれほどあるのかと思う。要するに友人知人以外に惚れたのならみんな似たようなものなのだ。

などと必死で言い訳をするのが何故《なぜ》なのか、自分でも分からない。恋愛関係の相談をする友人などいない。大学において唯一、天の川並みにうっすらとした交友関係らしきものを築けている写真同好会においてわたしは例によって「喋らない人」の地位を確立し……もとい、してしまい、喋りたい時にも全力で喋れない不自由な生活を強《し》いられていた。普段喋らない人が興味のある話題になった途端に目を輝かせ上体を乗り出させ大声で喋り始めたら何かと思われるからだ。[*5] まして恋愛の打ち明け話など絶対にできない。理不尽だ。喋らないからって喋りたいことが頭の中に何もないのではないし、ましてや何も考えていないわけがないのに。むしろ普段口から吐《は》き出《だ》さない分頭の中では激しく同意したり早口で自分の経験をまくし立てたり泣いたり笑ったり、内面はゴッホの糸杉でムンクの叫びで蜷川《にながわ》実花《みか》の花なのに。

などと口を動かさずに訴えながら駅前を歩いていたら、植え込みに虎柄《とらがら》の大きな蜘蛛《くも》が巨大な巣を張っているのを見つけた。虫は苦手だが蜘蛛の巣は美しい。長い脚を二本ずつまとめて綺麗《きれい》なX字の姿で巣の中央に張りつく様子も気持ち悪さを美しさが相殺してけっこう見ていられる。背景に牛丼《ぎゅうどん》屋の看板が入るとちょっと面白い構図になることに気付いてカメラを構えるが、蜘蛛の糸は細いため雨露で濡れたりしていないと撮影が難しく、わたしは離れて角度をつけたり気持ち悪さをこらえてぎりぎりまでの接写を試みたりいろいろと頑張った。後ろを通る人にぶつかりそうになり慌てて頭を下げる。公道上での撮影

*5 誰にでもあることなので、あまりびっくりしないでいただきたいものである。

は不自由だ。地面からのアオリで撮りたい時などもわりと多いがあまり熱心にやると警察を呼ばれかねない。

シャッターを押す。……わたしは。

もう一度シャッターを押す。……ルートを知っている。

中腰をやめてファインダーから顔を離す。そう。頑張って突撃すれば堀木輝さんに辿り着くことができるはずのルートはあるのだ。

蜘蛛の巣のむこう、反対側の歩道をまさにその「ルート」が歩いているのを見つけた。隣に写真同好会《ウチ》の松本さんもいる。

堀木空那さん。あまりサークル棟に顔は出さないし、写真も特に詳しくないようなのだが、話をしたことはある。そしてわたしは以前、住宅街の路地を彼女と堀木輝さんが話しながら並んで歩いていくのを、遠目に見たことがあった。どういうことなのかと驚き、その後、部室に来ていた彼女に頑張って訊いてみたら、彼氏ではなく兄なのだという。兄妹で一緒のアパートに住んでいるとのことで、ただの帰り道だったのだ。あの時は心底ほっとした。そして「あの先輩」が堀木輝さんという名前だということも、そこで初めて知った。

空那さんは当然のことながらわたしに気付かずに遠ざかってゆく。こういう時に大声で呼ぶとか手を振るとかしておかないと「無視された」とかいう話になるのだろうか、いや反対側の歩道だしセーフだろう、と悩んでいると、路線バスが目の前を通って視界が塞《ふさ》がれた。

　堀木空那さん。その兄の輝さん。詳しく聞いたわけではないが、仲はいいのだろう。空那さんともっと仲よくなれば、輝さんのことは聞き出せる。空那さんとはＩＤも交換している。物陰《ものかげ》からこっそり見たことしかない現状よりずっと前進できるはずだ。

　正直なところそんな昔の漫画のようなことを自分がやると思ってはいなかったのだが、四月に出会ってから（いや、一方的に後ろから見ただけだが）今までの三ヵ月弱で、わたしは四回ほど堀木輝さんを目撃している。一回目は出会った時、二回目は生協書店で。それから路地で空那さんと歩いているところと、広場で一人、パンを食べているところ。雀をじっと観察していたから、輝さんも鳥が好きなのかもしれなかった。動物に向ける眼差しも優しく、やはりこの人となら怖くなく一緒にいられそうなのに、と思った。

　だとすればやはり、空那さんだ。

　実のところ、部室で彼女に輝さんのことを質問した時点で、わたしの気持ちはばれていた。以前にもそういうことがあったのか、あるいは単に兄妹仲がいいのか、空那さんは兄に興味を持つ女性を敏感に嗅《か》ぎ分《わ》けるようで、「お兄さんなんですね」とほっとしたわたしに対し、にやりとして「紹介しましょうか？」と言ってきた。それから何やかやとわたしと輝さんを引き合わせようと企《たくら》み、何度かニアミスめいたこともあったが、今のところそこまでで終わっている。

だから、やはり空那さんなのだった。いきなり輝さんに直接突撃するという命知らずを避けるとすれば、やはり彼女の誘いに応じて紹介してもらうしかない。たとえば私より空那さんと親しいはずの松本さんあたりから間接的に「空那さんのお兄さん」の情報を聞き出す、などの手段で空那さんを迂回できないかとも考えたが、松本さんから彼女に話が伝わらないはずがなく、やはり無理だった。

ハシブトガラスが「カェ」と鳴いて電線から飛びたつ。反対方向の路線バスがむこう側の歩道を隠し、それが走り去る頃には空那さんと松本さんは消えていた。

でも、と躊躇《ためら》う気持ちがある。空那さんは「紹介しましょうか?」と言ってくれたが(なぜあの時、飛びつかなかったのか!)、本当に応援してくれるのだろうか。もしかして空那さんが言葉とは裏腹にすごいブラコンで、「お兄さまに近付く悪い虫はわたくしが払います!」とばかりに妨害されるということはないのだろうか。あのお兄さんなら可能性がある気がするし、一緒に住んでいるくらいなのだから相当仲はいいはずなのだ。もしかして空那さんは、「都会の大学でお兄さまに変な虫がつかないように」と猛勉強し、お兄さまを追いかけてうちに入ってきた、とか、そういう事情があるのではないか。いや、うちの大学はべつに猛勉強しなくても入れるのだが。

悪い想像が広がる。だとすれば、わたしの気持ちはすでに空那さんに察知されている以上、たとえば会話の成立しないコミュ障だとか陰気で何を考えているか分からない危ない人だとか某国のスパイだとか連続殺人鬼だとか、お兄さまにあることないこと吹き込まれているかもしれないのだ。まあ前半二つはおおむね事実だし、まだよく知らない空那さんをそんなに悪いふうに考えてしまってはいけないのは分かっているのだが、コミュ障は悪い想像をするのが得意なのである。

堀木輝の3

昔から悪い想像をするのが得意というか、一度悪い方向に考えだしてしまうと歯止めがきかなくなる癖《くせ》があった。そのせいで未だに妹に相談できていない。できていないまま七月になってしまった。

新しい思いつきはないが、一定期間悩み抜いて思い詰めた結果、これまで後回しにしていた方法が検討段階に入る、ということはままある。つまり、写真同好会の部室に突撃するのだ。平松詩織さんについては顔も知らない以上、会員に頼んで取次いでもらえるかは微妙で、おそらく不審がられる。ブログを見てファンになった、という説明で信じてもらえるだろうかという不安もあるし、そもそも彼女が写真同好会の会員だという確証もない。だが、まず松本さんの方に取次いでもらうならなんとかなりそうだった。どうも妹の話からすると写真同好会に「松本さん」は一人しかいないらしいので、部室に突撃して「松本さんに伺いたいことが」と頼めば直接接触はできる。妹が昔からお世話になっていて、と妹の高校時代の話をすれば信用もしてもらえるだろう。そして松本さんに対しては「からかわれると嫌だから妹には秘密にしておいて」と頼むしかない。何度も検討したが、これ以上の案はなかった。この間も考えた通り、この広いキャンパスと無数の学生の中で単独の松本さんを偶然見つけるチャンスなど、もう期待できないのだから。

ところが、現実はそうでもないのだった。

その日、僕は突然チャンスに巡り合った。キャンパス内で松本さんを、しかも一人のところを見つけたのである。雨になるのかならないのか、どんよりと分厚い雲が空を覆《おお》って嫌な天気だったが、運はよい日だったのだ。

三限終了後、喫煙者の友人につきあって副流煙に耐えつつ経済学部二号館脇《わき》の喫煙スペース[*6]で話をし、一緒にとっている四限の授業がある教室に行こうとした時である。僕は図書館の正面入口から出てくる松本さんを発見した。思わず「あ」と声が漏れて友人からどうしたと訊かれ、松本さんを見ているとばれたらややこしいことになるかもしれないと思ってごまかしながらも、僕は小脇に本を抱えていかにも学生然とした松本さんを窺《うかが》い見ていた。一人だ、と思ったらいてもたってもいられなくなった。一度しかないはずのチャンスは二ヵ月前に逃した。二度目のチャンスは存在自体が奇跡だ。これで駄目なら一生駄目だ。

「ええと、ごめん。僕、ちょっと用事思い出したからいなくなる」

「お」友人は吸殻を灰皿に捨てて携帯を見た。「四限始まるけど」

「途中からかも」

言いながらバッグを肩にかけ直し、喫煙スペースを離れる。あまり露骨に松本さんに駆け寄っていくと後ろから見ていた友人に誤解されそうで、とりあえずちょっと距離を置いて彼女の後ろを歩く。何かストーカーめいていて傍《はた》からどう見えているのか気にならなくもないが、まあ無関係の人に誤解されたところで特に困らない。

松本さんはキャンパスのメインストリートを南下していく。一年生だし、南の一般教養棟で四限の授業があるのだろう。少し早足だった。距離を詰めようと小走りになりかけ、横から来た自転車にぶつかられそうになってステップを踏む。うちのキャンパスは南北に長いため、北の端から南の端まで歩こうとすると優に二十分はかかり、そのためメインストリートは自転車をぶっ飛ばす学生たちが行き交い危険である。キャンパス内は油断しているのかスマホ歩きも多いし、非常識なことに自転車を漕《こ》ぎながら携帯をいじっている人

＊6　よく誤解されるが、喫煙者が吸う煙が主流煙、煙草《たばこ》の先端からうっすら出ているのが副流煙であり、喫煙者が吐く煙は「呼出煙」と呼ばれる。

まで時折いる。自動車学校の教官が言っていた「公道に出たら自分以外は全員キ○ガイだと思え」はうちのキャンパス内でも当てはまる。

どこかで立ち止まりでもしてくれたらいいのだが、当たり前の話で松本さんは立ち止まらない。これでは追いすがって後ろから声をかけることになってしまう。やりにくいなと思った。自己紹介すれば警戒は解けるだろうが、男がゼエゼエ息を荒くしながら走って後ろから追いかけてきたというのは事情はさておき怖いだろう。いきなり初対面の男からそんなふうに声をかけられたら僕だって怖い。結局、声をかけられないまま一般教養棟に着いてしまった。

松本さんは階段を上っていく。そろそろ四限が始まるため、出入りする学生の群れに阻《はば》まれて近付けないまま、彼女は教室に入っていってしまった。

携帯を見ると四限開始の時刻だった。このまま教室前で四限が終わるまで待とうか、大教室の講義だからいっそ入って紛れてしまおうか、と考えたが、松本さんの姿は教室内に消え、僕はとりあえず、四限終了時にまた来ることにして階段を下りた。その時に松本さんを捉まえられれば、平松さんを紹介してもらえるかもしれない。会うことができる。直接。階段を下りながら、心臓のあたりがぎゅっと収縮する感触を覚えていた。松本さんとの話の展開次第ではもしかしたら今日、会えるかもしれない。「ブログを見てファンになったなんていう人がいたら絶対喜ぶので会いませんか」と勧めてくれるかもしれない。平松さんはどんな顔なのだろうか。どんな服を着てどんな音楽を聴きどんな表情で話すのだろうか。自分の服装を見て、いつも通りの普段着でいいのだろうかと悩む。しかしとりあえず、寝癖はついていないし鼻毛も出ていないはずだ。

一般教養棟を出て北に戻る。自分の授業に出ていようかとも思ったが、授業終了前にここに戻っていないといけないとなると、終了十五分前には教室を抜け出さなければならなくなる。少人数の授業なのに、遅刻して入った上に最後も抜け出す、というのはばつが悪すぎる。それに、今のこの気持ちではそわそわしてどうせ頭に入らないだろうと思う。仕方がないので友人にSNSで「ごめんレジュメあとでコピーさせて！」とメッセージを送り、とりあえず図書館に向かった。友人からはOKのメッセージが来た。普段はどちらかというと僕の方がその役をやっている。そのおかげかもしれないが、持つべきものは友である。

だが、とりあえず四限終了前まではやることがなくなった。僕は一回、深く息をした。落ち着かなくてはならない。

どこで待っていようかと考えながら図書館前に着くと、正面入口のところできょろきょろしている眼鏡《めがね》の女の子が目についた。

四限が始まって人がいなくなったため、その子は目立った。女の子、と思ったのは、なんとなく幼い感じがして大学生らしくなかったからである。普通のシャツとジーンズだが、眼鏡と合っていないのだろうか。なんとなく私服慣れしておらず、あれの代わりにセーラー服でも着せたらちょうどよいのではないかという印象だった。携帯で何か喋りながら周囲を見回している。その仕草《しぐさ》もなんとなく年下という気がする。とすると時期的には早いが、キャンパスを見学にきた高校生だろうか。

——あのう別紙《べっし》さん。図書館の前、でしたよね？　私、もう着いてますけど。

——いえ、そうです。「神殿」……まあ、正面玄関の柱のとこはそんな感じです。

——はい。東門から……もしもし？　あのう別紙さん、すごく電波悪いんですけど今、どこにいるんですか？　……サークル会館？　って何ですか？

相手の声は聞こえるわけがなかったが、よく通る声だということもあって女の子の声は聞こえてきた。「別紙」というのが人名だと気付くまでしばらくかかったが、「サークル会館」という単語を知らないことからしても、やはり見学に来た高校生が迷っているのだろう。サークル会館なら北の端だから、ここからだと少し歩く。別紙という人も迷っているのだろうか。

通話が切られてしまったらしく、女の子は携帯を見ながら歩いてくる。立ち止まり、きょろきょろして「サークル会館……」と呟き、それから僕と目が合った。

一瞬、沈黙があった。お互いに同じことを考えたのだろう。僕は先に声をかけた。「学外の方ですか。ひょっとして迷ってます？」

「あ、はい」女の子は両手を揃えてお辞儀をした。「あの、すみません。サークル会館の、写真同好会の部室って、どう行けばいいでしょうか」

思わず驚きの声をあげそうになった。「写真同好会」。その名前がピンポイントで出てきたのだ。

「案内しましょうか？　サークル会館の中、ややこしいし」

ノータイムでそう言っていた。なんと、縁もゆかりもなかった写真同好会に行ける。迷っている見学の子を案内するという堂々たる名目でだ。だとすれば松本さんを捉まえるまでもない。四限の最中だが、部室に誰かいてくれれば。会員の誰かと顔見知りになれれば、妹を迂回して平松さんの情報が手に入るかもしれない。幸運だった。神様が背中を押してくれている。

平松詩織さんへの距離が急速に近付いている。という気がする。ありがとうございますと頭を下げる女の子にこちらこそ！　と心の中で返し、僕は躍り上がるのをこらえて歩き出す。

僕は浮かれていたが、この時点で事件は始まっていた。

平松詩織の3

四限開始前なのか終了後なのか分からないが、とにかくその日の四限のあたりに事件は起こっていたらしい。

七月初め、空が綺麗で撮りたくなる天気の日だった。四限は一般教養の「芸術学Ⅰ」で、法学部なのにこんなので二単位取っていいのかと大喜びで選択した科目だが、大教室に松本さんを発見して隣に座った。前回サボりすぎて落としたが楽しいから再履修したのだという。楽しいのになぜ落とすまでサボるのかよく分からなかったが、楽しくてもサボることはあるしサボればうっかり落とすこともあるという。わたしとは別の星の人だなと思わなくもない。授業が終わり、駅前の本屋に行ってくる、今日は部室に行かない、という松本さんと別れ、しまった何か堀木空那さんとの仲介を頼めたのではないか、と悩みながら一般教養棟を出ると、携帯が鳴った。

——大変だ。平松さん今、暇？　暇ならすぐ来て。事件だ。部室に変な男がいる。じゃ。

会長はそれだけをまくしたて、こちらの反応を聞かないまま通話を切った。おい、と思う。そういえば会長は電話をするとそうなるという話を松本さんから聞いていた。一方的に用件を伝えてこちらの反応を待たずに切るところはうちの父方の祖母と同じである。今年は就活だろうに会社訪問のアポ取りなどできるのだろうかと心配になるが、あるいは細々《こまごま》としたマナーやら相手の反応やらが怖くてそれらに「耳を閉ざす」ためにそう振る舞っているのかもしれず、会長ももしかしたらわたしと同じカテゴリの人間なのかもしれない。

部室には急いで向かった。全く具体性がないが、変な男が出て大変らしい。何がどう大変なのか。というより「部室に変な男がいる」というのに会長も部室にいるのだろうか。のこのこ出かけていくわたしは安全なのだろうか。

サークル会館は北側のはずれにあり、途中でカルガモのいる池と水路を橋で渡る。カルガモの作る美しい波紋を見ておっこれはと思ったが撮っている場合ではない。電話をかけてきた会長は怪しい男と一緒に部室にいるらしい。まさか縛られて電話をかけさせられているとか、逆に組み敷いて応援を要請しているとかそういった状況だったらどうしようか。どちらの可能性が高いか考えるに会長の体力からすれば明らかに前者であり、部室のドアを開けた途端にわたしも襲われるのではないかという恐怖を感じたが、とにかくキャンパス内の僻地《へきち》、壁は崩れ窓は曇り遠目には心霊スポット以外の何物でもないサークル会館の玄関をくぐる。昔はスリッパを履いていたらしいがいつの頃からか土足解禁になったという、埃っぽいロビーを抜けて貼り紙だらけの階段を上がる。

部室のドアはきっちり閉められていたが、なかば朽ちかけて穴が開いていることもあって中での話し声はくっきり聞こえてきた。

——ほほうここにはエプソンのＣＯＬＯＲＩＯ　ＥＰ－８８０も！　なかなかにお目が高いですね。「写真はエプソン」というユーザーも多いですし、コンパクトながら屋外における影のコントラスト、とりわけカラフルな情景に真価を発揮する良機種です。

——前は四色インクのやつだったんだけど、やっぱり発色が違うっていうか限界があってさ。あとうちの場合文字印刷用にも使うから黒がはっきりしたやつがいいし超悩んだよ。写真同好会のポスターの文字がいまいちだったら恥ずかしいじゃん？

——文字の黒はキヤノンの顔料インクの方が得意なので悩ましいところですね。レトロ調の場合は廉価な四色のブラザーＤＣＰ－Ｊ５７２など逆に独特の温かみが出るので、むしろ好む者もいますが。

片方は会長の声だが、敬語で喋りどうやら会長よりマニアックなもう片方の男性が何者なのかが分からない。なぜ知らない人が部室にいるのだ入りにくいではないかと思うが、会長もいるのでとりあえず大丈夫だろうとドアを開けたら、白スーツにダークブルーのシャツ、古びた五円玉のような金属色のネクタイという珍妙な恰好《かっこう》の人が部室のプリンタを撫《な》でまわしていた。「うーんコンパクトながら安定感のあるこのボディ。従来機より大幅に大きくなった液晶パネル。先端機は工夫と進歩の結晶ですよねえ」

なるほど「変な男」だ。うちの会長も相当の変人だがそれどころではない。とてもではないが直接話しかける勇気はなく、わたしは会長を見た。

「あの、電話で『大変だ』って……」

「ん。ああ、そうそう。実は」

変な男氏の方が先に寄ってきた。「おお、あなたも会員の方ですね。どうも初めまして。おっとそのストラップはＨＡＫＵＢＡのオリイロシリーズ。なかなかにお洒落ですね」

「いえ」反射的につい否定してしまいつつ後退しようとしてドアに背中をぶつける。どこか冷静な頭で「そういえば今自分は生まれて初めてお洒落だと言われたのではないか」と考えた。まあ、デジカメのストラップの話だが。「いえ、はい。平松です」

変な男氏が寄ってくる。正確にはわたしにではなく肩にかけているデジカメのストラップに寄ってくる。わたしは会長に視線で助けを求めたが、会長は変な男氏の紹介を求められたものと勘違いして彼を親指で指し示した。

「さっきサ館（サークル会館）の外で会った別紙さんだ。サ館の猫を撮影していたら声をかけられて、カメラのストラップの話で盛り上がった」

何だそれはと思う。「……それで、電話で、その」

「ああ、そうそう。大変なことが起こったんだ。さっき別紙さんと一緒にそれを目撃して、別紙さんから『関係者を呼んで話を聞いては』と提案された」

この変な男氏はどうも別紙氏というらしい。何か紛らわしい名前だ。

当の別紙氏は自分がどう思われているか気にならないのか、ラックに積まれたケースからプリンタ用紙を出して「おおやはり富士《ふじ》フイルム社製『画彩《かっさい》』ですね。用紙は画質にはほとんど影響しませんがやはりデジカメ創始期から続くこの老舗《しにせ》シリーズは」と独り言《ひとごと》を言っている。

わたしは会長の隣に行って囁《ささや》く。「この人が何か……?」

「事件とは無関係だ」会長は首を振った。「電話で言っただろ? 『事件』で、なおかつ『部室に変な男がいる』」

紛らわしい話だ。「……何があったんですか?」

「そうそう。大変なことがあったのです」なぜか別紙氏がくるりと振り返って答えた。「先程、話が盛り上がったついでに会長さんの現像を手伝ったのですがね。そこで事件が発覚しました。暗室のイルフォード氏、フィルターがいつの間にかすべて0号にすり替えられていたのです」

「えっ」たしかにそれは大変である。会長も現像後に気付いてさぞかし混乱しただろう。「ボヤボヤじゃないですか。会長4½号使いなのに。ていうかどうやったんですか? ケースに細工したんですか? 全部? なんでそんな面倒な悪戯《いたずら》を」

あかん突然喋りすぎた、「いきなり何だこいつは」と思われるぞと予感したが、別紙は同じテンションで返してきた。「そうなのです。ボヤボヤです。会長さんは泣いていました」

別紙が手で示すと会長は泣き真似《まね》をはじめた。「この俺にあんなボヤボヤの現像をさせるなんて」

写真同好会員以外には何のことやらさっぱりだろうが、まあ確かに大変なことではあった。イルフォード氏というのはうちの暗室に置いてある、アナログ写真を現像する際に使う引き伸ばし機の名前である。「0号」とか「4½号」とかいうのはマルチグレードフィルターの号数で、数字の大きさはコントラストの強さを表す。会長はなぜか強いコントラストが大好きでほとんどの部分を4½号で焼くのだが、そのフィルターが0号にすり替えられていたらしい。会長は気付かずに、コントラストの弱いボヤボヤの現像をしてしまったのだ。まあネガが残っていれば現像し直せばいいだけの話なのだが、こんなことが繰り返されては困るし、0号以外のフィルターはどこにやったんだという話でもある。

それにしても写真、それもアナログをやっていないと何がどう事件なのか分からない。誰だろうか。こんなマニアックな事件を起こすのは。

「……いや、誰ってこともないのか」

頭の中で考えただけのつもりがわずかに声に出てしまった。誰に話しかけたのか分からず独り言かもしれないという中途半端《ちゅうとはんぱ》な音量で声が出てしまい、周囲の人を戸惑わせた経験は何度もある。わたしはしまった今のなし、どうかみなさん聞こえなかったことにして流してください、と念じた。

だが別紙氏はぐるりとこちらを向いた。「ほほう平松さん。『誰ってこともない』とはどういうことで？」

別に反応しなくていいのに、と思いつつも答える。「……うちでアナログを熱心に撮ってるの、会長だけですから」

会長がオーバーアクションで腰に手を当ててかぶりを振る。「嘆かわしい。アナログこそ写真の純文学だよ。商業写真とアートの垣根《かきね》がなくなってきたのは時代の流れだが、最近の若い者は自覚的に垣根をなくしているのではなくただ単に」

「そこの話は今は措《お》いておきましょう。あと、あなたは若い」別紙氏は会長をばっさり遮《さえぎ》った。「つまり、犯人は会長さんを狙った。ということは会長さんに恨みのある誰かだ、ということですか。しかも写真同好会の部室に入って怪しまれず、会長さんが強いコントラストにこだわるということまで知っていた人物」

いつも語り始めると止まらない会長をよく遮ったなと感心しながらも頷《うなず》く。会員のうち数名はその条件に該当するが、そもそもそこまでして会長にマニアックな悪戯を仕掛ける動機のある人物というと、一人しかいなかった。

会長が口をへの字にして言った。

「松本だ。絶対あいつだ。あいつしかいない」

まあ、他にはいない。そもそもアナログに詳しいのも会長以外は松本さんだけなのだ。

「……また喧嘩したんですか?」

「見解の相違だ。その議論を喧嘩にしたのは松本の方だ」

喧嘩したらしい。会長と松本さんはつきあっているが、しばしば「芸術性の違い」で喧嘩する。あまりにしばしばするので上級生はもとよりわたしもそろそろ慣れてきた。犬も食わぬとはよく言ったもので、二人は一週間も経《た》てば大抵元通り仲よくしている。

とはいえ、今回ばかりは痴話喧嘩《ちわげんか》で済ませるわけにもいかなかった。わたしも密《ひそ》かにアナログに挑戦してみようと思っていたのに、0号以外のフィルターをどこにやったのだ。痴話喧嘩で部の備品に手を出されては困る。

「さっき電話で言ったんだ。部の備品に手を出すのは違うだろうって」会長が言った。

「そしたらあいつ、何て言ったと思う? 平松君」

「さあ」

「『何のことだか分からない』ってすっとぼけやがった。『私は四限にちゃんと出ていた。三限も四限も一般教養棟だからそこから出ていないし、四限が終わった後はすぐ駅前の本屋に向かった』とか言うんだ。平松さんが一緒だったから確かめてみろって」会長は長机を腰で押しのけてこちらに来た。「なあ平松君。松本の証言は本当か？」

「本当です」この人パーソナルスペースが狭いな、と思いながらすり足で後退する。コミュ障にもお構いなしで話しかけてくれるのはありがたいのだが。「四限、一緒でしたし」

「大教室だろ？　途中で教室、抜け出したんじゃないのか」

「いえ、隣に座ってましたから。わたしより先に座ってたし、少なくとも四限開始からは松本さん、アリバイあります」犯人は松本さんしかありえないが、そこは明言しなければならない。「四限より前じゃないですか？」

会長は奥の、暗室のドアを見る。もちろん今は「使用中」のランプは消えている。「俺は昼にも暗室を使ったが、異状はなかった。それから三限が終わるまで部室にいたが誰も来なかった。それにあいつは三限、絶対に落とせない授業をとってるから、そもそもわざわざその時間に抜け出さないだろう」

結局仲がいいんじゃないかと思う。「じゃ、三限が終わってから四限が始まるまでの間じゃないですか？　うち広いから大変ですし、サ館《北側》と一般教養棟《南側》で反対側ですけど、休憩時間の十五分をフルに使って……たとえば自転車で飛ばせば、会長がここを出てから忍び込んで、犯行をして、大急ぎで一般教養棟に駆け戻って四限に間に合うこともできるんじゃないですか？」

言いながら考える。十五分、といえばけっこう余裕があるように思えるが、それでも五分かそこら授業を延ばす先生はいくらでもいるし、終了後の大教室は出入口付近が混んで動きにくい。一般教養棟の前に自転車を用意しておいて全速力でサークル会館と一般教養棟を往復する必要があるかもしれない。

「そうすると、誰かが爆走する松本さんを目撃している可能性がありますね」別紙氏は携帯を出した。「うちの助手が受験のためにこの大学を見学したいというので、ちょうど今、来ているところです。自転車で全速力を出すと一般教養棟からこの部室まで何分で往復できるか、実験させましょう」

「あの、いや、ちょっと」慌てて止める。「危ないです。それに自転車、あるんですか？」

「キャンパス周辺でいくらでも売っているでしょう」

「いやいやいや」

そんな箱ティッシュでも買う感覚で買えるものか。しかも、この別紙という人は大学を案内してあげるはずなのにその子を放り出し、会長についてここまで来てしまったということだろうか。それはひどすぎやしないか。

「確かにキャンパス内の勝手を知っている松本さんとうちの助手ではかかる時間が違いすぎ、あまり参考にならないかもしれませんね」別紙氏は頷き、携帯を出した。「では周辺で聞き込みをさせましょう。松本さんの服装などは分かりますか」

何の助手か知らないが人使いが荒い。

「髪がきれいな明るいブラウンで、袖《そで》のこのへんが広がった白いブラウスに、青いデニムの、なんかこのへんにでっかいボタンがついてるショートパンツです。靴、なんだったっけ。バッグは爆発したみたいな花柄のやつで」写真が趣味という人の中にはアート系のセンスの人が多く、ややエキセントリックな感じになることもしばしばである。当然のことながらわたしはそういう系統ではなく、ばばん！　と脚を出して堂々としている松本さんは別世界の人間だと思っている。「いえ、ていうか聞き込みをさせるんですか？」

「そのくらいはできる子ですよ。それに、目撃証言という客観的証拠がないと犯人に犯行を認めさせるのは困難です」

「それはまあ、そうですけど」助手の子、大学見学に来たんだろうに。「いえ、それもちょっと。……あの、わたし、とりあえず松本さんと会ってみますね」

「直接説得するのも手ですね。お願いします」別紙氏は電話をかけている。「……ええ。いいえ、こちらは今、サークル会館です。それはちょうどいい。聞き込みをしながら来てください。写真同好会の松本さんを見たかどうか。いいですか、服装は……」

そういえばわたしはこの別紙氏とは特に抵抗なく話している。別紙氏がちょっとした会話のマナーとか挙動不審など吹き飛ばすくらい明確に変だから安心しているのだろう、とわたしは自分を分析しながら部室を出た。外でとりあえず松本さんに電話をして現在地を聞く。

助手の子は困惑した声だった。可哀想に。いつもこうして振り回されているのだろうか。

堀木輝の4

眼鏡の女の子を案内してきたら彼女に電話がかかってきた。僕が声をかける前に電話していた別紙という人らしく、彼女は話しながら困惑していた。「え？　聞き込みですか？　はい。……ええ、まあ、助手ですよね、私。で、それは何の事件ですか？　……いえ、でも今、サークル会館に」

何やら振り回されているようだ。可哀想に。しかし「聞き込み」とは一体何だろうか。女の子は困り顔で僕をちらりと見る。「あの、いえ、親切な学生の方に声をかけていただいたんです。ですからまず、いえ」

どうも親切な学生の方です、と頷いてみる。もし部室に平松詩織さんがいたら第一印象はいいかもしれない。しかし女の子は「聞き込み」と言っていた。「事件」とも言っている。どういうことだろうか。

「……はい。写真同好会の松本さん。はい。服装はそれで、ええと、髪の長さとか体格をお願いできますか？」

本当に「聞き込み」らしい。しかも慣れている様子である。何の助手なのか知らないが、助手の女の子はバッグからさっと手帳とボールペンを出した。「はい。自転車で。分かりました、けど……ほんと何の事件なんですか？　この松本さんは、容疑者ということでいいんですよね？」

「……『松本さん』」やはりそう言ったなと思い、助手の女の子をつついてみる。「あの、今『写真同好会の松本さん』って言いましたよね？」

助手の女の子は怪訝《けげん》そうに眼鏡の奥で目を見開き、こくんと頷いた。

僕は続けて言う。「あの、一応ですけど、僕、ちょっと前に見てます。その人。一般教養棟に向かう途中に」

――おお、それはありがたい！　何時頃のことですか？

女の子ではなく電話口から反応があったので驚いた。よく聞こえたなと思いつつも答える。女の子と電話機のどちらに向かって言えばいいのか分からない。

「あの、四限前に……図書館から出てきまして、それから歩いて一般教養棟の大教室に行きました」なぜそこまで見ていたのかという説明はできないが、とりあえず。「間違いないです」

――ほほおう！

一段と大きな声がして、慌てて電話機から耳を離した助手の子が「もう！」と怒る。

――図書館！　とすると「一般教養棟から一歩も出ていない」と言っていたはずの彼女は嘘《うそ》をついていたことになりますね。しかし同時に、そこから歩いて大教室に向かったとなるとアリバイも成立してしまいそうです。妙なことになってきました。ああそこの貴方《あなた》、実にいい証言をしてくださいました。素晴らしい！

別紙氏は興奮しているらしく、敬語ながらこちらに聞こえるほどの声を出す。助手の子は別紙氏がまた不意に叫ばないか、ちらちらと電話機を見て確認した上で通話に戻った。

「どうします？　聞き込み、しますか？」

――いや！　そこの方の証言を詳しく聞く方が早そうです。ただちにサークル会館三階、写真同好会の部室に来てください。

「……了解です」

助手の子が申し訳なさそうにこちらを見る。僕は頷いた。とにかく写真同好会には行けるようだ。

というわけで、僕は絶好の口実を得て、サ館三階の写真同好会部室へ初めて入ることができた。だが、平松さん本人はいなかった。まだ五限の最中だし、どこのサークルでも部室に常駐しているのは全部員の何分の一かに過ぎないのが普通だから、そこまでの幸運はもともと望みすぎである。

サ館内の部室はそれがテニスサークルだろうとオタクサークルだろうと教育ボランティアサークルだろうとどれも似たり寄ったりで、狭い空間の真ん中を占領する長机とパイプ椅子《いす》、ただでさえ「隙間《すきま》」に過ぎないそのスペースをますます狭《せば》める壁際のラック、天井まで届く本棚代わりのカラーボックス、扉にべたべたステッカーが貼られて場合によっては開くことすらできない満杯のロッカーなどから構成されるのだが、写真同好会もまた然《しか》りだった。ただ他の部屋とは少し構造が違って一方の壁に暗室への扉がついており、ドア上部には「使用中」を示すランプが付けられている。使用中に外からドアを開けられるとフィルムが感光してしまうからだろう。そして壁には現役会員及び卒業生の作品とみられる無数の写真が貼られていた。大盛りチャレンジをやっている定食屋なんかにこうして記念写真をべたべた貼っているところがあるよなと思いつつ、この中に平松詩織さんの作品があるのだろうかと見た。ざっと見たがそれらしいものは見つからなかった。もっとよく探してみたかったし、もし見つけたら「これ、いいですね。なんて方の作品ですか?」と会長さんから情報を引き出せるかとも思ったが、そもそも僕がここに呼ばれたのは証言のためであり、まずは四限開始前、松本さんを見た時の話をしなければならなかった。自分が一体何の事件の証人になっているのかは気になったが、僕よりそこを気にしていた様子の助手の子が先に訊いてくれ、事件の内容は判明した。痴話喧嘩といえば確かにそうだが、あの松本さんがこの会長とつきあっていて、しかもこんな事件を起こしたというのは、外見のイメージからすると意外だった。

「……やっぱ嘘ついたのか。あいつ」

会長さんは憮然《ぶぜん》とした表情で腕を組んだ。「俺には『ずっと一般教養棟から出てない』つってたんだぞ」

「ですが同時に、堀木さんの素晴らしい証言によって彼女はアリバイが成立してしまいます。南端の一般教養棟にいたふりをして北の端のここまで往復したというのなら、図書館に寄った上に悠々と歩いて一般教養棟に戻っている暇はないでしょう」

「図書館って東の方ですね。この建物までは五百メートル近くあります。……堀木さん、見間違いとかじゃないですよね？」

「……ないですね」いつの間にか高校生のはずのこの子にも丁寧語になっている。別紙さんの珍妙な白スーツに圧倒された上に、その一味だと知らされたからだろうか。「まあ、見間違える距離じゃありませんでしたし」

本当は声をかけるチャンスを窺いつつずっとついていったからなのだが、そこまでは話さない。

「ふむ」別紙さんはネクタイ形をした変なネクタイピンを人差し指でぴん、と弾《はじ》いた。

「一つ質問ですが、貴方」

「経済学部二年の堀木です」

会長がおやという顔をしたが、別紙さんが続けて質問してきた。「堀木さん。あなたはどうして今回の容疑者……写真同好会の松本さんをご存じだったのですか？」

僕は妹が一応写真同好会にいることと、松本さんと仲がよいということを伝えた。

「……なので、松本さんにも、あるいは他の会員の方にも、一度ご挨拶《あいさつ》をしておこうかと思っていまして」

「それはまた丁寧に」会長がなぜかお辞儀をしてきた。「堀木さんのお兄さんでしたか。お兄さんはどうです。写真に興味はありませんか」

僕はとっさに答えた。「あります。妹が入会したのがきっかけで、ちょっと興味が湧いていまして。……カメラって高いですかね？」

「いえいえいえ。ちゃんとした一眼ですと七万とかしますが、最初はコンパクトカメラでもいいんです。一番安いのなら一万円しませんし。まあ個人的には初心者こそある程度いい道具から始めるべきだというのが俺の持論で、形から入った方がやっぱり楽しいので、ちゃんとした一眼でニコンのDシリーズとか、ペンタックスのKシリーズとか、そのへんを用意した方が絶対にいいと思いますね。本体だけなら四、五万で手に入りますし、安く買えるサイトもありますし」

別紙さんがなぜか反応した。「ほほう。会長さん、カメラにお詳しいのですね」

「いやあなたもでしょ」

「いえ私、カメラはよく知らないので。プリンタや周辺機器は好きですが」

「なんでやねん」

初対面だという話だったはずだが別紙さんと会長さんは随分仲よくなっている。それを見る助手の子がやれやれという顔をしているから、別紙さんにとってはいつものことなのかもしれない。

「しかし」会長さんが腕を組んだ。「参ったな。犯人は松本のはずなんだけど、時間的に厳しいぞ」

「三限終了後、一般教養棟を出るまで一分。一般教養棟からこの建物までは直線距離で四百メートル近くありますから、自転車で飛ばしても二分はかかるでしょう。暗室で犯行をして、この建物から出るまで早くても三分。自転車で、今度は図書館まで急いで二分。図書館に入って、また出るまで一分としても、図書館から一般教養棟は、徒歩だと時速五キロで六分以上かかります。しかも堀木さんの証言によれば、松本さんは時間ぎりぎりに教室に着いたというのでもないようです。平松さんも『自分より先に座っていた』と言っています。とすると開始二分前には教室にいなければならないでしょう」別紙さんはお手上げという顔をした。表情が大仰でわざとらしいのは、どうもその状況を楽しんでいるからであるらしい。「最短で計算しても合計十七分です。しかも堀木さんが見た彼女も平松さんが見た彼女も、特に息を切らしてもいなければ汗もかいていなかった。とすればもっと時間がかかったはずなのですが、どう見ても時間が足りない。彼女にはアリバイがあるように思えますね」

別紙さんの説明を聞きながら、お、「平松」という名前が出たぞ、と思う。やはり平松さんは写真同好会だったのだ。僕は身を乗り出しかけたが、むろん話の腰をボッキリ折って平松さんのことを尋ねるのは無理だ。それに別紙さんの説明通り、事件の方が何やら不可能味をおびてきている。

「アリバイというより、そもそも松本さんは犯人じゃないんじゃないですか?」助手の子が眼鏡を直して別紙さんを見る。「犯人なら図書館なんかに寄らず、一般教養棟とこの建物を往復すれば済んだはずです。自転車でそれをやれば間に合うはずなのに、わざわざ遠い図書館に寄り道なんかするのは、犯人の行動としてはおかしいんじゃないですか?」

「でも、他に犯人候補なんかいないですよ」会長さんが唸《うな》る。「……何か理由があったか。でなきゃ、図書館に寄ること自体がアリバイトリックに必要だったのかも」

だが別紙さんも、ですがね、と言った。

「そもそも、堀木さんが松本さんを目撃したのは偶然です。加えて堀木さんがこうして我々に彼女のアリバイを証言していることも、私たちが作った偶然です。つまり松本さんは我々に対して何かトリックを仕掛けてアリバイがあるように見せた、というわけではないのです。おそらく彼女自身は何もしていない。にもかかわらず不可能状況が生じている」

言われてみればそうだ。彼女のアリバイは僕たちが「発見した」ものだ。催眠術師じゃなし、まさか僕や別紙さんたちがアリバイを見つけるように操った、なんていうわけがない。よくよく考えてみれば極めて不可解な状況だった。

「……トリックを使わない不可能犯罪、ですか」

「フィルターをすり替えただけでは犯罪かどうか疑わしいので、『不可能マニアック悪戯』ですね。トリックを使わない不可能マニアック悪戯。素晴らしい」

そんなことが可能なのかと首をかしげるが、別紙さんの方は高級な料理に舌鼓《したつづみ》を打つように目を閉じ、「うーん、素晴らしい」と呟いている。

「マニアックな趣向ですね。しかしまあ、お話を聞いたところ、私にはある可能性が見えましたがね」

別紙さんは笑顔で言う。「マニアック」という単語を最高の褒め言葉として使う種類の人間だなと思った。

横で携帯が振動する音がし、振り返ると、電話に出た会長さんが皆を見回したところだった。

「……平松さんから。松本さんが捉まったから、カフェテリアに一緒にいるそうだ」

助手の子に視線で問われ、「一般教養棟のすぐ隣です」と答える。答えながら気持ちがじゅわりと湧いた。平松さんに会える。一般教養棟のカフェテリアにいる。

「では、参りましょうか。一般教養棟のすぐ隣とはありがたい。カフェテリアなら、確認したいことがありますしね」

「カフェテリアに、ですか？」今回の事件には登場しなかったはずだが。

「はい。それとも一つ」別紙さんは僕を見た。「妹の堀木空那さんを呼んでいただけますか？　それができれば、すべての謎《なぞ》が解けます」

「……はあ？」

それこそ事件に全く関係ないではないか。しかし別紙さんは確信しているようで、反射光が目に痛い白のジャケットをばさりと翻《ひるがえ》して部室を出ていく。僕は迷った。せっかく平松さんに直接会えるチャンスだというのに、ここでわざわざ妹を介入させなければならないのか。

だが、無論それは僕の事情である。それに事件、というか別紙さんの言葉を借りれば「不可能マニアック悪戯」の真相も気になる。僕は携帯を出した。妹はすぐに出た。「どしたのー？」と特に迷惑がる様子もないようで、やっぱり周りが言う通り兄妹仲はいいのかもしれないなと思った。

妹は生協書店にいるが、すぐ行けるという。僕はそれを皆に伝えた。とにかく、カフェテリアである。見たところ、事件の方はじきに別紙さんが解決しそうな雰囲気である。それなら平松さんのことはそれから考えようと決めた。

平松詩織の4

カフェテリアで松本さんとケーキを食べていたわたしは、電話で言われたことに驚いた。てっきり松本さんが犯人で、とりあえず文字通りお茶を濁《にご》した後、どうやって彼女を「自首」させようかと悩んでいたのだが、別紙氏の話を聞く限り彼女には「完璧《かんぺき》なアリバイ」があるようだし、名前は聞いていないが通りすがりの人がたまたまそれを証言してくれたというなら嘘の入る余地もない。それじゃどうしようもないじゃないかと思ったが、電話の感じからすると、別紙氏はじきに「事件」を解決しそうな雰囲気だった。どういうことだろうか。

食べながら喋るということができないわたしは、無言でロールケーキをつつきながら考える。しかし分からなかった。前に座ってニューヨークチーズケーキをもぐもぐ食べている松本さんには、完璧にアリバイがあることになるのだ。席に座ってすぐ事件の話をしてみたのだが、彼女は「私、一般教養棟から一歩も出てないし」とばっさり言い、「いま会長《あいつ》と喧嘩中なんだよね。だからむこうも、私が犯人だってことにしたいんでしょ?」と平気な様子だった。確かに一般教養棟からサ館、さらには図書館の間を瞬間移動しなければ犯行などできない。そしてそんなことは人間には不可能だ。

次の話題を探すべきか、この件についてまだ何か話をすべきか迷いつつ、わたしはとりあえず紅茶を飲みながらまだ考える。推理小説は嫌いではないので、たとえば自転車ではなくバイクを隠しておくのはどうか、と想定してみた。だがたかが数百メートルの距離では自転車がバイクになったところでたいして時間短縮にはならない。では共犯者を使った？　痴話喧嘩の末の悪戯で、だろうか。それに共犯者を使ったなら彼女はもっと完璧なアリバイが作れるはずで、三限から四限開始までの間、一人になったりはしないだろう。ロールケーキを五分の一ほどフォークで削り、クリームが少なかったのでクリーム部分だけをまた削ってその上に載せる。期待される程度にふわふわで標準的に甘いケーキを味わいつつ、やはり目の前のこの人は犯人ではないのだろうかと考えてみる。だが動機も、犯行の前提となる知識も、彼女以外に持っている人は少ない。そして彼女は図書館から一般教養棟へ歩いていくところを目撃されているにもかかわらず、「一般教養棟から一歩も出ていない」という嘘をついている。どう見ても彼女が犯人だ。

わたしにはさっぱり分からない。なので、わたしは分からない謎に悩むふりをして、話題がなく沈黙している今の状況に言い訳した。コミュ障は沈黙が怖い。だが今の状況なら松本さんにも周囲にも「ケーキを食べているから黙っているのだ」と言い訳することもできる。なぜそんな小さなことばかり気にしているのかと言われそうだが、これが私たちコミュ障の脳内である。

「……あいつ、まだ私が犯人だって疑ってんの?」

きらりと光るブラウンの髪を揺らし、松本さんが溜め息をつく。

わたしは「まあ……たぶん」と答える。「でも、松本さんじゃないんですよね?」

「違う」

松本さんはぼそりと答えた。だがわたしはこっそり彼女の表情を窺い、どうも力がないな、と思った。普段の松本さんなら、濡《ぬ》れ衣《ぎぬ》を着せられたらもっと怒る。

そこで入口の方から話し声が聞こえてきた。白いスーツの別紙氏はただでさえひと目で分かるほど目立つのに、なぜか入口でレジスターにかじりついて撫でまわしているから周囲の店員さんや客の間でもものすごく目立っている。「いやあいかにもカフェテリアという感じのレジスターですねぇ。タブレット全盛のこのご時世に老舗東芝テックのTS-1! コンパクトな非チェーン店らしさがよく出ていますねぇ。この可愛らしいサイズのドロワーが」

要するに電子機器マニアなのかと思ったがそういえばあの人は部室の印画紙やわたしのストラップにも反応していた。よく分からない。松本さんもさすがに振り返って「何か変な人が入ってきた」という顔をしている。

そこでわたしたちは、別紙氏のあとから入ってきた人を見て同時に声をあげた。

「げっ。なんでここに」

「えっ。なんでここに」

松本さんが声をあげたのは会長を見つけたからだろう。わたしが声をあげたのは会長の隣に他でもない堀木輝さんがいたからだ。なぜだ、と思ったが、隣にいる眼鏡の女の子に引っぱられてレジスターから引き離された別紙氏は、わたしたちを見つけてにこやかに近寄ってくる。「やあ、これは松本さんに平松さん。お揃いで」

お揃いでもなにもわたしが呼んだのだ。しかし別紙氏は状況が分からず困惑する松本さんをよそに、皆と協力して椅子とテーブルを寄せてきてさっさとわたしたちの周囲を囲んでしまう。松本さんは会長を見て立ち上がりかけたが、別紙氏の奇矯《ききょう》さに圧《お》されて機会を逸《いっ》したらしく、座り直した。

「いやあお二人ともお変わりないようで何より。お元気でいらしたでしょうか」

無駄に朗《ほが》らかな別紙氏に松本さんは困惑している。「あの、どこかで……?」

「いえ初対面ですが」

「えっ」

松本さんは「何この人」という目でわたしを見る。わたしにも説明できない。堀木輝さんも、きょとんとして松本さんと別紙氏を見比べている。

それをいち早く察したか、別紙氏がかわりに喋ってくれた。「この子は私の助手。ちょうど大学見学に来ていましてね。それからこちらはご存じ写真同好会《おたく》の会長。そしてこちらが証人の堀木輝さんです。うちの助手を案内してくださっていたようなのですが、その時に松本さんを見た、というのでね」

なんと、図書館から一般教養棟に向かう松本さんを見た人というのは堀木輝さんだったのだ。わたしは内心で文字に起こせない声をあげて驚いた。なんという偶然。ひょっとしたら幸運。そして皆がばらばらとわたしたちの周囲に着席していき、堀木さんは無造作にわたしの隣に座った。うわあ、ひい、隣だ、と思った。思わず椅子をずらして逃げそうになった。

助手の子が、困惑する松本さんに気遣《きづか》う顔で言う。「ええと、とりあえず松本さんに、状況をご説明した方がいいですよね」

だが店員さんが来てしまう。会長はロイヤルミルクティー、助手の子はケーキセットのレアチーズケーキと紅茶、堀木さんはブレンドで、ほほうコーヒー派か、とわたしが情報収集している間、別紙氏は腕を組んで悩んでいた。「ブレンドを試したいところですが豆乳ラテという気分でもあります。どうしたものでしょうか」

訊かれてもなあ、と思うが別紙氏は一人ずっと悩んでいる。助手の子は慣れきっているのか、別紙氏が悩んでいる間に状況を手早く説明してくれた。話を聞いた松本さんは戸惑った様子だったが、会長と一瞬、視線が合うとさっと目を伏せた。

「……なんか、大事《おおごと》になっちゃったみたいですね」

堀木輝さんが気を遣う様子で松本さんとわたしに言う。わたしもさっと目を伏せて「いえ」と言うのが精一杯だった。

「豆乳ラテ。いやブレンド」別紙氏はまだ悩んでいる。後ろで店員さんが困っている。

会長と松本さんも俯いたまま黙っているので、堀木輝さんは場の空気を明るい方向にしようとしてくれてのことか、流れるように助手の子に言った。「大学見学の予定だったんですよね？　何か巻き込んじゃって、大変ですね」

「いえ、いつものことですから」助手の子は平然としている。

「『鴨池《かもいけ》』の方、下りてみました？　このキャンパスだとあそこの林がたぶん一番の癒《い》やしスポットです。春は新歓で『飲み会の森』になるけど」

「通りました。鴨、いましたね。動物、好きです」

「ここはやはり気分を優先させて豆乳ラテ。しかし」

一人で悩む別紙氏は後ろに立つ店員さんがずっと困っていることに気付いたらしく、「やや、これはお待たせしました」と恐縮した。リアルで「やや、」という感動詞を使う人をわたしは初めて見た。

「えい、決めました。ブレンドと豆乳ラテです」

店員さんはオーダーを入力しつつ訊き返す。「ブレンドと……えっ、豆乳ラテ……は、どちら様で」

「どちらも私で。うむ。それが最善でしょう。さて事件ですが」

隣で助手の子が「はい。大丈夫ですこの人二つとも飲みますから。一緒で」と店員さんに釈明している中、別紙氏は皆を見回して話し始めた。

「事件のあらましは先程説明した通りですが、さて、そうなると疑問があります。松本さんにはアリバイがあり、犯行は無理ではないか、という疑問です。しかもアリバイは平松さんと堀木さんがいずれも松本さんを『偶然』見た結果、成立しています。つまり松本さんによる作為ではない。つまり松本さんご自身は、アリバイトリックなど何もしていないのではないか。にもかかわらず松本さんにはアリバイが成立してしまっている」

別紙氏はアリバイを証言したわたしと堀木さんを交互に見た。

「もちろん、たとえば松本さんご自身が何かトリックを実行されていて、本当は堀木さん以外の誰かに自分を目撃させるため、または図書館の貸し出し記録の時刻を証拠として用いるつもりで図書館に寄られていたのかもしれません。しかし、それもおかしい。松本さんは会長さんに電話で問われた時『一般教養棟から一歩も出ていない』と嘘をついています」

「でも」

反論しようとした松本さんを別紙氏が遮る。

「松本さんになぜアリバイが成立しているのか？　しかも松本さんご自身は全くアリバイ工作をしていないらしいのはなぜか？　そしてなぜ松本さんは会長さんに対して『一般教養棟から一歩も出ていない』と嘘をついたのか？　すべての謎は、もうじきここにいらっしゃる堀木空那さんが解いてくれるでしょう」

堀木空那さん。突然その名前が出てきた。なぜその名前が出てくるのだろう。彼女は写真同好会ではあるが、ほとんど部室には顔を出さないし、そもそもこの事件には全く登場しなかった。

わたしは思わず隣の堀木輝さんを見たが、輝さんの方も何も知らないらしく首をかしげていた。「……うちの妹が、何か関係が？」

「空那さんがいらしたら、あとは自然に謎が解けるかと思います」店員さんが全員分のカップとケーキを持ってきていた。別紙氏はそれを振り返る。「それまではのんびりお茶をいただきましょう」

お茶をいただきながら空那さんを待つ間、別紙氏はよく喋った。会長とはカメラの周辺機器の話で盛り上がっていたが、輝さんもそれに興味を示していて、ひょっとするとこの人を写真同好会に誘えるかもしれない、という遠大な期待がわたしの脳内に生じた。

わたしは話しながら、こっそり隣の輝さんを窺った。なんと、入学直後に見た「あの人」が隣に座っている。後ろから覗《のぞ》くのではなく、初めてちゃんと会ったのだった。こんな機会が来るとは思っておらず、衝撃の展開だった。事件に直面している中でのことであり、気持ちの整理が追いつかない。いきなり隣に座ってくれたことには驚いたが、つまりそう警戒されてはいないのだろう。

だがその一方で、すっと心の一部が冷える発見もあった。輝さんは、斜向《はすむ》かいの松本さんをちらちら見ているのだ。こっそり観察している、と言った方がよかった。対して隣のわたしにはさして注意を向けていない。

別にそれで落ち込んだわけではない。わたしからすれば数ヵ月間悶々《もんもん》とした末の奇跡の対面だが、輝さんからすればわたしは「なぜか巻き込まれたちょっとした事件のいち関係者」に過ぎないのだから、特に念入りに注意を向けなくて当たり前だ。

もしかして輝さんは松本さんのような人が好みなのだろうかという考えを打ち消す。それは考えすぎというもので、常識的に考えれば、輝さんだって今は事件のことで頭がいっぱいでおかしくない。容疑者である松本さんの方に注目して当然だった。

堀木輝の5

実物の平松詩織さんに初めてちゃんと会った。こんな機会が来るとは思っておらず、衝撃の展開だった。事件に直面している中でのことであり、気持ちの整理が追いつかない。

もっとも、話しながら何度かこっそり彼女を窺ったのだが、彼女は基本的に俯いていて、一度目が合ってもさっと視線をそらしてしまった。考えてみれば僕の方が一方的に知っているだけで、彼女からしたら完全に知らない人なのだ。僕からすれば数ヵ月間悶々とした末の奇跡の対面なのだが、平松さんからすれば僕は「写真同好会のちょっとした事件になぜか巻き込まれたいち関係者」に過ぎないのである。親しく会話する必要もなければ目を合わせる理由もない。

あるいは苦手なタイプだと思われたのだろうか、と思う。なんとなく沈黙がちで過ごすと重苦しくなりそうだったので助手の子に話しかけ、会長さんの話を聞き、いろいろと喋り続けているのだが、知的で落ち着いたセンスを持つ平松さんにはそれが「苦手なタイプ」に見えたのかもしれない。軽薄だと思われているのだろうか。

彼女は一度も僕を見なかった。だが別にそれで落ち込んだわけではない。それに常識的に考えれば、今は事件のことで頭がいっぱいでおかしくない。彼女は写真同好会の「関係者」なのだから。すべては事件が解決してからの話だ。そしてその事件は妹が来れば自然と解決するのだという。最初はどういうことなのかと問《と》い質《ただ》したかったが、会長と別紙さんはすでに別の話題で盛り上がっているし、どうせじきに解決するのだ。写真の話を聞きながらただ待つことにした。

妹はすぐにやってきて、松本さんに手を振ると、予想通り振り返った別紙さんの白スーツにぎょっとした様子を見せつつも隣のテーブルから椅子を引き寄せて、皆の顔色を窺いながら平松詩織さんの隣にちょこんと座った。

「えーと……おにい、これどういう状況？」

「僕にも分からない」正直に言うことにする。「まあ、とりあえずおごる」

「イエス。じゃケーキセットで。ニューヨークチーズケーキとカフェラテ」

やってきた店員さんに妹の注文を伝えようとしたら、別紙さんがうん、と頷いた。「さて、役者が揃ったようです。結論を言いましょうか」

後ろに来ていた店員さんがそれを聞いてぎょっとしたので僕は「いえ、あなたは無関係です」と目で説明しながら注文を伝え、座り直して別紙さんに訊く。「……うちの妹が、どういう関係があるんですか？」

「結論から申し上げましょう。私の推測では、写真同好会の部室でマルチフィルターをすり替え、会長さんの写真をボヤボヤにした犯人は、そちらの松本澪《みお》さんです」

平松さんが眉《まゆ》をひそめて顔を上げた。松本さんの方は特に反論するでもなく、ただ平松さんをちらりと見ただけで、別紙さんの言葉を待っている。

「ただし松本さんは、何か特別なトリックを使ったわけではありません。彼女は三限が終わると一般教養棟の前に置いておいた自転車に乗り、大急ぎで北端のサークル会館に向かい、犯行を済ませると、また大急ぎで自転車に乗り、一般教養棟に戻って何食わぬ顔で四限を受けた。そして会長さんに電話で訊かれた時は『一般教養棟から一歩も出ていない』と嘘をついた。それだけです」

「いや、ちが」平松さんが慌てたように言った。「だって、アリバイがあるって話だったじゃないですか」

「アリバイはあるように聞こえていただけなのです」別紙さんは落ち着いて答え、僕を見た。「そこの堀木輝さんの、勘違いによって」

皆の視線が集まり、僕は自分を指さしていた。

「……僕、ですか?」

「そうです」別紙さんは頷く。「簡単に申し上げますと、あなたが四限開始前、図書館前で見て、一般教養棟まで一緒に歩いていったのは松本澪さんではないのです」

「えっ……」

記憶を探る。そして思わず松本さんの方を見る。服装も同じだし、顔もちゃんと見ている。確かにこの松本さんだ。「いえ、見間違いじゃないはずですけど……」

「『見間違い』ではなく、『勘違い』です」別紙さんは言った。「あなたのお話を伺い、また平松詩織さんの証言と会長さんの証言を伺い、私はすぐにこの可能性に思い当たりました。……みなさん、お気付きではないですか? うちの助手はまだ大学生になっていないので分からないかもしれませんが」

意外なことに、助手の子は首を振った。「いいえ、分かりますよ。『再履修』くらい」

「よろしい」別紙さんは助手の子を見て満足げに頷いた。「つまり、この点です。平松詩織さんの証言によれば、松本さんは四限、『落としたけど面白かったから再履修』した『芸術学I』の授業で一緒だった。なのに堀木輝さんの話では、松本さんは高校時代からの妹の親友だとおっしゃった。このおっしゃり方が気になったのです。堀木輝さんの話に出てくる『松本さん』は堀木空那さんの高校時代からの親友。しかも同じ大学を一緒に受験したというのですから現在、一年生のはずです。対して平松詩織さんの話に出てくる『松本さん』は七月、つまり前期の段階で『再履修』をしています。つまり一年生ではありえません」

それまで黙っていた松本さんが、初めて大きめの声を出した。「……あ！」

僕は混乱していた。言われてみればそうだった。「松本さん」が二人いる。これはどういうことだろう？

「容疑者が『松本さん』であったことも原因の一つですね。日本で最も多い姓は『佐藤』さん、二位は『鈴木さん』で三位が『高橋さん』ですが、『松本さん』も十五位に入っています。概算ですが、『松本さん』は『金子さん』や『松田さん』の倍、『村田さん』の三倍は日本にいらっしゃる」

別紙、は何位なのだろうと思ったがそれはどうでもいい。つまり。

「僕が見たのは別の『松本さん』だったんですか？　あれっ。でも、見間違いじゃなかったわけで……」

「おにい、ちょっと待った」空那が手を挙げた。「おにいの言ってる『松本さん』って誰のこと？」

「えっ」妹を見る。「だから、そこにいる松本さん。……お前の友達の。高校時代から仲よしだったっていう」

「……それ、松本萌香《もえか》ちゃんのことでしょ？　あの子はこの大学落ちて、地元の私立に行ってるよ。夏に会う約束してるけど」

妹は言った。「写真同好会《こっち》の松本さんは、松本澪さんだよ」

そして、平松詩織さんを手で指していた。

僕はそれを見て、一瞬、妹がおかしくなったのかと思った。

だがすぐに気付いた。間違っていたのは僕の方だ。

そして妹は「松本さん」も手で示して言った。「こっちは平松詩織さん」

それでようやく僕は、自分がどんな勘違いをしていたかを理解した。四月中旬、僕は一般教養棟前の広場で、妹にカメラを渡して話をしている人を見た。僕はそれを「妹の高校時代からの親友の松本さん」だと思っていた。だが実際は、その松本（萌香）さんはこの大学の学生ですらなかった。あれは松本さんではなく、まさにあの人こそが、妹が大学に入ってすぐに友達になった平松詩織さんだったのだ。

「……だとすると」

僕は呟き、二人を見比べてようやく理解した。僕はこれまで、斜向かいに座っている松本さんを「平松詩織さん」だと、隣の平松詩織さんを「松本さん」だと、入れ違いに認識していたのだ。カフェテリアに登場した時、別紙さんと「平松さん」はなぜか初対面のように接していて、どういうことなのだろうと思っていたのだが、あれは僕が「平松さん」だと思っていた明るいブラウンの髪の人の方が松本さんであり、別紙さんとは本当に初対面だったからだ。

そして同時に気付く。ずっと「妹の友達の松本さん」だと思っていたからそうしたのだが、今、僕は平松詩織さんの隣にいきなり座っているのだった。

「うわっ、すみません」

僕は椅子から飛《と》び退《の》きそうになり、椅子がガガガ、と大きな音をたてる。なんとか踏みとどまった。俯いている隣の平松詩織さんをまじまじと見る。こっちだったのだ。そして。

「……四限開始前、僕が図書館で見て、一般教養棟まで歩いていったのはこちらの……平松詩織さんです。松本澪さんの方は見ていません」

「おっ。すると」

会長が斜向かいに座る松本さんを見る。松本さんはさっと目をそらした。

つまり、彼女のアリバイは崩れたのだ。僕の目撃証言は間違いだったのだから、松本さんには四限開始までのアリバイがないことになる。だったら話は簡単だった。別紙さんが言う通り、自転車で一般教養棟とサークル会館を往復すればいいのだ。そして会長には「一般教養棟から一歩も出ていない」と嘘をついた。

だとすれば、不可解な点がすべて霧消する。僕が見た「松本さん」がのんびり図書館に寄り道していたのは、彼女が平松さんで、つまり犯人ではなかったからだ。さっき「平松さん」がいきなり「アリバイがあるって言ってたじゃないですか」と慌てたのは、彼女こそが犯人の「松本さん」だったからだ。

「……おにい、いつから勘違いしてたの?」

妹が呆れ顔で僕を見る。そういえば四月中旬、僕が妹と一緒にいた平松さんを指して「例の仲よしの人か。いつも一緒の」と言ったら、妹は「『例の』って私そんなに話に出したっけ。別にいつも一緒ってほどじゃないし」と首をかしげていた。平松さんと妹は大学に入ってから知りあったのだから、当然の反応だった。

「……そういうことか」会長さんは斜向かいの松本さんをじろりと見た。「つまり、澪……いや松本は、問題なく犯人なわけだ。なんであんなことをした?」

松本さんは俯いたまま口を尖《とが》らせている。「……だって」

「さて、ここからはお二人の問題ですので、我々は失礼いたしましょう」

別紙さんと助手の子が立ち上がり、僕と平松さんも急いでそれに続く。来たばかりの妹は「えっ、ちょ、早い」とケーキを頬張《ほおば》っていたが、すぐに平らげて立ち上がった。会計を別々にと頼み、妹の分と二人分を支払ってカフェテリアを出る。

「いやあ、なかなかに面白い体験でした」別紙さんは満足げに言う。「さて、それでは我々は失礼いたします。予定通り大学内を回らせていただきますので」

そういえばこの人たちはもともとそのために来ていたのだった。助手の子にじろりと見られて別紙さんがやや慌てているところからして、別紙さんの方は半ば忘れていたのかもしれなかったが。

外に出ると空は相変わらず、暗鬱《あんうつ》にどんよりと曇っていた。吹く風が湿っていて熱帯植物園にいるようだ。爽《さわ》やかさは全くなかったが、別紙さんと助手の子が去っていくと僕の心は軽やかに浮き立った。ずっと「妹の友達の松本さん」だと思って気楽に見ていた人が、なんと平松詩織さん本人だったのだ。そういえば先々月、正門の近くで写真を撮っていた姿も僕は見ている。それも平松詩織さん本人だった。ずっと「どんな人なのか見たい」と思っていたが、とっくに見ていたのだ。

そして彼女は今、僕の斜め後ろを歩いている。どう話しかけようか。

「なんだか分からないけど、私も失礼するね」妹は僕たちを振り返り、平松さんの方を見てにやりとした。「ここからはお二人の問題だしね」

「……え？」

僕は立ち止まり、思わず平松さんを見た。平松さんは耳を真っ赤にして俯いている。

唐突に思い当たった。平松詩織さんはなんと妹の友達だった。だがそれは偶然ではない。そもそも僕が彼女を知ったのは、SNSで「間違い」の友達申請が来たからだ。あれがそもそも「間違い」でなかったとしたら。たとえば妹が悪戯で僕のIDを平松さんに教え、平松さんのIDから僕に友達申請を送りつけたとすれば。

妹がにやにやしつつ手を振ってぱたぱたと去っていく。僕は平松詩織さんと二人、並んだまま残された。

……どうして妹がそんなことをしたか。その答えは彼女の今の態度で想像がついた。まさか、もしや、という期待で、僕の心臓が急に自己主張を始める。平松さんの方もどこかで先に僕のことを知っていて、しかもそれだけじゃなく、もしかして。

平松さんを見る。彼女はまだ俯いている。楽観的な思い違いかもしれないが、それでも乗る価値はあった。ここまでお膳立《ぜんだ》てをされて飛び込まないほど臆病《おくびょう》なつもりはない。

僕は口を開いた。

「……あの、ブログの写真、見ました」

平松さんが俯いたままぴくりと反応した。

「あの、すごくよかったです。何気ない風景なのに、切り取り方次第でこんなに綺麗になるのかとか、時々笑えるのがあって、とか、すごいセンスがよくて」

きちんと平松さんと正対して顔を見る。彼女は俯いたままだったが、顔を赤くしているのは見えた。

「それで、その」ここまではただのブログの感想だ。ここから先へ勇気で踏み込まなくてはならない。「こんな写真を撮る人って、どんな人なんだろうって、ずっと思ってて」

僕の顔も熱くなっている。赤くなっていたら気持ちがばれるなと思ったが、それでもよかった。これからすぐに、それを伝えるつもりなのだから。

「……一度、お会いしたかったんです。よければその、IDとか」

そういえばIDはもう交換していたのだ。あとは友達申請を承認するだけだった。「いや、ていうか、よければ今度、二人でどこか行きませんか？」

平松詩織の5

あまりの急展開で、わたしの脳味噌《のうみそ》は熱暴走を起こしていた。マジか。マジですか。マジなのですか。マジが三段活用しても全く足りない。堀木輝さんはブログを、わたしの写真を見てくれていたのだ。そしてとてもとても褒めてくれている。あるのだ。こんな素晴らしいことが。現実に。

わたしの写真を、写真同好会の人たちやその他の数少ない友人は褒めてくれていた。それ自体はすごく嬉しかったのだが、それは「友達補正」がかかった評価で、八割くらい差し引かなければならないものだと思っていた。それを褒めてもらった。わたしのことを知らない人に。

生まれて初めてのことだった。そんなことは起こらないと思っていたから、わたしはブログのコメント欄も使っていなかった。ブログで写真を公開することも、ただ誰かがなんとなく見つけてくれたらいい、という程度のささやかな自己顕示欲だった。きっとどこかの誰かが無言のまま閲覧して、無言のまま「いい」と思ってくれている。そう想像して静かに楽しむだけのもので、閲覧した人とやりとりをするなんて考えもしなかった。

それが、こんなにいい結果になるなんて。まさか「あの人」に、堀木輝さんに褒めてもらえるなんて。それだけではなく、輝さんはわたし本人に興味を持ってくれている。

わたしは声に出さずに叫び、俯いたまま脳内で両手を挙げて勝利のグリコポーズをした。別に、そのためにやっていたのではない。ただの自分の趣味だったのだ。それでも。

……写真、やっててよかった━！

「あの」

すでにむこうから誘ってくれている。あとは乗るだけである。しかしその前に告げておかねばならないこともある。

「すみません。空那さんが、わたしの携帯で、お兄さんに……勝手に友達申請しちゃって。まさかブログ、見てくれてるなんて」どうしても顔が上げられない。地面の石畳のパターンを見ながらわたしは言う。「その、わたしが、前、お兄さんを見かけて。その、ちょっと、いいなって思って……それで、空那さんに、その」

声の音量調節がうまくいかない。お腹《なか》に力を入れてちゃんと喋ろうとすると大きな声になりすぎるし、それで慌てて音量を抑えると語尾が消えてしまう。だがわたしは顔を上げ、自分なりにはっきり言った。

「……あの、嬉しいです」大きな声が出た。「喜んで！」

顔を上げると、「あの人」の後ろに、わたしの好きな、綺麗な曇り空が広がっていた。

閉じられた三人と二人

アダムは長い脚を見せつけるように組んで茶色い鬚《ひげ》を指でいじっている。すでに何度も見せられてきた仕草《しぐさ》なのでそれが考え込む時の彼の癖《くせ》ということなのだろう。鬚を生《は》やしている男性が無意識にやりがちな動作なのかもしれないがアダムのそれは多分に芝居がかっており、なんとなく「俺の鬚、セクシーだろ？」とさりげなくアピールしているようにも見える。長い脚もそうだ。確かにアダムは私の苦手ないわゆるラテン系セクシーマッチョ（胸毛系）そのものの外見であり、暖炉《だんろ》で火が燃えているとはいえ窓際のその位置では寒いだろうに胸元をややはだけて鎖骨を見せる恰好《かっこう》をしている。私にアピールしてどうすんだと思うが別に誰にということもなく、常にそう振る舞うのが癖になっているのかもしれない。そういうキャラクターを作っているのか、それとも素でもともとそういう人なのか。アダムの後ろでは窓ガラスが風雨でガタガタ揺れており、どうやら外の雨は一層強くなってきたということらしい。となるとますます、山荘から全員が出られなくなった。テーブルの上、アダムの手がすぐ届くところに置かれている散弾銃が重みを増している。

その横に置かれた椅子《いす》にハミルトンが座っている。アダムより一回り年上でちらちらと白髪が交じっていることもあってか、こちらはきちんと両手を組み、いかにも知的で思慮深げな表情で、口許《くちもと》に手をやり熟考している。隣の別紙《べっし》さんはどう見ているか分からないが、私から見ると「アダム」はどうしても旧約聖書の全裸のイメージなのかどこかエロく、ついでに思慮が足りない人格に見えてしまう。対して「ハミルトン」というといくぶん上品で知的なイメージがある。もちろんこれは日本人特有のアリス・ショック[*1]のようなもので、当のイギリス人にとっては「アダム」こそ知的で「ハミルトン」こそエロいイメージ、という可能性もあるのだが、こうして見ると日本人である私が抱くイメージと、この二人のキャラクターはよく合っている。会話を聞いているとどうやらハミルトンの方は医師でもあるらしく、最初から「ドクター」と呼ばれていたし、サムソン・フレイジャーの死体が発見された時、彼は真っ先に瞳孔《どうこう》など見ていた。まあ本当に医師なら死亡確認より先にまず胸骨圧迫という気がしなくもないが、細かいことはこの際どうでもいい。しかしそういえばサムソンという名前もなんとなく死人にふさわしい気がする。絵画に描かれる聖書のサムソンが死ぬ場面ばっかりだからだろうか。

＊1 「アリス」というと可愛い少女をイメージしてしまう日本人が海外の本物のアリスさん（当然、おばはんだったり太っていたりもする）を見た時に勝手にショックを受けること。派生形としてドイツ系の「シャルロッテ・ショック」やフランス系の「シャルル・ショック」などもある。

一人だけ動物園のクマのようにうろうろと歩き回っているのは背が小さく気も小さいウィルである。この閉ざされた空間でいきなりサムソンの死体と対面することになってしまったのだから当然と言えば当然だが、彼だけがずっと落ち着かない様子を見せ、明らかに恐怖をごまかすために苛《いら》ついている。本名はウィリアム・デクスターだが略称のウィルの方がふさわしく、これも悪意に満ちた偏見だなと思うのだが勝手に湧いてくるイメージというやつはなかなかに度しがたい。現実には佐藤さんも九頭竜《くずりゅう》さんも等しく普通であるし細井《ほそい》さんより肥満《ひまん》さん[*2]の方が太っていると考える根拠も全くないのだが。
などと私が考えているのは「人里離れた山荘で閉じ込められた六人のうち、一人が死体で発見された」という状況に不安を覚えているためでもある。当然のことながら携帯は通じず、ウィルが部屋内のあちこちに移動してはどこか電波の入る場所はないかと足掻《あが》いているが、実はこれが最も合理的な行動なのかもしれなかった。なぜなら、おそらくサムソンは勝手に死んだのではなく、誰かに殺されたからだ。もちろんウィルたちは現在、電波が入ったからといって九一一[*3]するわけにはいかない状況なわけだが、少なくともこの山荘から逃げなければならないし、そのためには天候や周囲の道路状況を確認しなければならない。

　しばらく前から姿を消していたサムソンが死体で発見されたのはついさっきである。アダムたち三人が山荘から出ていき、帰った時にはもうサムソンの姿は山荘のどこにもなかった。荷物はすべてそのままだった上、上着まで残っていたため、最初、彼らはサムソンが勝手に散歩でもしているものだと思って怒っていたのだが、夕方になり雨が降りだしても彼は戻ってこない。ウィルなどは「まさかビビって逃げたんじゃ」と言っていたが、だったら上着くらい持っていくだろうし、第一、車がそのままだ。歩いて下山することもできない山荘なのにどこに行った、と不穏な空気になる中、ハミルトンが、崖下《がけした》に仰向けに倒れているサムソンを発見したのである。木に結びつけたロープを伝ってなんとかそこまで下りたハミルトンは倒れて死んでいるサムソンを調べ、上の二人に「頭を強く打ったための脳挫傷《のうざしょう》、つまり転落死だ」と告げた。アダムとウィルはサムソンがなぜこの天候で暗い中、崖から顔を出したのかと不審がったわけだが。

そう。ハミルトンも、崖上で二人を待っていたアダムとウィルもとっくに理解しているはずのことだった。サムソン・フレイジャーは誰かに突き落とされたのだ。

その可能性をウィルが口にした時点で嫌な予感はしていた。いや、もともと人里離れた

＊2　実在する姓。「肥満」というのは「肥え、満ちている」という意味であるから農業・畜産業関連においては非常にめでたい、ありがたい姓である。

＊3　アメリカの一一〇番。ちなみにロシアは〇二、スウェーデンは一一二、オマーンは九九九である。

この山荘にアダムたち四人が駆け込んできて、「電波が入らないな」とか言い始めた時点で嫌な予感がしていたのである。誰かが死体で発見されるのではないかと。そしてすでに怪しくなっていた空模様がいいタイミングで荒れ、この山荘がミステリで言うところのクローズド・サークルになるのではないかと。

私の嫌な予感は的中した。まあ、もともと私をここに誘って連れてきたのが別紙さんである、という時点で何かこういった感じの展開になるのではないかということは何割か予想済みであったのだが。となるとやっぱり、サムソンはあくまで「第一の被害者」であり、これからアダムたちは「この中に犯人がいる」とか言いだしてお互い疑心暗鬼になり、たとえばウィルなどが先走って散弾銃で誰か撃ったりして最後はそして誰もいなくなるのだろうか。

彼ら三人のキャラクターの分かりやすさ、彼らのこれまでの行動の分かりやすさからしても、その可能性は充分にあるという気がした。彼らはそれぞれに散弾銃を持っている。アダムは抜け目なくテーブルの、自分からはすぐに手が届き他の人からは遠い位置に置いているし、ウィルはそれが唯一の拠《よ》り所《どころ》であるかのようにしっかり抱いたままうろうろしている。唯一ハミルトンだけが自分の銃を後ろの壁に立てかけ、すぐに手の届かない状態にしているのだが、これはつまり「とっさに銃を構えなくてはならないような状況にはならない。むしろ三人が疑心暗鬼になるような状況でお互いに銃など持っている方が危ない」という判断だろう。だがアダムとウィルが先走ってそれを撃たないという根拠はない。もともと彼らは特に知りあいでもなく、ネットを通じてたまたま組んだだけの強盗団であるらしいのだ。友情も信頼もあったものではない。

アダム、ハミルトン、ウィル、サムソンの四人は強盗だった。いかにも分かりやすくタイプの違う四人（サムソンは寡黙なマッチョだった）は、これまたいかにもというか、アメリカではすでに古い常識になりつつあるはずの「南部の田舎《いなか》ならどこの家にも一挺《ちょう》は置いてある水平二連式ショットガン」を持って集合。昼下がりにジョージア州ドールトン市内のガソリンスタンドを襲撃。こんな田舎町のそんなところにたいした金額があるとは思えないのだがとにかく成功し、迷惑なことに、あらかじめ犯行後に隠れ家にするつもりだったらしきこの山荘に押し入った。だが季節的に無人のはずのこの山荘にはたまたま日本人二名が滞在しており、当然のことながら日本人二名はいきなり銃で脅されロープで椅子に縛りつけられ、わけが分からないまま生殺与奪の権利を強盗たちに明け渡して現在に至る。人里離れた山荘に無法者の強盗団が押し入ってきて、滞在していたうら若き女性が縛られたのである。まず間違いなく「お楽しみだ」とかいう話になって女性はレイプされるわけで、私はどうかその嫌な展開が来ませんようにと祈っていた。実際にアダムが流し目を使いウィルが興奮してくる様子があった時はげっそりして「何か邪魔が入ればいいのに」と思ったのだが、私の祈りが通じたのかサムソンの死体が見つかったため風向きが変わった。彼らは加害者側から被害者側になったのである。彼らは不安がっている。私は隣の別紙さんに「いい気味ですね」と目で伝えたが、別紙さんは私の視線に気付かず、ただ彼らの狼狽《ろうばい》ぶりを観察しているだけだった。

「……はっきりしている」アダムが言った。

「何がだ」ウィルが立ち止まって恐ろしげに訊《き》く。

アダムはまだ余裕あるポーズを維持していた。「言うまでもないだろう。サムソンは殺された。突き落とされたんだ。この中の誰かがそれをやった。お前か、あんたか」

視線を送られたハミルトンは冷静にかぶりを振る。「我々のうちの誰かだと決めつけるのは短慮だぞ。そんな考えを口にするのもな」

「そうだ！　冗談だろう？　裏切り者なんていない！」ウィルが悲鳴のように言う。「そうだ。あそこの日本人二人がやったんじゃないのか？　あいつら、そもそもなんでこんなところにいたんだ？　俺たちを殺すために待ち伏せしてたんじゃないのか？」

私は「いくらなんでもそりゃないわ」と思ったのだが、別紙さんは声に出した。「それは時系列がおかしい。ついさっき強盗犯になった連中をどうやって待ち伏せるんだろうね」

「別紙さん」私に聞かせるつもりなのか独り言《ひとごと》なのか分からないが声が大きすぎる。私は指で「静かに」とジェスチャーをして別紙さんを黙らせた。

「落ち着けウィル。あそこの二人はただの観光客だ」ハミルトンが言った。「それより、外から誰かがやってきたと考えるべきじゃないか?」

「それこそありえないぜ。ドクター」

アダムはハミルトンをそう呼び、説明的にカーテンを少し開け、窓の外を見る。外はすでに真っ暗だが、雨粒がガラスを叩《たた》いているのは分かる。「ハリケーンが来るって天気予報で朝から言ってた。今はごらんの通りだ。そんな時にこんな何もない山の中に誰が来るってんだ? それも『立入禁止』を無視してまで」

無計画に見えた彼らは一応周到な部分もあり、この山荘に登ってくる唯一の道の入口には「DO NOT ENTER」という看板を出している。日本とは違い、この国ではそういう警告を無視して無断で入っていけば射殺される可能性がある以上、この山荘に近付いた人間はいない、ということになる。まあ彼らが来た時から雨はだいぶひどかったから、看板があろうがなかろうが外部の人間などいないはずなのだ。となると。

予想通り、ハミルトンがお約束の台詞《せりふ》を言った。

「……この中に、サムソンを殺《や》った犯人がいる」

ウィルは分かりやすく震え上がり、現実を拒絶した。「おかしなことを言わないでくれ、ドクター。俺たち三人が互いを裏切るわけねえじゃねえか」

「どうかな? 山分けが嫌になった、っていう最も単純な動機があるぜ」アダムがニヤつく。「俺たち全員に」

アダムは余裕を見せてニヤつき、「危険な状況で冗談（しばしば下ネタ）を言うのがタフな男だと信じて疑わない典型的アメリカンマッチョ」を完璧《かんぺき》に演じているようである。だがまだ散弾銃に手を伸ばさないのだから立派かもしれない。

「おい、お前ら」

「ウィル落ち着け。……アダム。あまりウィルを脅かすな」ハミルトンが年長者の気配りを見せる。「いいか。分かってることだと思うが俺たち三人は全員、サムソンを殺すなんてことはできない。誰にもそんなチャンスなんてなかったんだからな」

ウィルが「そうだよな？」と言いたげにアダムを見る。アダムはセクシーに胸毛を覗《のぞ》かせつつ両手を広げ、首を振っただけだった。

ハミルトンが言う。「俺たちはずっと一緒だった。四人でここに来て、そこの日本人二人を縛りあげた。それが二時間前の話だ。それから祝杯をあげた。だがこの山荘じゃネットにつながらないことに気付いて、どこまで出ていけばつながるかを確かめるために一度山道を下った。サムソンと離れたのはその時だけだ」

そして帰ってきた彼ら三人は山荘のすぐ裏、崖下に仰向けに倒れて動かないサムソンの死体を見つける。死体の傍《かたわ》らには発砲した様子のない銃も落ちており、サムソンはいきなり突き落とされた、ということは彼らにも明らかだろう。

「俺たちがサムソンを見ていないのは山荘に戻るまでの三十分間だけだ。その間にサムソンは崖から落ちて死んだ。俺たちは三人とも、ずっと一緒だっただろう」

「じゃあ」ウィルが銃を振り上げる。「やっぱりあそこの日本人二人がやったんだ。それしかねえじゃねえか。あいつらがどうにかしてロープをほどいて、どうにかして」

「落ち着けと言ってるんだ。それが一番ありえない」ハミルトンが両掌《りょうてのひら》を見せ、興奮した犬をなだめるように言う。「あいつらはずっと椅子に縛りつけられてるんだぞ。俺がしっかり縛ったし、小屋に戻った時もウィルが真っ先に縛り直した。二人とも小屋を出るどころか、自分の椅子から一歩も動けやしない。椅子を引きずって部屋の中を移動するのがせいぜいだ。それでどうやって外にいるサムソンを突き落としたっていうんだ?」

そういえばそろそろお尻《しり》が痛くなってきたな、と思う。トイレにも行きたくなってきたが、それを申し出るのはもっと切羽詰《せっぱつ》まってからの方がよさそうである。

「じゃあ誰がやったっていうんだ」ウィルは銃口を天井に向け、哀《あわ》れな日本人二人に向け、それからアダムに向けておいおい、となだめられる。「この山荘に誰か潜んでたっていうのか。そいつが俺たちを」

「そこの二人の仲間なら、ニンジャでも隠れているのかもな?」アダムが笑いながら言う。「ファントムが隠れてる建物にしちゃ、天井のシャンデリアがショボすぎるしな」

ウィルがぎょっとして天井を見上げ、自分が照明の真下にいることに気付いて慌てて横に逃げる。アダムはそれを見てハハハハハ、と笑った。こうやって熱心にウィルをからかうあたり、実はアダム自身もかなり不安を感じているのかもしれない。

「来た時に確認しただろう。山荘や周囲に誰かが潜んでいるなんてことはない」

ハミルトンが言うが、ウィルは引き下がらない。「じゃあどういうことなんだよ？　俺たち三人はアリバイがある。日本人どもは縛られてた。他に誰もいない」

ウィルが言ってくれたおかげで、なるほどこれは不可能犯罪なのだなと、ようやく納得した。どうもアダムやウィルが論理とか推理に程遠いお馬鹿《ばか》な雰囲気を持っているせいで、実は不可能犯罪なんかではありませんでした、という流れになるのではないかとも思っていたのだが。

だがウィルの言葉で、私の頭もがぜん元気に回転を始めた。情報が少ないシンプルな状況だが、それゆえにかえって不可能性が際立っている。どういうことなのだろうか。別紙さんもまだ真相の見当がつかないようで、ふうん、と呟《つぶや》いたきりである。

三人も沈黙した。確かに不可解な状況なのだ。アダムはさりげなく長い脚を組み替えたりこっそりとこちらに向けて流し目を送ったりとブレないのがある意味すごいが、ハミルトンは眉間《みけん》に皺《しわ》を寄せ、ウィルは周囲の透明人間でも探すかのようにキョロキョロしながらそれぞれ悩んでいる。

風が鳴って窓が揺れる。崖の上にぽつんと建つこの山荘の周囲を、無数の怨霊《おんりょう》を含んだかのような不気味な風が取り巻き、壁を、窓を揺する。周囲に人などいないクローズド・サークル。そして脱出も不可能だ。そのことが強調され、私は椅子の上で軽く手を握った。

ゴトリと音がして、ハミルトンが椅子から立った。何をするのだろうと思ったら、あっと思う間もなく壁に立てかけてあった銃を取った。

「おい」

さっと険《けわ》しい顔になったアダムに、ハミルトンは落ち着いたまま言う。「……ありうる可能性の一つは、サムソンが勝手に落ちた、ということだ」

「ああん？」

「つまり事故死だ。誰も奴《やつ》に近付いてはいないし、まして突き落としてもいなかった。奴はそっちの二人の監視をサボって散歩に出て、そこで突然風が吹き、ニュートンの法則に従って強く頭部を打ちつけ、死んだ」

アダムがふん、と鼻で笑ってみせる。「本気で言ってるのか？　ありえないぜ」

するとハミルトンがさっとアダムに銃口を向けた。

「おい」

アダムがテーブルの上の自分の銃に手を伸ばそうとする。ハミルトンはそこにぴたりと狙《ねら》いをつけた。「動くな。その手を引っ込めろ」

アダムは訝《いぶか》しげにハミルトンを見て、それからおそらくは一瞬、さっと手を伸ばして銃を取り、先にハミルトンを撃てるかを計算した。それが無理だと判断したのか、肩をすくめて手を引っ込め、椅子に座り直してやれやれというジェスチャーをする。

「……どういうことだい？　ドクター」

「事故死でないのならアダム。お前がサムソンを殺ったということだ」

「冗談だろう？」アダムは両手をひらひらさせているが、そのこめかみには汗が伝っている。「さっきあんたが言ったんだぜ。俺たち三人には、サムソンの奴を突き落とすチャンスなんてなかった。奴が死んだ時、俺たちは三人とも一緒にここを出ていたじゃないか」

「確かにそうだ。だが重要なことを忘れていた。山荘を出た時、アダム、お前は靴紐《くつひも》を結び直しながら最後に出てきたな。そして山荘に帰ってきた時、真っ先にこの部屋に入ったのもお前だ」

「そのことに何の意味があるってんだ？　俺が一人になったとしても、それぞれ三十秒がせいぜいだ。その間にあっという間にサムソンの奴を崖の上に連れていって、突き落として、息一つ切らさずにあんたらのところに戻ったってのか？」

「違う。サムソンを突き落としたのはお前じゃない。そんな時間は確かになかった」

「じゃあてめえの撃鉄《コック》をいじるのをやめろ。俺は自分がぶっ放すのは大好きだが、てめえみたいなおっさんがイクところなんざ見たくねえんだ」

「正確に言おうか。サムソンを突き落としたのはあっちの日本人のどちらかだ。そして一時的に彼らのロープをほどき、それをさせたのがアダム、お前だ」

ウィルがぎくりとして視線を彷徨《さまよ》わせる。びくびくしているわりに、彼の方がアダムより早く、ハミルトンが言っていることを理解したようだった。

「お前はここを出る前に日本人の、おそらくは男の方のロープをほどき、『サムソンの奴を突き落として殺せ。もしできたら、あとで逃がしてやる』とそそのかしたんだ」

「ふざけるな。それで日本人が大人しく言うことを聞くか？　女の方のロープをほどいて逃げちまうに決まってる」

「車なしで逃げたところで、山を下りるまでに追いつかれる。日本人は命令を聞くしかなかった」ハミルトンは言った。「『今やらないと、おそらくサムソンはお前の女をレイプするぞ』――そう脅されたらな」

なるほどね、という顔をして別紙さんが私を見る。私はアダムみたいに肩をすくめるしかなかった。荒っぽい推理だ。しかし、確かに一応、筋は通っている。

だが別紙さんが溜《た》め息《いき》をついた。「……ハミルトン先生は、自分で言ったことを忘れたのかね」

「別紙さん、しーっ」声が大きい。私は別紙さんに耳を寄せる。「……どういうことですか？」

「ハミルトン自身が言ってたでしょ。山荘から戻った時、ロープを縛り直したのはウィルだった。確かに一人のロープをほどいてサムソンを突き落とさせ、縛られたままのもう一人の手で再び椅子に縛りつけることは一応、できなくはない。だけどちゃんと縛れるかどうかは分からないし、ちゃんと縛れていないところを見つかったらおかしいと思われる。もしアダムがそんな方法を使ったなら、自分が真っ先に近寄って、ほどいたロープを縛り直すはずだよ」

なるほど、確かにそうだ。しかしハミルトンはそれに気付かず、アダムに銃口を向けている。

アダムが動いた。ぱっとテーブルに手を伸ばして銃を取ろうとする。

思わず声を出しそうなほど大きな銃声が響き、アダムが吹き飛んで床に倒れた。

「……てめえ……」

アダムは胸の真ん中を撃たれ、シャツを真っ赤に染めていた。赤い染《し》みがどんどん広がっていく。

ハミルトンは銃を構えたままそれを見下ろす。アダムは二、三度咳《せ》き込《こ》むと、彼を見上げてにやりと笑った。「……そんなお粗末《そまつ》な頭じゃ、てめえら全員、じきに死ぬだろうぜ」

アダムが事切れる。ハミルトンはそれを確かめ、銃を折って実包を一発、込め直した。

「……この程度の金額で山分けを嫌がるとはな」

だが、銃をセットし直したハミルトンは顔を上げると、自分の胸に狙いをつけているウィルの姿を見て動きを止めた。

「……ウィル。何のつもりだ。裏切り者は始末したぞ」

「……違う。アダムはサムソンを殺っちゃいない」

驚いたことに、ウィルは論理的に、別紙さんと同じことを言った。

「アダムが犯人で、あんたが言った方法で日本人にサムソンを突き落とさせたなら、奴は山荘に戻った後、自分で日本人のロープを縛り直すはずだ。あんたが言ってたんだぜ。縛ったのは俺だ。奴はのんびり見ているだけだった」

ハミルトンの眉《まゆ》がぴくりと動き、倒れたアダムに視線が移る。

「……あんたが犯人なんだろ。ドクター」

その言葉に、ハミルトンの視線がウィルに戻った。

「犯行可能なのはあんただけだ。なぜなら、崖下で見つかったサムソンに触って『死んでいる』と言ったのはあんただからだ。あの時、奴は死んだふりをしただけだったんだ」

「……何の話だ」

「あんたとサムソンはグルになって芝居を打ったんだ。他の連中を仲間割れさせて始末し、残った二人で金を山分けするためにな。あんたはサムソンがアダムに殺されたことにして、アダムを殺す。残った俺をサムソンと二人で殺す」ウィルは窓の外を見た。「蘇《よみがえ》っ」サムソンがいるのではないかと疑っているに違いなかった。

「そのつもりだったんだろ？」

「それもどうかな」また別紙さんが言った。「それならハミルトンはたとえば、崖下に下りるロープも木に結びつけたりせず、アダムとウィルに持たせて、二人が勝手に動けないようにするはずだよ。最低でも『危険だから二人はここで待っていてくれ』くらいは言う。どちらかが『俺にも見せろ』って下りてきちゃった時点でトリックがバレるんだから」

それもそうだと思うし、そもそもそれなら血のついたシャツだけ残すとか、そういうふうにしておけば、サムソンが危険な死んだふりをしなくて済む。だがとりあえず。「別紙さん、もう少し小さな声で」

無論別紙さんの言葉がウィルやハミルトンに届くわけがなく、ウィルは散弾銃の引き金を引いた。

ばん、と銃が爆発し、ウィルは仰向けに吹き飛んで倒れた。

床に伏せていたハミルトンがゆっくりと立ち上がり、胸から上を血だらけにして死んでいるウィルを見下ろした。

そしてぼそりと言う。

「……詰め物をしておいて正解だったな。いつか裏切るんじゃないかとは思っていたが」

ウィルの銃は撃てば暴発する状態にされていたらしい。やはりこのハミルトンが一番強かったと納得する。

だがハミルトンの表情は暗い。彼もまた困惑していた。

「てっきりこいつが犯人だと思っていたが」ハミルトンは、部屋の中に見えない何かがいるかのように、冷や汗を浮かべて周囲を見回した。「……じゃあ、サムソンを殺ったのは一体誰なんだ？」

あれっ、と思った。ハミルトンが犯人でないとなると、彼の証言通りやっぱりサムソンも死んでいたということになる。それでは犯人がいなくなってしまう。事故の可能性は否定されているし、いくらなんでもサムソンが自殺するような要素は全くなかった。

「……まさか」

と、冷や汗をかいて困惑していたハミルトンが、ふっと顔を上げて奥の部屋を見た。

ハミルトンは目を見開く。閃《ひらめ》きの瞬間が表情の変化だけではっきり分かった。すごいなと思った。

「……まさか、あいつらが」

ハミルトンは銃を構え、奥の部屋に突進する。

だが最初の銃声は奥の部屋の方から響いた。ハミルトンが衝撃で押し返され、壁に背中をぶつける。その瞬間、彼の左胸に赤く血がついているのが見えた。心臓だ。助からないだろう。

だがどういうことなのだろう。「あいつら」とは誰だろう。私が身を乗り出した瞬間、座席が下から突き上げられた。

「ひゃっ？」

やばい変な声が出た、と思う間に座席が左右に揺れ始める。慌てて眼鏡《めがね》を直し、気付いた。地震だ。周囲の席から悲鳴があがる。

左右の揺れは不規則に続く。固い地面だと思っていたものがあっさり裏切り左右にうねる。見ていたスクリーンがパッと真っ暗になり、代わりにオレンジ色の明かりがつく。上映前の客電とは明らかに違う。非常灯だ。

「別紙さん、地震」

「うん。まあ、ここには倒れてくる本棚はないから」

なんでそんなに落ち着いてるんですかと思う。しかし確かに、自宅なんかにいるよりこの映画館の中の方がよほど安全ではある。

――ただいま地震が発生しております。この建物は震度七に耐えられるように設計されております。どうか慌てず、揺れが収まりましたら係員の指示に従って避難してください。

館内放送も落ち着いている。このあたりが地震大国日本だよなと思う。たとえば今観《み》ていた映画のようにアメリカだったら、こんなに揺れたら悲鳴が飛《と》び交《か》い神への祈りが捧《ささ》げられるのではないか。揺れは収まり始めている。今、私の脳裏にあるのは「よその地方でもっと大きく揺れていたらどうしよう」という心配だ。だがそれも「初期微動が短かった↓震源はすぐ近くだ↓最も揺れたのはこのあたりかもしれない」という判断ですぐに萎《しぼ》んでいく。

揺れが止まった。別紙さんはなぜかシートのアームレストを撫《な》でながら言う。

「映画館で地震は初めてだね。でも座席に安定感があるからなんとも思わないよね。なんせフィゲラス社製高級シート『5400　ハリウッド』！　首都圏でこれをこんなにたくさん置いてあるところといえば新所沢のレッツシネパーク[*4]くらいしか」

私は興奮してシートを褒める別紙さんを押しとどめる。「分かりました分かりました。とりあえず館内放送聞きましょう」

映画を観にいこう、と別紙さんから誘われた時はなぜいきなり、と思ったのだが、プレミアムシートを取っておいたからと言われると悪い気はしなかった。まあ、映画館に行く

＊4　寝転んで観られるボックスシートがあったり、それが期間限定で「こたつ席」になったりして、なかなかすごい。

と椅子やスクリーンの種類に興奮するタイプの変態である別紙さんは、要するにこのシートに座ってみたかったらしい。

観た映画は非常にマニアックな監督のマニアックな作品で、日本人二人の滞在している山荘に押し入った強盗四人が疑心暗鬼から仲間割れをしてそして誰もいなくなる、というミステリ映画である。地震の後、いいところで中断されていた上映が再開されたのだが、結局、内容はといえば『そして誰もいなくなった』を意識して全くうまくいっていないという感じのもので、最後は「ハミルトンが椅子に縛りつけられていた日本人二人の犯行であると理解して日本人二人に歩み寄ったところ、女の方が隠し持っていた小型拳銃《けんじゅう》で射殺される。動かなくなったハミルトンの死体を前に二人は隠しナイフでロープを解き、雇い主であった中国人民解放軍総参謀部に『トラブルは解決した。ただし死体が四つある。応援を頼む』と無線通信する」というシーンで終わっている。つまり「無関係の可哀想な被害者だと思われていた『日本人二人』は中国人の工作員であり、椅子を移動させて縛られた手と足先で窓を開け、窓の外にサムソンを呼び寄せて隠し持っていた小型拳銃で撃ったところ、弾丸は外れたが驚いたサムソンが崖から落ちた」というひどい真相だった。映画など映像メディアの中にはミステリと銘打っておいて、しばしばこういう手抜きの真相で済まされたものがある。「日本人二人」の名前は結局、劇中で出ず、スタッフロールまで見たら男の方が「ミシマ」、女の方が「オノ」という設定だと判明したためいいかげんだなと思ったのだが、まあストーリーよりも役者の演技やカメラワークがいい作品だったので、真相のひどさにつっこむのは野暮というものなのだろう。アダム役の人がカメラに向けて時折流し目を送ったりするのはいただけなかったが（どうも、素でそういう性格の俳優らしい）、ハミルトン役の人とウィル役の人は上手で、カメラワークの妙もあって観ている私まで一緒に山荘にいるかのような迫力があった。もちろん、その何割かは吹き替えをした声優さんの力でもある。

唯一困ったことといえば、上映中に別紙さんがいろいろ喋《しゃべ》ることぐらいだろうか。まあ、私も小声で話しかけたりしていたのだが。

なんとなく買った本の結末

「……『青森県』ってなんか甘そうなイメージありませんか」

「……それは……観念的にですか？　物理的にですか？」

「……物理的に。舐《な》めると甘そうな気がしませんか。りんごの糖分とかそういう話じゃなくて、純粋に形からして」

「……下北《しもきた》半島と津軽《つがる》半島が蔕《へた》ということですか」

「……いや、むしろあそこに甘みが凝縮されてる感じの。たとえば鹿児島県とか、高知県なんかも室戸《むろと》のあたり、甘そうですよね」

「……君は何故《なにゆえ》に『出っぱっている部分は甘い』と信じ込むようになったのですか。では千葉県なども君から見ると甘いわけですね」

「んー……千葉県は辛《から》そうです。そのまま齧《かじ》ると口の中が痛いくらいの」

「……それは鷹《たか》の爪《つめ》に似ているからでしょう」

「……食べ物のイメージに重ねちゃいますねー。どうしても。長崎県とか、広島県も尾道《おのみち》のあたりの細かいのとか甘そうですし。口に入れるとサーッと溶ける感じの」

「……君、何でも味を想像しますね。そういえばこの前も『ひ』が甘そうで『く』はモソモソしてそうだとか」

「……いやあ……なんていうか。習慣です。……別紙《べっし》さんはどうですか。はい、じゃあ舐めると甘そうな都道府県トップ3」

「……一位は北海道《ほっかいどう》です」

「あー……北海道、忘れてた。ていうか普通にミルク味ですね。二位と三位は」

「……舐めると甘いのが愛知、嚙《か》むと甘いのが秋田ですね」

「……なるほどー。……あー……滋賀《しが》とかも、嚙みしめるとジュワッて蜜《みつ》が出そうですね。岐阜《ぎふ》とか長野はコリコリしてそうです」

「……あのあたりは実際に地盤が固いんですよ。もっとも長野県といっても広いので、長野市や小諸市《こもろし》のあたりは柔らかめです」

「……半分柔らかい感じですかー。いいですねえ。私、外と中で食感が違う感じの食べ物、好きです。ごま摺《す》り団子とか[*1]」

「……えらく限定的ですね」

「タマゴとかも半熟が好きなんですよー。逆に、半熟だと思ってたら完熟でモソッてきた

*1 岩手の菓子舗、松栄堂の商標。可愛い小ぶりのお団子の中にトロッとしたごま蜜が入っており、くせになる。

時、がっかりしませんか」

「……私は完熟も好きですよ」

「……あー、タマゴの場合は一位は温玉、これは不動だとして」

「……確かに、お客様にも好きな方が多いですねえ」

「……二位が半熟、三位が七分茹《ゆ》でで四位がピータン。完熟はその下ですね」

「……一つ別物が入っているのに、それより下ですか」

「……話、変わりますけど。駅裏に謎《なぞ》の喫茶店あるの知ってますか。観葉植物の鉢でドアが開けにくいあそこです」

「……あなたの言う『駅裏』がどちらなのか分かりかねますが、北口側の方ですね？」

「……そうです。北口の。あそこで昨日、えーってなるようなことがあったんですよ」

ドアがかすかにかちゃりと動く。客だ、と反応してぱっと立ち上がり営業用の笑顔を作った私は、外からニャーという声が聞こえてきたので肩の力を抜いた。別紙さんも再び手を動かし始めた。おそらくいつもの雉虎《きじとら》だろう。野良猫の勢力図が変わってこの店が縄張りになったのか、ここ数日よく来るのだ。どこでそんなに餌《えさ》を得ているのかでっぷりしていて可愛いのだが、衛生面を考えると店内には入れられない。料理がたくさん出ている時などにおいで分かるらしく外でニャーニャーガリガリとやっていることもあるが、かまいたいのをこらえて無視せねばならないのでこちらとしても生殺し状態である。

私は座り直し、その勢いでカウンターに突っ伏した。さっき磨《みが》いたばかりなので頬《ほお》をつけるのは躊躇《ためら》われたが、今日の雰囲気だと磨き直す時間はいくらでもありそうだ。

「……暇ですね」

「……連休明けですからねえ。それにこの時間はまだ」

やることがなく座っているだけの私に対し、別紙さんの方はずっと手を動かしている。とはいっても延々グラスを磨いているだけなので、要するに彼も暇なのである。私のどうでもいい話にいちいち律儀に乗ってくれる程度には。

別紙さんがバーテンダーをしているこのお店で働き始めた頃は、とにかく動き続けていないと不安で仕方がなく、お客さんのいないこの時間にも何かしておかなければと思ってやたらとジャガイモの皮を剥《む》きまくったり小エビの殻を取りまくったりしていた。当然のことながらお客さんが注文するかどうかも分からず、そもそも来るかどうかも分からないそんな状況で下ごしらえをしても無駄、というより食材が乾くしロスになるかもしれないしそのまま長時間置いたのでは衛生的にもよくないわけでむしろ有害だったのだが、別紙さんは私を叱《しか》らず「暇な時は休憩をして、暇でなくなった時に備えるのが一番効率的です」と教えてくれた。現在ではこうして「半オフ」に切り替えて充電するスキルが身についている。もっとも今日のように、心底どうでもいい話を延々続けるぐらい暇な時限定だが。

「……ほんと暇ですね」カウンターの縁を摑《つか》んで猫のように背筋を伸ばす。「……別紙さん、なんか面白い話、ありませんか」

「……ありませんねぇ」

別紙さんの方は暇に慣れているのか、顔色一つ変えずにグラスを磨いている。大学時代は数学科の研究室にいたというから、あるいはグラスを磨き私と喋《しゃべ》りながら頭の中でリーマン予想の検証でもしているのかもしれない。

それでもあまりに手持《ても》ち無沙汰《ぶさた》な私の様子を見かねてか、別紙さんは話を振ってくれる。「……最近、どんな本を読みましたか」

「最近は……」私はカウンターから顔を上げた。「あ、ミステリ読みました。別紙さん、クイズ出していいですか。私が最近買った本から」

「……何ですか？」

「知らない、なんかマニアックな作者のです。なんか変な名前でした。似島軽《にじまけい》だっけ」変な名前だが作風は平凡だった。「こないだ本、買いにいって、たまたま平積みしてあったの適当に買ったんです。『刑事　冴島遼《さえじまりょう》』シリーズの最新刊とか。知ってますか？」

「いいえ。私も知らない作家です」

「じゃ、その中の短編、私が話すから真相を当ててみてください。クイズです」

助手、あるいはアルバイトとしてしばらく一緒に働いている経験から、別紙さんの性格はある程度把握していた。気のないふりをしているが、クイズやパズルなど頭脳の勝負になるとこの人は必ず本気になる。

面白い。別紙さんが解けるかどうか試してやろう。私はスツールに座り直し、朗読の口調で語り始める。

※

1

受話器を持ち上げ、メモしておいた沼田《ぬまた》君の家の番号をプッシュしていく。ただそれだけの作業なのに間違いがないかとひどく不安になる。もし沼田君が出なかったらと思うとそれも不安で、何もしないまますべての計画を中止にして受話器を置きたくなる。それをこらえた。いや、こらえたというより、やっぱりやめようか、と迷っているうちに電話の方がつながってしまったのだ。出たのは沼田君の母親で、僕は名乗った後、沼田君本人に代わってもらった。沼田君もすぐに出た。

このタイミングで僕が電話してくるなら、今日、一緒に観にいく映画についてだ、というのは沼田君も分かっていたようだ。電話口での沼田君は例の新作映画の広告をどこかで見たらしく、興奮気味にあの役者がこんなシーンをとかあの監督だから絶対こういう展開になるとか喋っていた。その沼田君を遮《さえぎ》って「ごめん。急な用事が入って今日、行けなくなった」と言うのは、それだけで罪悪感があった。

沼田君は一瞬絶句した後、了解してくれたが、相当楽しみだったらしく「ほんとに今日、無理なの?」「来週は絶対OKだよな」と前のめりである。僕は「来週、また電話するね」と答えた。沼田君が勧めてくる映画はほぼ間違いなく僕にも面白いので、本当は楽しみなのだが、今日は絶対に無理なのだ。だって僕は、これから人を殺すから。

――それでさあ、音楽が杉本栄真《すぎもとえいしん》でつまりゴールデンコンビなわけよ。だとしたら演出的に……。

「ごめん。僕、時間なくて。もう切らないと」

――ああ、そうか。じゃ、予定が変わったらまた電話してこいよな。今日でもいいからな!

「うん。ごめんね。ありがとう」

本当のところはこのまま沼田君と映画の話をし続けていたいという気もする。そして僕はそのまま犯行のチャンスを逃してしまえばいいのかもしれない。だがそうはいかないのだった。あの男の行動を調べあげ、週に一度もないチャンスがまさに今、巡ってきている。ここでやめたら、これまでの苦労が無駄になる。

僕は沼田君に挨拶《あいさつ》して受話器を置いた。予想外に手に汗をかいていたらしく、一度滑《すべ》ってフックにかけそこなった上、手に力が入りすぎたのかやや乱暴になってしまったが、仮にガチャリと大きく音が聞こえたとしても、沼田君ならそれを悪いように解釈せず「急いでいるのだろう」と思ってくれるだろう。映画を観にいく予定だったのにいきなりキャンセルの電話を入れても怒った様子一つない。だからなおさら罪悪感があった。もともと僕はこの「キャンセルの電話」を入れるために沼田君を映画に誘ったのだ。

……でも、これでアリバイができる。こうして電話した以上、僕は犯行時、自宅にいた。

沼田君のおかげだと、そう考えることにした。僕はこれから人を殺す。手際よく殺して、来週は映画に行こう。僕はドアを開けて外に出た。

2

こんな細い流れなのに川の音というのは随分とやかましいのだなと、冴島は思った。普段から山を歩く人間にとっては常識なのかもしれないが、冴島にはそういった趣味もなければその時間もない。普段歩き回るのは都会のコンクリート・ジャングル。こういった場所に出向く用件は現場の確認か死体への挨拶ぐらいしかない。

あるいはこの川が、細いわりに流れが速いのだろうか。冴島はざあざあと音をたてて流れ続ける川面《かわも》を見る。秩父郡大滝村《ちちぶぐんおおたきむら》。ライン下りで有名な長瀞《ながとろ》はすぐそこで、渓谷と急流には事欠かない地域だ。天気がよいためもあり、周囲にはライフジャケットを着た川釣り客の姿が二つほど見えた。片方の中年男はすっかり野次馬と化してしまったようで、現場に引かれた「KEEP OUT」の外で背伸びをし、ひたすら死体を覗《のぞ》こうとして係員に押し戻されている。そのむこうにいる老人は、驚くべきことにまだ釣りを続けている。自分は釣りに来たのだから横で死体が出ようが警察がわらわら来ようが釣りをするのだ、という鉄の意志を感じる。証言が信用できるのはあちらの方だなと冴島は思った。

背後に足音を感じて振り返ると、三人分かというほどに幅の広い男が小さな袋から何かを出しては食べ、出しては食べしながら近付いてきたところだった。狸《たぬき》の置物を思わせるこの巨軀《きょく》と常に食べている駄菓子は間違えようもない。秩父署のお菓子大明神《だいみょうじん》こと宇治《うじ》橋《はし》巡査部長だ。

「やあ冴島さん。早いですね。まだチョウバ（捜査本部）立ってないでしょ」

「たまたま今日は暇だった。どうせ立つだろう」

「食べます？」

オブラートに包まれたソフトキャンディーを差し出してくるのを断る。

「いや、現場で飯は食わない」

「おいしいのになあ。『コーラアップ』」

「菓子よりうまそうな証拠がそこら中《じゅう》に残ってるだろ」

「真面目《まじめ》だなあ。冴島さんにはかなわないや」

捜査本部が立ちそうな事件が発生したら、命令がなくともできる限り早く現場に急行するのが冴島のやり方だった。所轄の人間はまだ呼ばれてもいない本部の刑事がずかずか入ってくると渋《しぶ》い顔をしたし、真っ先に現場に急行する機動捜査隊の連中からは訝《いぶか》られたりもするが、他人が荒らす前に自分の目で現場を見ておくことで発見できる証拠も多い。冴島が県警本部内で突出した功績をあげている理由の一つだった。

「で、被害者は釣りの最中か」

冴島は現場の中心、スーツと作業服の数人が集まる方に歩いて行く。しゃがんだ秩父署員の背中越しに、きちんとライフジャケットを着た脇腹《わきばら》とアウトドア用の靴を履いた足が見えた。

「そのようで。周囲の釣り客に聞きましたが、前にもここで見かけたことがあり、挨拶などもしたそうです。常連ですな」

宇治橋が空《から》になった菓子の袋をがさりと握《にぎ》り潰《つぶ》して尻《しり》ポケットに押し込む。

死体はうつ伏せに倒れていた。まだ右手には糸の伸びた釣り竿《ざお》が握られたままだが、頭が割れてキャップが真っ赤に染まっており、死んでいることは明らかだった。問題は頭の脇に落ちている石だろう。そちらにも血がついている。

「……これが『凶器』か」

冴島は後ろを振り返り、数メートル先にそびえる断崖《だんがい》を下から見上げていった。二十メートル近くの高さがある。血のついた石は「岩」と呼んでもいい大きさで、直径三十センチ以上はある。あの上から落ちてきて頭部に当たれば、キャップを被《かぶ》っていてもまあ、死ぬだろう。だが落石となると。

「……事件か事故か、はっきりしているのか？」

「一応、事故の線も疑いはするそうですが」

宇治橋はここまで十数歩歩いただけでかいたらしき汗をバーバリーのハンカチで拭《ぬぐ》い、にやりとした。

「……冴島さん、どちらだと思います？」

「そりゃ、事件だろう。残念ながら」

死体をもう一度見る。血のついた「凶器」の石の他に、明らかに周囲のものと色や質感の違う石が四つほど散らばっている。大小あるがどれも人の頭を割るに充分だ。たまたま落石があったとして、ちょうど人の頭を割るに適当なサイズの石だけが合計五つ、人の頭の周囲に集中して落ちてくる確率など何億分の一だろうか。冴島は再び背後の断崖を振り仰ぐ。

「……念を入れて五個落としたんだろう。あの上には山道か何かがあるのか？」

「さすが、目ざとい」

宇治橋は頷《うなず》き、ジャケットのポケットから「甘いか太郎」の袋を出して開いた。それは手がべたべたになるやつじゃないのかと思ったが、そういえば宇治橋はいつもウェットティッシュを携帯しているのを思い出した。以前手が汚れた時に差し出されて随分用意がいいなと思ったが、このためだったらしい。

「ハイキングコースがあります。少し手前に物置小屋がありまして、そのあたりから崖《がけ》に向かって外れてくるとちょうど、あの上に出るようです。釣り客の証言によれば被害者はいつもこの場所だったようで」

「……狙《ねら》いやすかった、というわけか」

とはいえ、被害者は毎日ここに来ていたというわけではないだろう。見たところ五十がらみ、おそらくは窮屈な日常から抜け出せる日曜日のささやかな楽しみ、といったところだったはずだが、それでも毎週来られるわけがない。偶然この山の中で被害者と出会って瞬間的に殺意が湧《わ》いた、という可能性もゼロではないが、常識的に考えれば犯人は被害者の行動を把握していたか、何週間にもわたってあの崖の上で張り込み、犯行のチャンスを窺《うかが》っていたということになる。つまり、犯人は家族など、被害者のすぐ近くにいる人物。

でなければ被害者とある程度親しく、被害者がよくここに釣りに来ていることを知っている人物だ。そして。

「……毎週来て張っていたとなると、被害者の周囲に『毎週日曜になるとどこかに出かけていた奴《やつ》』がいることになる。わりと簡単に絞れそうだな」

「運がよければ、確かに」

宇治橋も「甘いか太郎」の袋の内側についたタレを「これがうまいんですよね」と舐めながら頷く。

「捜査本部は立たないかもしれないな。だとしたら無駄足だが、まあいい」

冴島は「KEEP OUT」のテープをくぐって外に出た。

「どちらへ」

「とりあえず、あそこにいる町役場の人間に教えてやるのさ。『安心してください。殺人事件です』ってな」

ワイシャツとネクタイの上に作業着を羽織《はお》った、いかにも役人然とした雰囲気をまとった男二人が心配そうにこちらを見ていた。この河原も観光スポットであり、落石「事故」となれば町が責任を問われる上、客足が遠のく。どういうルートで事件を知ったのか分からないが、確認のため慌ててやってきたのだろう。

だがこれは事故などではなく明らかな事件だ。それも鑑《かん》捜査で近いうちに犯人が割れる気がする。

こういう場合、冴島の勘はよく当たる。この事件でも彼の勘は当たっていた。

だが冴島はまだ知らない。確かに「近いうちに犯人が割れる」のだ。だがそこに辿《たど》り着《つ》くまでに、冴島と宇治橋は予想外の困難を乗り越えなければならなくなるのである。

3

「……おい。こいつは話が違うんじゃないのか」

冴島は煙草《たばこ》をくわえ直して宇治橋を見た。

「……予想とだいぶ違いましたねえ」

宇治橋もくわえ直して頷いた。もっともこちらは煙草ではなく煙草形の「ココアシガレット」という駄菓子である。もともと吸わない男で、なのになぜか煙を吐《は》く真似《まね》はする。

「つまり、何だ。全く何もないってことじゃないか。とっかかりが」

「そのようです。間違いなく怨恨《えんこん》の線なんですが」

ホーム上は風が強い。宇治橋はココアシガレットを口《くち》の端《はし》にくわえたまま、太い指先で手帳のページを苦労して押さえている。

「……被害者は根岸《ねぎし》清《きよし》四十四歳。狭山《さやま》市内の、弁当やケータリングの手配をする小さな会社に勤めています。勤務態度はおおむね真面目で社長の評価は可もなく不可もなし。友人関係や職場でのトラブルもなし。特に悩んでいた様子も不満を溜《た》めていた様子もなし。前科なし借金なし離婚歴なし。妻及び娘二人と同居。趣味は川釣り。趣味上のつきあいでのトラブルなどもなし。酒は飲みますが馴染《なじ》みのスナックに月一回程度通うだけ。このスナックがこれから行く『みゆき』です。他は水商売関係のトラブルもなければ風俗その他もなし。おかしな親戚《しんせき》もいないようですし、学生時代や地元のつきあいで変な奴もいないようですし、はっきり言って真っ白です」

事件発生から今日で五日目。ここまでよく調べてきたと思う。だが今のところ「全敗」だった。被害者・根岸清の人間関係から、事件に巻き込まれそうな要素が何も出てこないのである。根岸清はいわゆる「殺されるような人ではない」典型的な普通人であり、平凡すぎるほど平凡な、役所のポスターにでも出てきそうないち納税者だった。

冴島はマルボロを吸い込んで頭を掻《か》いた。

「他に何か、あるか？　あるいは人違いで殺されたか」

宇治橋はココアシガレットをつるんと口に収め、ぼりぼりと嚙み砕いた。

「考えにくいですよねえ。周囲に他の釣り人はいなかったというし、あの場所に根岸以外が座ることもなかったそうです。まして犯人は時間をかけて根岸の行動パターンを探っています。それがすべて間違いでした、というのはなかなか」

「……通り魔じゃないだろうな。『太陽が眩《まぶ》しかったから』なんて動機じゃ探しようがないぞ」

「そのわりにゃ念入りに機会を待ってますからね。たまたま悪戯《いたずら》で石を落としたら『蠑螈《いもり》は偶然に死んだ』感じになっちまったんでしょうか」

「なら五個も落とさないだろう」

「ですよねぇ」

もちろん刑事という仕事柄、徒労には慣れている。靴底をすり減らして歩くのはいつものことだ。冴島はマルボロを足下に捨て、火を踏み消した。いろいろ試したが結局、一番ありふれたこの煙草に落ち着いてしまっている。

「そろそろ店が開く。行くか」

「了解」

宇治橋もココアシガレットの包み紙をポケットに押し込んだ。あとは被害者行きつけのスナック「みゆき」。ここぐらいしか当てがない。

「……いえ、本当にありません。何も。根岸さんは品のいい方で、飲むと少し陽気にはなっても、荒れるようなことは一度もありませんでしたから」

駅前にあるスナック「みゆき」のママは五十過ぎと思われる小太りの女で、この業界には珍しく刑事の訪問にもさして嫌な顔をすることがなかった。このママが若い美人で、明らかにいいスポンサーの引き立てで店を持ったような雰囲気があれば、ママにちょっかいを出してそいつに消されたのではないかといった絵も描けるが、この「みゆき」は明らかに裏社会とは無関係な、風営法も食品衛生法もしっかり守った普通の店だ。宇治橋と一緒に注文したオムレツと唐揚げはどちらも絶妙な味付けで、どちらかというと酒や会話よりこのママの料理の腕前でもっていると推測できた。

「さっき申し上げた期間ですが、その間、あるいはその前後に根岸さん、この店に姿を見せましたかね」

宇治橋が唐揚げを頬張《ほおば》りながら聞くと、ママは頷いた。

「ええ。……その、亡くなられる、一ヵ月前ですけど。……亡くなられたのね。根岸さん……」

形だけママに共感して少し沈黙し、しかし宇治橋はすぐに聞く。

「その時に何か、変わった事は?」

「ありません」

ママは首を振った。

「いつも通りでした。普通に飲んで、友達にお酒を勧めて。……そういえば、あの時は少し強く勧めてたかしら。私は一度『大丈夫なの?』って声をかけたけど」

看板を出していたらしい店員の男が戻ってきて、ママが彼に仕込みを命じて裏に下がらせる。その瞬間に冴島と宇治橋はさっと目配せをしあった。冴島が聞く。

「その友人というのは、どういう関係の方ですか。それに、わりと強く酒を勧めていた?」

ママは一瞬、沈黙し、すぐに笑顔になった。

「いいえ。何もトラブルはありませんでしたよ。険悪な雰囲気なんて全く。新井《あらい》さんも……新井さんって言うんですけど、結局断らなくて、おいしそうに飲んで二人とも随分と楽しそうでした。新井さんなんか久しぶりに飲んだとかで、少し飲み過ぎていたくらい。……確かに前はわりとよくいらしてたのに、ここ半年以上、うちにはいらっしゃいませんでしたから」

「……上品なお客さんたちですね。この店の雰囲気がそうだからかな」

冴島は手帳と名刺を出した。

「念のため、その新井さんの連絡先など、分かる範囲で教えていただけますか。……それと、後で何か思い出したら、この番号に電話をください。私の自宅です」

たとえ情報提供のためであっても、警察署だの捜査本部だのに抵抗なく電話をかけられる一般市民はまずいない。こういう時のために、自宅の電話番号を手書きした名刺を冴島は携帯していた。印刷された名刺に手書きする、という方法はいかにも秘密めいているし、親身な感じもするから、連絡しやすくなるのだ。まあ、キャバクラなどでは嬢が当たり前にやっている手法なのだが。

冴島はわりと長く話し込んだように感じていたが、開店直後に訪ねたため、「みゆき」を出てもまだ午後八時半だった。街はまだ明るく華やかだ。

「……二つ先の駅ですが、これから行きますか？」

宇治橋が手帳を見ながら言う。「みゆき」のママは新井から名刺をもらっており、冴島たちは彼の住所と電話番号を聞き出す事ができた。

「行った方がいいな。ちょうど夜だ」

冴島も頷いた。夜なら家族全員が揃《そろ》う。

今のところ、根岸清殺害事件の手がかりは全くない。この新井——新井勇《いさむ》という友人にしても、ただ名前が出てきただけで、手がかりなどというものではない。ママの話によれば新井もまた根岸同様の普通の勤め人で、都内の広告会社に勤務、大学生と中学生の息子がいるらしい。犯罪とのつながりはなさそうではあったのだが。

かといって冴島としては、当てずっぽうというつもりでもなかった。何を聞かれてもすらすらと答えていたママが、新井の話をする時だけは一瞬、躊躇った。何かがあったのだ。最後まで楽しく飲んでいたというのは事実のようだが、ママの話によれば根岸以上によく来ていたという新井がここ半年以上、店に来ていなかったという。

「新井の方がトラブルを抱《かか》えており、それに根岸が巻き込まれた……とかですかね」

宇治橋が言う。冴島も頷いた。根岸自身はあまりにも何もなさすぎる人間だ。周囲の評判を見ても、羨《うらや》ましがられも憎まれもしないただの善人、という印象しかなかった。ありうるのは事故的に何かに関《かか》わってしまった、いや、根岸自身に悩んでいる様子がなかったとすると、関わっていると誰かに勘違いされただけなのかもしれない。

だが、そうだとすると犯人は根岸に全く関係ない人間、ということになってしまう。予想外に困難な事件になりそうで、フウフウと息を切らしながら冴島の隣を歩く宇治橋も、それが分かっている様子で早足だった。


結果的には、その日に新井宅を訪ねようとしたのは正解だった。

最寄り駅で電車を降りたところで、ホーム上の男子トイレに気配を感じたのである。改札に向かおうとする宇治橋を制し、冴島がトイレに入ってみると、予想通り、明らかに不良と分かる学ランの高校生四、五人が、ひょろひょろとした私服の男一人を取り囲み、痛めつけていた。カツアゲだ。まったく最近のガキは、と思いながら冴島は指の骨を鳴らす。隣の宇治橋が「ピヒィ～」というかすれた音をたてた。警笛なんて持っていたのかと思ったが、食べていた笛ラムネを鳴らしただけらしい。

「何だよおっさん。見せものじゃねえよ。消えな」

　金色の髪をした少年がポケットに手を突っ込んだままやってくる。冴島は溜《た》め息《いき》を吐《つ》いた。「最近の若い奴は倫理観が欠如している」と年寄りのような愚痴《ぐち》を心の中で呟《つぶや》き、宇治橋とともに踏み込む。

「……残念ながら、サボるわけにはいかないんだ。俺たちの給料は税金から支払われているんでな」

　冴島は金髪の少年の襟首を摑んで引き、足払いで倒した。

「てめえっ」

　少年たちが色めき立ち、一斉に向かってくる。冴島は先頭の一人を前蹴《まえげ》りで倒し、後ろの一人の前髪を摑んで引くとこめかみに肘《ひじ》を入れた。横では腹を殴られた宇治橋が、腹の肉で拳《こぶし》を跳ね返してにやりとしている。遊んでいるのだろうか。

　群れていきがっているが、根は気の小さいガキどもだった。宇治橋が一人を大外刈りで倒し、その間に冴島がもう一人に上段回《まわ》し蹴《げ》りを入れると、あとの一人は便所の床にぺたりと座って魚のように口を開けた。床に倒れている連中も、冴島がひと睨《にら》みすると縮み上がった。

　小便器に並んで壁に座り込んでいる被害者の男に声をかける。

「大丈夫か」

被害者の男は床に落とされた黒いフレームの眼鏡《めがね》をかけ直していた。ジーパンにジージャン、頭には赤いバンダナという恰好《かっこう》で、いわゆる「おたく」という奴なのだなとひと目で分かった。助け起こし、大きな怪我《けが》がないのを確認する。ただからまれていただけで、殴られてはいないようだ。

「……いや、助かりました。刑事さんですか。えへへ。僕、税金払ってないけど」

男は卑屈に笑い、ぺこりと頭を下げて「すいません」と言った。助けてもらったのなら「すいません」ではなく「ありがとう」だろう。不良どもとは別に、こいつも最近の若者なのだなと思う。

「これ、中、盗《と》られたか」

床に落ちている男の財布を拾って渡す。その時に気付いた。大学の学生証が見えていて、そこの名前が「新井和彦《かずひこ》」となっている。

「いえ、何も。大丈夫です」

「新井和彦君か」

冴島が言うと、後ろでガキどもをどやしつけていた宇治橋がおっと振り返った。

「父親の名前は新井勇さん、だったね」

「えっ。なんで知ってるんですか」

「ちょうど、君の家を訪ねようとしていたところだ。お父さんはそろそろ帰ってきている頃かな？」

冴島が警察手帳を見せると、新井和彦は目をそらした。

「知らないです。……いや、あれ、父親って呼びたくないし」

ガキどもを追い払い、後ろからやってきた宇治橋と、冴島は目を見合わせる。

「……仲、悪いのか。君はそれで家に帰るのが嫌で、こうして外にいるとか？」

腕時計を見る。夕飯の時間はとうに過ぎている。もっとも大学生なら、夜遊びくらいしていておかしくない時間帯ではあったが。

「……いえ、別に。僕、品行方正です。おたくですけど」

「おたくだろうと何だろうと市民にゃ変わりないし、別に君をどうこうしようってわけじゃない。君の家を訪ねる前に、家の雰囲気を聞いておければな、と思ったんだ。じゃ、休日はみんな家にいないのかな？　お父さんが嫌われてるとかで？」

「最近はみんな、バラバラです。あいつが居間で飲んだくれてるから家にいたくないし。お袋は日曜、パートに出てるし、弟は先週も先々週も友達と遊んでました。僕はまあ……友達と秋葉原行ったり」

冴島は新井和彦の顔にさっと視線を走らせ、右目の横に黒っぽい痣《あざ》ができているのを見つけていた。今、殴られてできた痣ではない。もっと古いものだ。だとすると。

「ちょうどよかった。君のお父さんとお母さん、あと弟さんがいるね？　聞き込みってやつでね。ちょっと話を聞かせてもらいたかったんだ。一緒に帰ろう」

冴島がそう言うと新井和彦は困惑していたが、宇治橋が「どれ食べる?」と言って飴《あめ》だのガムだのを次々出してくるので、それを断っているうちになし崩し的に家まで同行させてくれる雰囲気にはなった。

歩きながら冴島は考えていた。全く謎だと思っていた動機が判明したかもしれない。問い合わせるべきは近隣の病院だ。そして。

結局、宇治橋からガムをもらって嚙みながら歩く新井和彦を横目で窺う。容疑者はこの新井和彦とその母親の新井節子《せつこ》。犯行態様からすれば、中学一年生の次男、哲也《てつや》も考えられる。

新井家は普通の家庭だった。どこにでもある二階建ての一戸建て。靴箱の上に木彫りの熊《くま》。壁には銀行の名前の入ったカレンダー。平均的に物が多く平均的に清潔な日本の一般家庭だ。それだけに、リビングのソファで冴島たちと向き合う新井節子の、丸く痣がついてパンダのようになった顔が強烈だった。

冴島の予想は当たった。間違いなく、新井勇は酒癖《さけぐせ》が悪く、酔うと妻や子供に手を上げるタイプだ。

「……さあ。飲んだ日は何の連絡もなく朝帰りになりますので。その日は知りません」

新井節子は投げやりに答えた。夫のことは制御不能の猛獣だと諦《あきら》めている様子で、夫を恐れているという段階すら過ぎ、消耗しきって考えることをやめているようだった。

「自宅には帰ってこなかったのですか。奥さんはその日、どこにいらしたのですか」

「私は夕方、六時過ぎまでパートに出ておりましたので。帰って夕飯の支度《したく》をし、いつも通りに過ごして、夫が帰ってきたのは朝九時頃です」

日曜までパートに出ているということは、家で夫と顔を合わせたくないのかもしれない。だがパート先でアリバイは確認できそうだ。

「勇さんがどこにいらしたかはご存じない？　じゃ……哲也君。君は何か聞いてないかな。この日はどこにいた？」

冴島はダイニングテーブルの方で漫画本を読むふりをしながら会話に耳をそばだてている次男の哲也を振り返る。哲也は漫画を置いて体をこちらに向けた。今風の子供だが、読みながら応《こた》えるほど礼儀知らずではないらしい。

「……僕は学校の課題でやらなきゃいけないことができて、ずっと家にいました」

「一人で？」

「はい。……本当は友達の沼田君と映画を観にいく予定だったんですけど、仕方なく電話で断って。……二時半頃だったかな」

「その後は家で、ずっと一人だった？」

「はい」

冴島と宇治橋は頷きあう。この二人も、家に帰るなり自室に閉じこもった和彦も、冴島たちが訪ねてきたのは父親の勇が何かしたのだと思っているようで、それが好都合だった。実際には、冴島たちは新井勇の家族のアリバイを確認しにきたのだった。とりあえず、節子のアリバイはパート先ですぐ確認できるだろう。この家から現場までは片道二時間半かかるから、二時半過ぎに電話したという沼田君に確認が取れれば、哲也にもアリバイができる。

とすると今のところ問題は長男の和彦だ。秋葉原にいたというが、一人だったらしい。

その晩、帰宅した冴島は、留守番電話にメッセージが入っているのを見た。メッセージは「みゆき」のママからで、思い出した事があるから一応お伝えしておく、と前置きされていた。

――新井さん、みなさんが帰った後も飲み続けていて、泣いていました。飲んじまった、って繰り返して。その後、新井さんの奥さんが、うちで飲んだのかって聞きに来たんです。はい、と答えるしかありませんでした。

4

「……つまり、動機が明らかになったわけですね」

宇治橋は立ち止まり、靴底を歩道の段差の縁にこすりつけ始めた。

「……ああ。結論から言えば、殺された根岸はやはり何一つ『悪い事』はしていない。『みゆき』での飲み友達だった新井に酒を勧めただけだ。……どうしたんだ」

「ガム踏んじまいました。包んで捨てろっての」

宇治橋は靴底のガムをこすり落としながら、ポケットから「どんぐりガム」の包みを出して自分も食べ始めた。

「取れないな。あっ、ピーナツバターでこすればよかったんだっけ。なかったかなピーナツバター」

ピーナツバターが必要になったから「とっさにポケットを探してみる」という行動パターンもだいぶ奇妙だと思うのだが、宇治橋は悔《くや》しそうに「持ってなかったか」と呟き、それから真面目な顔に戻る。

「さっき本部に電話で確かめましたら、病院の方は確認したとのことでした。新井勇の奴、アル中の上に酒乱で、酒を飲んでは暴《あば》れて女房子供を殴っていたようです。半年ほど前、殴られた拍子《ひょうし》に転んだ女房が二針縫う怪我をしたため少しは反省したらしく、病院でシアナマイド（抗酒剤）もらってます。まあ、最初は真面目に飲んでたんでしょうが、徐々に服薬をサボり始めた。そこで先日の『みゆき』ですな」

「その事情を知らない根岸清が、『善意で』新井に酒を勧めた。新井は相当飲みたそうにしていただろうから、本当に『善意』だったんだろうな。結局、新井はスリップ（※再飲酒。アルコール依存症の患者が禁酒後、再び飲酒してしまう事）してしまい、家に帰ってまた暴れ始めた」

「……根岸に悪気は全くなかった。でも新井の家族からしたら、根岸のせいでまた地獄に引き戻されたわけですね。スリップしたアル中はそれまでの反動で、やけくそになって飲みまくるらしいですから」

冴島は新井節子の痛々しい痣を思い出した。酔った新井勇は女の顔でも平気で殴るのだ。宇治橋はポケットから新たな「どんぐりガム」を出して今度は丁寧に舐め始める。

「……まったく。飲んだらやばいって分かっててなんでまた酒なんか飲みますかね。菓子の方が安くて美味《うま》くて面白いのに」

宇治橋自身はとっくにその段階を乗り越えているのだろうが、普通は大の男が菓子などそうそう買えはしないのだ。口寂《くちさび》しくなったら煙草かコーヒーしかない。その煙草も嫌煙運動とやらが年々煩《うるさ》くなってきている。酒以外の選択肢は、日本では少ない。

「……動機ははっきりしたわけだが」

たとえ善意からであっても、自分たち一家を地獄に引き戻した根岸を新井家の人間が許せないのは理解できる。だが新たな問題が生じていた。

「……アリバイがねえ」

宇治橋が口の中で「どんぐりガム」を転がして頰を膨《ふく》らませながら言う。

「目撃証言と検死から、根岸清が殺害されたのは日曜の午後二時半頃。新井勇の暴力の犠牲になり、もっとも強い動機を持っているはずの新井節子ですが、十二時四十五分頃から午後六時過ぎまでパート先のスーパーにいたことが分かっています。無論、途中で十分や二十分、持ち場を離れることはあったそうですが、パート先から現場の山中まではどんなに急いでも片道二時間はかかります。新井節子は免許も持っていませんしね」

無免許でも運転自体はできるわけだしタクシーもあるのだが、そもそも時間がない。宇治橋は手帳をめくる。

「次男の哲也も同様です。中学一年生なら犯行は充分可能ですが、沼田という友人がまさに午後二時半に電話を受けています。この沼田君は電話のことをかなり詳細に覚えていて、『少し急いでいるような声だった』『切る時に受話器を置きそこなったのかガチャガチャ音がした』と証言していますし、通話中、後ろで選挙演説の声も聞こえていた、と。あの町は選挙の最中ですからね」

宇治橋がめしゃりという音をさせて「どんぐりガム」を噛み砕く。

「……演説について、確認は取れたか」

冴島が聞くと、宇治橋は手帳をめくる。

「新井家の位置を考えれば、確かに通話中に後ろから演説が聞こえるわけです。沼田君は総理大臣の名前が聞こえたと証言していますが、確かにあの野郎、その日に応援演説であの町へ来てやがるんですね。だとすると新井哲也が二時半頃、自宅にいた事は間違いないようです。問題はあんなやつが来て本当に『応援』演説になるのかってとこですね。『対米追従をやめろ』ってヤジが飛んでたみたいですし」

「なんだおい辛辣《しんらつ》だな。公安に睨まれるぞ」

「いやそもそも僕、現政権が大嫌いなんで。国債バンバン発行して若い世代にツケ回しやがって、そのカネで防衛費ドカドカ積み上げて。日本をアメリカの前線基地にするつもりなんですかね。早く辞めろと思うのに何年やるつもりなんだか」

選挙で選ばれた与党が選んだのだから仕方がないだろうと思うが、そういえばその選挙の投票率がひどいものだった。日本はどうなってしまうのだろうと冴島も思うが、無論、今見るべきは日本の未来ではなく秩父の事件である。

そして秩父の事件が日本の先行き並みに不安なのだった。新井哲也にもアリバイが成立する。もちろん証言をした沼田君が共犯である可能性もあったわけだが、彼が電話を受けたという事実は自宅にいた母親の証言とも一致しており、考えにくい事だった。

となると、残りは一人で秋葉原にいたという長男の和彦だった。だが。

夕方に訪ねた書店の店員は、笑顔で答えた。

「ああ、この子その日、わりとずっと当店にいましたよ。常連なんで。……午後二時頃から、二時間くらいでしたかね」

秋葉原から現場に行くとなると二時間ではきかないだろう。これで新井家の三人、新井勇以外の全員にアリバイが成立した。

電器屋の店頭で流れる音楽と総武線の電車がやかましい秋葉原の路上を並んで歩きながら、冴島と宇治橋は黙って別々に、同じことを考えていた。

これはどういうことなのか。

根岸の周囲は捜査本部の別の班がまだ洗っているが、何も出てこない。動機があり、容疑者たり得るのは新井家の節子、和彦、哲也だけだ。アル中の勇本人はどうかと思ったが、別の捜査員の報告によれば、この男はスリップ直後こそ自暴自棄になっていたものの、それからはずっと（自分は）気分よく飲んでいるようで、とても根岸に殺意を抱き、周到に準備するような状態ではないという。

だが新井節子は事件時、自宅近くのパート先にいた。現場までは二時間かかる。

新井哲也は自宅にいて、現場までは二時間半以上かかる。

そして新井和彦にいたっては秋葉原だ。現場までは三時間以上かかるだろう。

この誰かが犯人なのだとしたら、空を飛んだとしか思えない。いや、空を飛んでも間に合わない距離だ。

宇治橋が口の中で飴玉を転がし、右の頰、左の頰、と交互に膨らませながら言う。

「……節子のアリバイは、パート仲間を買収して証言させるとか」

冴島は首を振った。

「ありえないな。危険が大きすぎる」

「和彦が店員を買収して、アリバイを」

「ますますありえない。買収を持ちかけた時点で不審に思われるぞ」

「……とすると、哲也の友人の沼田ですか。それに沼田の母親も共犯」

「それもないな。共犯ならどう考えても沼田本人だけでいいだろう。沼田の母親まで巻き込むとなると、リスクの方が大きくなる。中学一年生でもそのくらい考えるさ」

道端《みちばた》にしゃがんだ老人が食っているパンをちぎって鳩《はと》にやっている。総武線の電車が通り過ぎる轟音《ごうおん》が会話を中断させる。冴島は染まり始めた空を見た。

……これは、不可能犯罪というやつなのだろうか。

※

「……はい、ここまでです」

私はスツールに座り直し、壁掛け時計を見た。そろそろ人が増えてくるはずの時間帯なのだが、まだ客は一人も来ない。ネコは戻ってきて、ひと通りニャーニャー鳴いて去っていった。

別紙さんは無言でグラスを磨いている。しかしさっきからもう五分くらい同じグラスを磨き続けているから、私の出したクイズにはちゃんと取り組んでくれているのだろう。そういえばこの人は、店で考え事をする時にグラスを磨き続ける癖があった。

「どうですか？　この話はこの後、すぐに解決編に入ります。この後は一つもヒントなんて出てきてないんです」別紙さんが悩んでいる様子なので、私は少々調子に乗ってきたようである。ついにやってしまう。「難しければ、ヒントを出してもいいです。でも、私は読んだ時、簡単に解けましたけど」

別紙さんはウィスキーボトルの並ぶ棚を見ながら、ぽつりと言った。

「……ヒントは、不要だったのですがね。まあ、解けた後に出たヒントですから、無効ということで」

顔に似合わず負けず嫌いなのだ。しかし今度は私が首をかしげる番になった。「……まだ、ヒントとか出してないですけど」

「出していただいていますよ。あなたが私に『本で読んだこの話を』クイズに出す、ということ、それ自体がヒントです。また、あなたは『読んだ時、簡単に解け』たと言う。その言葉もヒントですね」

どういうことかと思ったが、すぐに思い当たった。

「うわ……」

私は再びカウンターに突っ伏した。やはりこの人は只者《ただもの》ではない。

顔を上げて別紙さんを見る。別紙さんは磨いていたグラスを置き、なぜかロンググラスに氷を入れ始めた。思案する時間はもう済んだのだろう。

「……では、解答を」

「……はい」

「いや、その前に一つ、質問をさせていただきましょうか」別紙さんは微笑《ほほえ》み、グレープフルーツをスクィーザーで搾り始めた。「……あなたがその本を買ったという書店は、どこですか?」

「あはは」もう降参である。別紙さんはすべてお見通しのようだ。「駅裏の川俣《かわまた》書店です」

「……駅の裏が好きですね。あなたは」別紙さんはグレープフルーツを搾りながら微笑んだ。「では、明らかですね。犯人は次男の新井哲也君です。彼はある簡単なトリックを使ってアリバイを作った。背後に録音した選挙演説の音声——おそらくは前の日に別の町でされているものを録音したのでしょう。それを流しながら、携帯電話で現場近くから沼田さんに電話する、というトリックでね」

「……哲也のことだって明記はされてませんけど、最初のシーンに、犯人がドアを開けて出ていった描写がありましたよね？」

「それは宇治橋巡査部長が言っていた、現場近くの小屋のドアでしょう」

「でも、『受話器を置いた』っていう描写もありましたよ？」

「その通り。つまり彼が使ったのは、受話器を置くタイプの携帯電話ですね」

別紙さんはグレープフルーツの果汁をシェーカーに注ぐ。

「……私、読むまで知らなかったんですけど、本当にそんなのあったんですか？」

「ありましたよ。一九八五年から短期間ではありますが、ＮＴＴはショルダーバッグ型の肩掛け式携帯電話『ショルダーホン』というものを販売していました。肩にかけて持ち運ぶ本体に、コード付きの受話器が載っているんです」別紙さんはライチリキュールを出してきた。「当時は携帯電話という単語はなく、ショルダーホンは『車から取り外して携帯できる自動車電話』という位置付けのものでしたが、御巣鷹山《おすたかやま》の日航機墜落事故の時に群馬県警が導入して活躍したそうです。……もっとも一九八七年には手に持つタイプの『携帯電話』が登場したので、ショルダーホンが活躍したのはほんの数年でしたが」

「へえ……面白い」

ＩＴ機器が二十世紀末、急速に進歩した事は私でも知っている。初期の携帯電話は画面が白黒だったし、パソコンは机に載らないほど巨大だったらしい。

「あなたが話してくださった本の内容には、不思議な単語が出てきました。『大滝村』や『コーラアップ』といった」別紙さんはライチリキュールを注ぐと、今度はブルーキュラソーを出してきた。「秩父郡大滝村は二〇〇五年に市町村合併で秩父市になり、現在では秩父市大滝としてしか存在しません。同様に、コーラアップも」

「……あの、そこは私、知らないんですが」

「株式会社明治のコーラアップは現在でも人気商品ですが、オブラートに包まれた旧商品は一九九七年に販売終了。復活した新ヴァージョンにはオブラートはついていません」

シェーカーを振り始めた別紙さんを見て、私は溜め息をついた。そういえばこの人は駄菓子マニアで、店ではお客さんから「まだあったのか！」と驚かれるマニアックな駄菓子を提供して喜ばれている。

「つまり、あなたの読んだ本における『現在』とは一九八五年か一九八六年あたりだったのです。そこについて本文中に何の断りもなかったのは、その本自体がそもそもその年代に刊行されたものだったからです。あなたが川俣書店で買い、私に話して聞かせたのは数十年前に刊行された『シリーズ最新刊』。著者の似島という方は今では名前を聞きませんから、今はもう筆を折っているのでしょう。『刑事　冴島遼』シリーズの方も、この本で打ち切りになったのですね」

「……当たり、です」

私は携帯を出し、撮っていた本の写真を表示させて別紙さんに見せた。表紙はいかにも昭和という劇画調だったが、時折挿入される挿絵はもっと異世界だった。冴島・宇治橋両刑事にやられる不良少年たちの着ている妙にブカブカな学ランと、前方に突き出たハンバーグのような髪型。テレビなどでそのパロディを見ることはあるが、リアルタイムで描かれた「ツッパリ」はなかなかの珍妙さで、現代アートのようだった。当時はこれが「普通の不良」だったのだろうか。

川俣書店は新刊書店だが、昔のレアな本を平積みでフェア展開して売り切る、という離れ業をよくやるのだ。そのことは別紙さんも知っているらしい。私はそういうフェアが好きでよくあの店に行くのだが、この間はあまりに時代を感じる表紙に惹《ひ》かれてこの本を買ってしまった。リアルな八〇年代の断片がそこにあった。

そして、私が本を好きな理由の一つがこれだった。本の中には二十年前や三十年前、場合によっては百年以上も昔の世界が、「現代です」という顔をして当たり前のように描かれているのだ。頁《ページ》をめくれば私が生まれる前の「現代」が広がる。そして時にはそれが「新刊です」という顔をして、昨日出た本と隣り合わせで並んでいたりする。桜庭一樹《さくらばかずき》の言葉だっただろうか。本屋さんはタイムマシンなのだ。

私はこの事実を面白いと思い、ちょっとした意地悪問題のつもりで別紙さんに出題してみた。作中ではそもそも「電話が携帯できる」という事実を知らない「現代」の刑事たちが右往左往し、冴島刑事の語る真相に驚愕《きょうがく》する。哲也は金持ちの友人からショルダーホンを借りていた、という単純な真相なのだが、当時はこれでも驚きのネタだったのかもしれない。いや、さして驚きではなく、その程度のネタで短編を書いてしまうからこそ、今では似島 某《なにがし》の名前を全く聞かなくなったのかもしれないが。

この話の結末は単純だった。冴島刑事が新井哲也のアリバイトリックを見抜き、現場最寄りの駅を訪ねると、駅員は「毎週日曜日に来ていた」新井哲也の顔を覚えていた（これも自動改札でなく、駅員さんが鋏《はさみ》で切符を切っていたからだ）。それを指摘された新井哲也は自供するが、兄の和彦が「自分が親父《おやじ》を殺したんだ」と割って入ってひと悶着《もんちゃく》ある。よく考えれば和彦は、毎週日曜に弟がどこかに出かけていたのを知っていたはずで、トイレで冴島刑事に助けられた時ですら、さらりと嘘《うそ》を言っていたのである。さりげなく弟を気遣《きづか》っていたのだ。

まあ、おそらく作者の似島某としてはそこがクライマックスだったのだろうが、特に効果をあげることもなく話は終わる。一言で言えば平凡で、しかし私には、八〇年代の空気が面白かった。

店内を見回す。この店はゼロ年代かららしい。では九〇年代には、この場所には何があったのだろうか。そのさらに前の八〇年代には。何があって、どんな人がどんな服を着て、何を食べてどんな話に花を咲かせていたのだろう。私は永遠に見る機会のない、八〇年代の日本を想像した。

「……昔って、ほんとにこんな感じだったんですか?」

今とは別世界のようだ。まあ作中には当時の「第二次中曽根《なかそね》内閣」に言及した部分などもあって、そのあたりについては「昔から変わってないのだな」という感じがしたのだが。

「……私もよく覚えてはいませんがね」別紙さんは微笑んだ。「作中の描写には確かに頷きました。昔は皆、どこでも煙草を吸っていましたし、吸殻《すいがら》もそのあたりに投げ捨てていて、火災の原因の一位は『煙草の火の不始末』でした。道路の側溝や駅のホームから見下ろす線路に、吸殻がびっしり積もっていたんですよ。道端に吐き捨てられたガムを踏んでしまう、などということも日常茶飯事でしたし、いわゆるヤンキーが、路地裏やトイレなどでしばしば『カツアゲ』をしていました。強盗、または恐喝罪ですが、多くは泣き寝入りでした。痴漢やセクハラも表だって咎《とが》められることはなく、むしろ『女として価値があると認められたのだから自慢だろう』などと言われていました。悪戯電話や押し売りも横行し、幼児への性的暴行は『いたずら』で済まされていました。そんな時代なので、ミステリのネタは今より多かったかもしれませんね」

「……なんか、無法地帯ですね。信じられない」

「それだけ日本の社会がよくなったということですねぇ」

私はカウンターの奥に並ぶウィスキーのボトルを見る。八〇年代のボトルも、うちには少し置いてあった。その時代を見てきたお酒たち。特に昔の事を喋ってはくれないけど。時が停《と》まっているような薄暗い店内で、私は考える。私にとっては当たり前の「現代」であるこの社会も、ほんの数十年前とは全くの別物だったのだ。そして私が今、見ているこの社会も、数十年先の子供たちが飛び上がるような「別物」になっているのかもしれない。当時の車は自分で運転したんだよ。翻訳アプリの性能が低くて、自分で外国語の辞書を引かなきゃいけなかったんだよ。みんな現金で支払いをしていたんだよ。

そんな話を「若い子たち」にする日が来るのかもしれない。私はまだ見ぬはるかな未来を想《おも》い、一つ大きな欠伸《あくび》をした。

「……さて。今日はもうお客さんも来そうにありません。私一人で回せそうですから」

別紙さんはシェーカーからグラスに液体を注ぎ、グラスをこちらに押した。グラスの中でしゅわしゅわと青く澄んでいくのは、私の好きなチャイナブルーだ。

「……一杯、いかがですか?」

貧乏荘の怪事件

1

大学裏門を出て徒歩三分のところにある我らが裕明荘《ゆうめいそう》は木造二階建て築五十五年、塗装の剝《は》げ落《お》ちた壁と歪《ゆが》んだ窓枠、割れて中途から雨水を噴《ふ》き出《だ》させる雨樋《あまどい》といった外観的特徴のため周辺住民からは廃墟《はいきょ》だ魔窟《まくつ》だと畏《おそ》れられ敬遠されている。このご時世に風呂《ふろ》は共同（管理人不在のため掃除は当番制）で、台所トイレは各部屋にあるものの台所はお湯が出ずトイレは和式、玄関は共同で、靴を脱いで中廊下に上がったのち各自の部屋に入る、というアパートというより刑務所に近い構造であるから月額二万千円という破格の家賃でありながらも学生は住みたがらない。大学生協で紹介されても新入生に同伴した親が「ここはさすがにやめなさい」と止めるため普通の新入生は入ってこないのだ。入居するのは貧困にあえぎ仕送りなど一円たりとも期待できないのに入寮審査に漏れた貧乏学生や、「足りない学費は日本でバイトすればなんとかなる」という蛮勇に任せて渡日した無謀留学生ばかりである。そして本学は貧乏人が多いためそういう者が一人卒業すると二人入学してくるという有様で、裕明荘は常時おおむね満室、入居待ちもしばしば出る。人気なのである。たとえ学生からは幽霊荘と呼ばれていても。

現在の入居者は国籍で分類するなら日本人及び中国人、韓国人、タイ人、セネガル人とインドネシア人という内訳になる。インドネシア人は現在行方《ゆくえ》不明なのだがそれなりに国際色豊かであり「国際人を育てる」を標榜《ひょうぼう》する本学の理念とは合致している。現在でも裕明荘では五ヵ国語が飛び交うので日本人学生も全員門前の小僧、たった今、壁越しに聞こえてきた「我的妈啊《ウォジマーア》！」が英語の「Oh my God!」にあたることと、隣室の中国人李《リー》君が恒例の徹夜麻雀《マージャン》から帰ってきたらしいということは僕にも理解できる。実地に勝る訓練はない。

僕は目を開けて蒲団《ふとん》から起き上がる。充電器に挿さっている携帯の時計表示を見ると午前七時半。李君はさっきからどたどた歩き回りつつ何やら騒いでいる。なにしろ隣でラジオをつけていれば「一緒に聴ける」ほど壁が薄いため中国語で慌てふためいて何やら罵《ののし》り声をあげているのが丸聞こえ。今、押し入れの奥側の襖《ふすま》を閉めたな、ということまで分かる。何かトラブルだろうか。僕は寝癖《ねぐせ》を撫《な》でつけつつ中廊下に出て隣室のドアを叩《たた》く。あまり強く叩くと外れそうだから力は調節せねばならないが、それでもどたどたと足音が近付いてきてすぐにドアが開いた。

「湯浅《タアンチイエン》、ないよ？　どこにもない」

「湯浅《ゆあさ》だってば」一字さえ合っていればよかろうというので、李君は一向に僕の名前の日本語読みを覚えようとしない。「何がないって？」

「帰ってきたら消えてたんだ。確かに上の襖に入れておいたのに。僕の海参《ハイシイエン》どこへやった?」

「何? 上の襖?」天袋のことか。「海参って何?」

「なあ湯浅、君が食べちゃったのか? 大事にしまっておいた僕の海参、食べたのは君か?」

「だから海参って何」食べ物ではあるらしい。しかし中国の「食べ物」は範囲が広すぎて、これだけでは全く絞ったことにならない。「落ち着けよ。しまっといたんだろ? 部屋の中、ちゃんと全部見た? 出かける時はあったの?」

「出かける時は確かに上の襖に置いた。間違いじゃないよ。母さんが送ってくれた大事な海参なんだ。大事に少しずつ食べてたのに。まだ二十三匹は残ってたのに」

「細かいな。ていうか海参って何」なんとなく絞れてきた気はしないでもないが。

「甕《かめ》ごとなくなってたんだ。誰かが盗《と》ったんだ」李君は部屋の中を示す。「なあ湯浅。僕が留守の間、誰かが僕の部屋に入っただろ? 誰が入ったんだ?」

「だって李君、出る時、ちゃんと鍵《かぎ》はかけて出ただろ?」

「かけて出たよもちろん。でも、さっき帰ってきたらドアが開いてた。ここの鍵なんて誰でも開けられるだろ」李君は向かいのンガボ君の部屋のドアノブを摑《つか》んでがちゃがちゃ揺すると、「嗨哟《ハイヨ》!」と叫んでばん、とドアを開け放した。「ほら。楽勝だよ」

「壊してない?」ンガボ君が可哀想だ。

しかし、前からいいかげんな錠だとは思っていたが、特に何もせず力で開けられるとは知らなかった。まさか裕明荘を狙《ねら》う空き巣もいるまいと思って放置していたのだが。

「……まあ、言いたいことは分かったけど」

李君はドアを閉めたが、中から「Ta gueule!《タグール》」と声がして再びドアが開き、パジャマにナイトキャップという恰好《かっこう》のンガボ君が顔を出した。[*1]「うるさいよ李。何やってんの？　朝寝の天使が逃げちゃったよ」

それ悪魔じゃないのかと思ったが、李君はお構いなしにンガボ君にも詰め寄る。「ンガボ。君、僕の海参を食べた？　故郷からお母さんが送ってくれた高級品なんだよ？」

「海参？　……ねえHyacinthe《イアサント》、何それ？　中国のイエットみたいなもの？」

「いや、ごめん。イエットがそもそも分からない」あと「湯浅」の発音が難しいからって僕を適当な女性名で呼ぶのをやめてほしい。「なんか高級食材で、甕に入れて天袋に大事にしまってたらしいんだけど」

「……何だか分からないものを盗らないよ」

至極まともなことを言われ、李君もようやく落ち着いて沈黙した。中廊下の窓の外からキジバトのズーズーアポッポーという声が聞こえてきて、ンガボ君がびくりとする。

＊1　「Ta gueule!」＝「うるせえ！」。セネガルの公用語はフランス語である。

「Hyacinthe、また悪魔の声がしてる」

「だから鳥の鳴き声だってば」日本に来たのは今年というンガボ君はゴキブリも「悪魔の化身」だと言って怖がっていた。セネガルにもゴキブリはいるだろうに。

「……考えてみれば」李君が腕組みをして呟《つぶや》いた。「みんな、海参の食べ方、知らないよね」

「知らないよ」

「そもそも何なのか分からないんだけど」

ンガボ君と僕が続けて言うと、李君は頷《うなず》いた。「そうだよね。盗む動機がない」

「盗む、って」どうも穏《おだ》やかじゃない。「よく分からないけど、ひとりでにこぼれてなくなっちゃったとか、そういうことはないの？」

「それはつまり、死んでる海参たちが勝手に動き出して、なぜか自力で甕を動かして上の襖を開けて落ちて、甕ごと僕の部屋を横切って出ていったってこと？」李君は眉《まゆ》を八の字にして言う。「そんな食べ物、あるわけないよ。内陸の方に行けば分からないけど」

内陸部でもそれはないだろう。それに、よく考えてみれば「甕ごと」なくなったのだから、人が関与していることになる。

「……でも僕ら、その海参が何なのかも知らないんだよ？」

「でも、なくなってたのは海参だけだった。ここの人しか考えられないんだよ」

李君が言ったことを理解するのに数秒かかり、その間にキジバトがズーズー、と中途《ちゅうと》半端《はんぱ》なところで鳴《な》き止《や》んでンガボ君をビクッとさせたのだが、なるほどと思った。たまたま外部から入った泥棒が海参が高級食材だということを知っていて盗んだとしても、李君の部屋には預金通帳もパソコンもある。それらが手つかずで海参だけなくなっている、というのはおかしい。そして最初から海参を狙ったとすれば、犯人は李君の部屋に海参があることを知りうる人間しかいないわけで、それはほぼ裕明荘の住人に限られるわけだ。僕は同じことを気付いた様子のンガボ君と顔を見合わせる。

騒ぎを聞いて何かと思ったのか、ドアが一つ開いて、マシ君が眼鏡《めがね》を直しながら顔を覗《のぞ》かせた。タイ人でソムチャイ・ラーチャシーチャヤナノーンブワサーラーというおそろしく長い名前の彼はあまりにも名前が長いため初対面でマシという渾名《あだな》をつけられ（俳優のマシ・オカ*2にそっくりだった）、本人は未《いま》だに不本意そうな顔をしているが押しきられたまま今に至る。

「マシ、僕の海参を盗ったのが君なら今、ここで正直に白状してくれ。そうすれば僕は弁

***2** アメリカ育ちの日本人ハリウッド俳優。ＩＱ１８０超のギフテッドで『スター・ウォーズ』等《など》のデジタル効果スタッフを務めていたが、端役《はやく》として出演するようになり『HEROES』では日本人ヒロ・ナカムラ役を演じた。メガネで典型的な理系顔。

償と謝罪と風呂掃除を代わりにやるだけで許す」

李君がマシ君に詰め寄る。「だけで」というわりに全部要求している気がするが、マシ君の方は何の話だという顔をする。「海参？　って何ですか？」

「分からない」説明を求められた僕とンガボ君は並んで首を振る。

「僕も知りません」マシ君も困惑顔で首を振る。マシ君は背が低いこともあって本当に気弱そうというか、日本人顔というか、眉を八の字にした困り顔が似合う。「……知らないものをどうして盗りますか？」

「む……」

李君は一歩退いたものの、すぐに「対了《ドウイルウ》」と呟いて腰に手を当てた。「盗んだんじゃない。捨てたんだ。つまり僕への嫌がらせだ」

なるほど、それならありうる。海参が何なのか全く知らなくても、李君が大事なものを天袋にしまいこむ癖は裕明荘の住人なら知っている。何も知らない外部の人間が李君の部屋に忍び込み、天袋の怪しい（かどうか分からないが）甕だけを捨てた、というのは考えにくいが、天袋に丁寧にしまってある甕を見て「捨てれば困るだろう」と思いついて犯行にでる、というのは、確かに考えられる。

しかし、そうだとすると犯人はやはり裕明荘の住人、ということになってしまうのだが。

「分かった。崔《ツェイ》のやつだ」李君は一学年上で韓国人の崔《チェ》先輩を母国語読みで言い、一階に降りる階段の手前、アイドルのポスターが貼ってある崔先輩の部屋のドアをどんどんとノックする。「崔。出てこい。ネタはあがってるんだ」

どこでそんな日本語を覚えたのかと思うが、僕たちはとにかく三人で李君を止めた。

「待った待った」「Attends《アトン》」「李さん、早とちりです」

「おい。ノックはもっと静かにしろ。ドアが壊れるだろ」ドアを壊さんばかりの勢いでずばあん、と開け放ち、崔先輩が出てきた。「李《イ》。何の用だ。金なら湯浅《タンチョン》に借りろ」

「嫌だよ」李君もこちらを見ないでほしい。

　李君は崔先輩にも詰め寄る。「崔、僕の海参を捨てたことを素直に白状しろ。故郷のお母さんが泣いてるぞ」

「誰が何を捨てた？」鍛《きた》えているという崔先輩は分厚い胸板で李君を押し返した。「だいたいうちの母さんがそんなことで泣くわけないだろ。尻《しり》を叩いて叱《しか》るに決まってる」

「カツ丼《どん》か？ カツ丼を食べれば白状するのか」

「落ち着いて」とにかく李君の肩を叩いてなだめる。「李君、何のドラマ見たの？」

「だって湯浅。崔が一番怪しい。崔は僕を嫌ってる。嫌がらせで海参を捨てたんだ」

「いや、だからって。ちょっと待って。密《ひそ》かに君を困らせてやろうと思っていた、っていうだけなら裕明荘《ここ》の誰であっても……」

言いかけて、まずいと思った。それでは僕も容疑者ということになってしまうし、裕明荘内で犯人捜しが始まるのもよろしくない。

だが崔先輩が言う。「まあ、よく分からないが、何かなくなったっていうなら犯人は裕明荘《ここ》の誰かだろうな。こんなボロによそから泥棒が来るわけがない」

「まったくです。何もないどころか、住人に見つかったら逆にお金をせびられます」マシ君も頷いた。「そういえば、昨日の……いや、今日の深夜、李さんの部屋のドアが開いていました。おかしいなとは思いましたけど」

「真的吗《チェンダマ》？　僕は出かける時、鍵をかけたよ。それは何時頃？」

別に今見ても仕方がないわけだが、マシ君は眼鏡を直しつつ中廊下の突き当たりにかかっている壁掛け時計を見る。「午前一時頃です」

「僕も見たよ」ンガボ君が言う。「夜、一時頃に廊下にゴキブリが出たんだ。それでマシと一緒に裁きを下した。一時頃だったと思うよ」

ゴキブリは何も悪いことをしていないのにな、と思うが、ンガボ君は共用スペースにゴキブリがいるだけで落ち着かなくて眠れなくなるらしく、「あの悪魔の化身が出たら」教えてくれと僕も言われている。

仕方なく僕が「夜の十一時半頃、帰ってきた時はドアが閉まってたよ」と言うと、崔先輩も太い腕を組んで頷いた。「俺も十一時半頃に風呂に行ったけど、李の部屋のドアは閉まってた」

「じゃあ、十一時半から一時までの間に誰かが僕の部屋のドアを開けたっていうことになるな。犯行時刻は昨夜の十一時半から午前一時頃までのどこかだ」李君が僕たち全員と正対する位置に移動する。「その時間帯のアリバイを、一人ずつ話してもらおうか。隠すとためにならんぞ」

何のドラマを見たのだろうかと思う。結局、犯人捜しが始まってしまった。とはいえ、崔先輩はもとよりンガボ君もマシ君も特に気まずそうな様子はなく、むしろ「はっきりさせようじゃないか」と乗り気である。「身内どうしで犯人捜しはちょっと……」と捜査そのものを忌避するのは日本人だけの感覚なのだろうなと思う。確かに、犯人と被害者がいるのに「気まずいから」で捜査そのものをしないとなれば、被害者の李君には泣き寝入りを強要する事になってしまう。それは理不尽だ。

国籍がばらばらの人たちとつきあっていると、「実はそんな常識は日本だけ」というものに気付くことがしばしばある。裕明荘のいいところを挙げるとすればそこだった。

2

李君はすっかり刑事気分になったようで、腕を組んで僕たち全員と正対する位置に移動しようとしたが、廊下が狭すぎて立つ場所がないと分かって残念そうな顔をする。だが僕とマシ君は寝間着のジャージで崔先輩もTシャツとハーフパンツ、ンガボ君はパジャマにナイトキャップという恰好だから、ジーンズにシャツという適当さながら一人だけ外に出られる恰好の李君は「怪しげな容疑者たちを尋問する刑事」に見えなくもない。

「……犯行時刻は昨夜の十一時半頃から午前一時頃までだそうだが」李君はンガボ君をじろりと見る。「正確な時間は分かるかね？」

何が「かね？」なんだろうと思うが、ンガボ君はきちんと答えた。

「僕は十二時頃から寝てたけど、一時頃、マシが『廊下に悪魔の化身が出た』と教えてくれた。それからマシと一緒にそいつに裁きを下した。そこの時計を見たから間違いないよ」

ンガボ君が壁掛け時計を指さす。前の住人が残していったものらしく、ずっとあそこに掛けてあるものだが、まあ正確だろう。

「あー、ンガボ君、犯人じゃないですよ。僕、隣の部屋ですから。出れば聞こえます。彼は夜、僕がゴキブリ見つけて呼びにいくまでは、一度も部屋を出ていません」マシ君が眼鏡を直しながら言い添える。「ちなみに僕も犯人ではありません。一時頃、コンビニに行こうと思って部屋を出て、廊下でゴキブリを見つけてンガボ君を起こしました。それまではPCでGreatest Journey2をやっていましたね」

「……何それ？」

僕が訊《き》くと、マシ君はこんなに早く喋《しゃべ》れたのかという早口の日本語でゲームの説明を始めた。「Greatest Journey2は基本的には前作Greatest Journeyと同じフリーハント系MMORPGなんだけど、前作との違いはギルド加入時にアバターのユニークスキルに『予約』ができることなんだ。このシステムの原型は前作からあったんだけど前作は運の要素が強い、ただの」

「待った。やらないから僕。ゲーム」

「そうだった。อยู่สกุล《ユーサグーン》を勧誘しても仕方がない」マシ君は僕を適当なタイ人名で呼んで眼鏡を直す。「ただ昨夜の九時頃から午前の一時頃まで、Greatest Journey2にログインとチャットの記録が残っている。僕は犯人じゃないよ」

何時間やっていたのだと思うが、マシ君はアリバイがあるようだ。それを聞き、崔先輩がふてくされたように太い腕を組む。「俺は部屋にいたぞ。証拠は、俺が嘘《うそ》をつかないことだ」

「ほら、やっぱり」李君が刑事の演技をあっさり捨てて崔先輩を指さす。「アリバイがない。崔だ」

「いや……参ったな」僕は手を挙げた。言わないわけにはいかない。「僕もアリバイ、ないよ。昨夜は十二時頃に寝ちゃったし」

「日本人も海参は食べるって聞いたけど」

「いや食べてないって」違うこれは誘導尋問だと気付く。「そもそも海参って何？　どんな食べ物？」

「まあ、待ってよ」ンガボ君は自分が容疑から外れて余裕ができたようで、僕の至近距離に詰め寄る李君をなだめる。「下の階の人かもしれないんだ。そっちにも話を聞いてみようよ」

僕は壁掛け時計を見た。「川野《かわの》なら、そろそろ夜勤が終わって帰ってくると思う」

噂《うわさ》をすれば影というか、下から玄関のドアが開くギュエイイイイイという音がした。この音が苦手で耳を塞ぐンガボ君を最後に、ぞろぞろと皆が階段を降りる。ただ玄関に出るだけなのにギシギシと板を踏み鳴らしつつ「狭いよこの階段」「崔先輩、後から来て。階段が壊れる」「ンガボ君、その恰好でいいんですか？」と賑やかな住人たちは、川野が誰かと話す声を聞き、しかもそれが女性だと分かって一斉に色めき立った。「おい。川野《チョンヤ》が彼女を連れてきたぞ」「なんと！　不真面目《ふまじめ》な」「ンガボ君、その恰好で出ていくのですか？」

だが、川野の隣でにこやかに手を振る眼鏡の女性は僕と李君の学科の中村《なかむら》先輩だった。

「おはよう。ンガボ君それ可愛いね」

ンガボ君が照れて赤くなる。僕は中村先輩の笑顔を見て用件を察した。この顔の時は。

「……『仕事』ですね。今日は裕明荘《うち》ほぼ全員、揃《そろ》ってますけど。何人必要ですか？」

「んー、健康なの三人ほど回してくれるかな？　できればお酒、あんまり飲まないのがいいな」

中村先輩の言葉に李君とマシ君がうなだれンガボ君と崔先輩がガッツポーズをする。中村先輩はこうして時折、医学部の友人に頼まれて裕明荘に治験、つまり新薬の実験台になるバイトの希望者を探しにくるのだった。斡旋料《あっせん》を取っているのではないかというのがもっぱらの噂で彼女は一部で「手配師」と呼ばれているのだが、貧乏かつ健康な住人たちは大喜びで乗る。僕としても、新薬を投与された後は寝ていたりするだけで数万円が入る治験はありがたかった。親には内緒だが。

「川野君は忙しいって言ってたから、じゃ、ンガボ君と崔と湯浅君かな。ところで」中村先輩はひょいと眼鏡を直し、階段周囲に固まっている僕たちを見回した。「なんでこんな時間にみんな顔揃えてるの？」

僕が事件の内容と現在の状況を説明すると、中村先輩は興味深げに頷いた。

「その海参っていうのが何なのか分からないけど、犯人は裕明荘《ここ》の中にいそうだね。捜査してみようか」

中村先輩はいつもの可愛らしい笑顔で言い、左手の腕時計を見て踵《きびす》を返《かえ》した。「午前中は予定があるから無理だけど、昼過ぎにまた来るね。そしたら犯人を見つけてあげる」

3

約束した時間より早く動くのが中村先輩の習性で、正午ちょうど頃に一階のロビー（という名の、古ぼけたソファとテーブルが置いてある空間）に降りてみると、彼女はすでに来ていて、裕明荘の住人二人と、事件の話をしていた。

「どうも。……なんか、すみません。わざわざ」本来、彼女には全く関係ない事件なのだが。

「趣味みたいなものだから」中村先輩はペットボトルのお茶を飲む。「今、川野君とラーチャテーウィーノーンブワサーラー君に話を聞いたとこ」

「……よく名前、間違えず言えますね」

「僕の地元、名前が長い人が多いんです」

長い名前の当人はこういうやりとりに慣れているのか、穏やかに微笑《ほほえ》んでいる。本人が自覚しているのかは知らないが、彼はそういう顔をするとなかなか知的で恰好よかったりする。なぜスーツを着てネクタイを締めているのかは分からないが試合前に記者会見をするボクサーのようで（これも偏見といえば偏見だが）よく似合ってもいる。

「中村先輩にはชื่อเล่น《チューレン》*3で呼んでいただいた方が嬉しいですが」

「別に言えるけどね。小学校の頃、クラスに源《げん》五《ご》郎丸《ろうまる》喜《き》八郎《はちろう》太《た》っていうのがいたし」中村先輩は微笑んで頷いた。「湯浅君たちの事件時の状況は朝、聞いたし、これで全員だね。ちなみにラーチャテーウィーノーンブワサーラー君、なんでスーツなの？」

「あなたの前では隙のない自分でいたいからです」

「似合う似合う。かっこいいよ。隙はありそうだけど」

「そうですか。ふふ。えへへ」

確かに隙だらけだ。斜向かいに座っている川野も苦笑する。

「でも、本格的に捜査されると困るかもなあ」川野が腕組みをして目をつむる。「俺とかアリバイないし。やってないけど」

「まあ、アリバイなんてものは十津川警部とか連れてくればだいたい崩せるものだから」中村先輩はハードルの高いことを言い、すっと立ち上がった。普段、ロビーのソファは崩壊寸前にぎしぎし鳴るのだが、先輩だとなぜか鳴らない。忍者の家系なのだろうか。「まだ何とも言えないよね。だからまずは現場検証。李君には現場保存を頼んであるから、ま

＊3　最近は短い名前が増えているそうだが、上の世代のタイ人は名前がやたらと長い。そのせいもあって、人前で本名を丸々名乗ることはあまりなく、「ชื่อเล่น《チューレン》（ニックネーム）」で呼びあう。

だ何か手がかりがあると思うよ」

来客用のスリッパをぱたぱた鳴らして歩く彼女に続いて二階に上がると、自室のドアの前で李君が待っていた。その隣に太い腕を強調するように腕を組み、Tシャツの袖をくるくる捲《まく》った崔先輩もいる。

「李君、お邪魔するね。……崔、寒くない?」

「犯人にされるわけにはいかないから、気合いを入れてる」崔先輩はフンと鼻息を吹き出して口をへの字にする。「ちゃんと捜査を見てないとな。李が嘘をついて俺が犯人にされるかもしれない」

中村先輩は何か言いかける李君とそれにかぶせて言い返そうとする崔先輩の間に割り込み、「崔、腕と胸板すごいよね」とのんびりした感想を述べつつ李君の部屋に入る。僕も続いて入った。

当然ながら李君の部屋も僕の部屋と間取りは同じである。おそらくはもっと大きなひと部屋だったものを二枚の引き戸で無理矢理区切ってトイレ・キッチンと居室に分けたのだろう。どちらも中途半端に狭く、ラック・突っ張り棒・洗濯ロープといったものを駆使して僕より几帳面《きちょうめん》に整頓《せいとん》してある李君の部屋でも、僕たち五人が一度に台所に入るといっぱいだった。先頭で入った中村先輩が押し出される心太《ところてん》のように居室側に移動しようとし、力一杯持ち上げて揺すらないと動かない引き戸をガタガタピシギッコンと開け、中に入ろうとして足下に置いてある酒瓶《さかびん》を蹴倒《けたお》しかける。

「おっと」

「あっ。気をつけてください。犯人がこぼしたせいでもうあまり残っていないので」

李君が先輩を押しのけて酒瓶に駆け寄り、三本ほど並ぶそれらを横にどける。

そこで中村先輩が眉根を上げ、床にしゃがみこんだ。「……犯人が倒したの？」

「はい。僕が帰ってくると、瓶は立ててありましたが床はびしょびしょでした。勿体《もったい》ない。『いいちこ』と『宝』は蓋《ふた》をしっかり閉めていたので無事でしたが、『二階堂』は半分も残っていませんでした。買ったばかりで楽しみにしていたのに」

そういえば李君は日本の焼酎《しょうちゅう》ばかり飲んでいる。床を見ると、引き戸の溝にまだ少し水滴が残っていた。

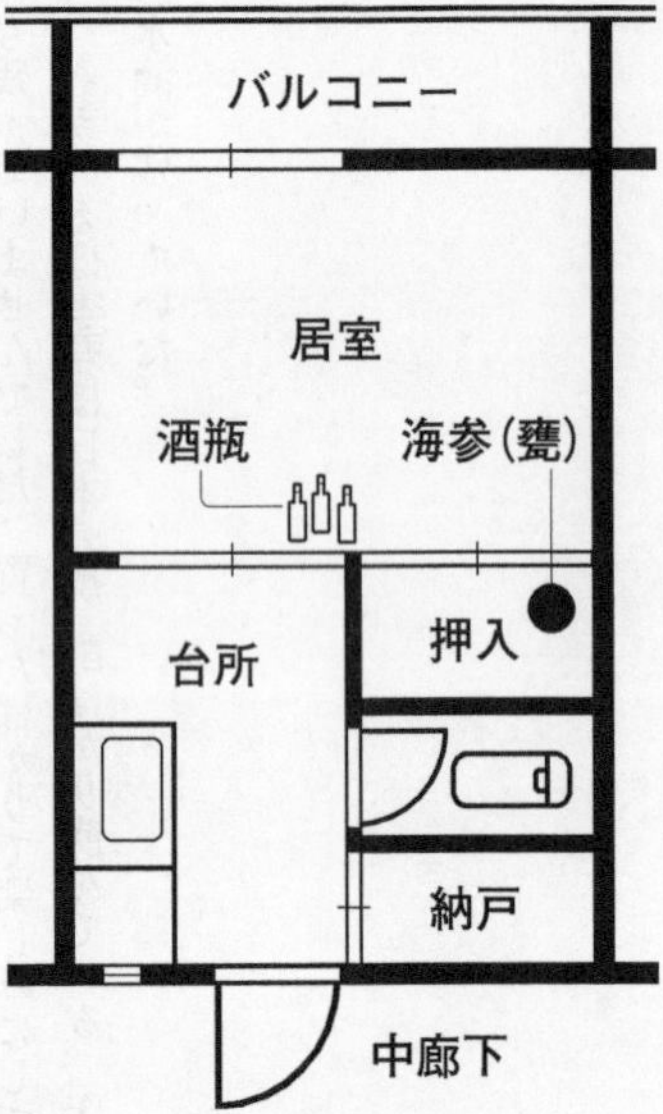

先輩はなぜか黙って酒瓶をじっと見ている。それからしゃがんだまま引き戸を動かそうとし、まったく動かないので立ち上がって引っぱった。それでも動かないので取っ手部分に左手も添えて全力で引く。引き戸は急に高速で動き、ぼけっと反対側に立っていた川野の爪先《つまさき》をかすめて川野が飛び上がる。「いって。あいって。いっていてててて」

「ごめん」中村先輩は引き戸を再び開け放して頷いた。「ははあん。なるほど」

「……何か、分かりました？」

「ん」中村先輩は立ち上がり、僕たちを振り返った。「裕明荘の住人《ようぎしゃ》中で左利きの人っている？　ラーチャテーウィーノーンブワサーラー君は左利きだよね」

「……なぜ知っているんですか？」

「ネクタイの結び目で。左利きの人は逆になるから」中村先輩は普通誰も見ていないようなことを当然という口調で言い、僕たちを見回す。「李君は左利きだよね。崔は？」

「右利きだよ」

それを見た川野もやや慌てて右手を挙げ、別にそうしなくてもいいのに左手を挙げ直した。「俺は左利きです」

「了解。他《ほか》には？」

崔先輩と顔を見合わせ、僕が答えた。「……他はいません。今いないンガボ君とかもみんな右利きです」

「なるほど。じゃ、左利きの川野君とラーチャテーウィーノーンブワサーラー君は容疑者から除外かな」

よく毎回噛まずに言えるなと思う。「……そうなんですか？」

「この位置の酒瓶が倒れてるのに、犯人は倒した痕跡《こんせき》を消そうとしていないから」

中村先輩は足下の瓶を指さした。「いいちこ」と「宝」、それに運悪く蓋をきちんと閉めていなかったためこぼれてしまった「二階堂」の瓶。

「……そういえば李君、なんでそんなとこに置いといたの？　つまずかない？」

僕は李君に尋《たず》ね、尋ねたそばから自分でその理由に気付いた。「あ、そうか。普段はこっち側、開けないのか」

そうなのだ。ここの引き戸は極めて重い。取っ手は外側についているから、右利きの人は右側の戸板を、左利きの人は左側の戸板を動かす方が楽だ。そして左利きの李君は普段、左側の戸板を開けていた。だから右側の戸板の陰《かげ》に酒瓶を置いていたのだ。

中村先輩が言う。

「李君は普段、今、私が開けたのと反対の……玄関から向かって左側の戸板の方を開けてたんでしょ？　だから右側の戸板のすぐ陰に瓶を並べておいても大丈夫だった。でも犯人は右利きだったから、今、私がやったように右側の戸板を開けて入ろうとして、瓶を倒した。一応また立てはしたけど、こぼれたお酒を拭くとか、中身の減った『二階堂』の瓶を持ち去るとか、そういうことまではしなかった。なぜなら、瓶を倒してしまったことのまずさに気付かなかったから」

中村先輩は二枚の戸板に視線をやる。

「瓶が左側の戸板の陰に置いてあって、左利きの犯人がそちらの戸板を開けて瓶を倒してしまったなら、すぐに『まずい』と気付いて瓶を持ち去るとか、少なくともこぼれたお酒を拭いて、瓶を倒した痕跡を消そうとするはずだよ。左利きの人って自分の行動が多数派と左右逆だということを、普段からけっこう意識しているものだから」

川野がうんうんと頷いている。中村先輩はそちらにちらりと視線をやって続ける。

「でも犯人は『なぜこんな邪魔なところに瓶が置いてあるのか』に気付かず、瓶を倒してしまったことがばれても問題ないだろうと思っていた。こういう建て付けの悪い戸は、左利きの人なら普段、反対側を開けているかもしれない、という可能性にも思い至らなかった。それは犯人が多数派である右利きに属していたからだろうね」

「……なるほど」

右利きの僕は普段、右利きであることを意識しない。それは多数派であるがゆえに意識しないで済んでいるのである。ドアノブから自動改札機、自動販売機のコイン投入口、よくあるところではスープレードルなども、すべて「右利き用」にできている。左利きの人は自分がマイノリティで、世間に溢れている様々なものがたいてい右利き用にできていることをことあるごとに意識させられているだろう。

「だとすると、犯人は右利きで、かつ昨夜十一時半頃から今朝一時頃までのアリバイがない……」

言ってしまってから、あれ、と思った。僕が残ってしまう。

「ええと……」どこから出してきたのか立ったままビーフジャーキーをかじっている李君を見る。「……僕じゃないよ?」

「分かってる。君が犯人だったらこんなこと言わない」李君は腹が減っているのか、ビーフジャーキーを二枚まとめて咥《くわ》えた。「崔が犯人だろうって言ったのを止めたのも君だ」

中村先輩が「正直者ー……」と呟くのが聞こえた。

「これではっきりした。犯人は崔だ」李君はビーフジャーキーを二枚とも噛みちぎった。

「最初からこいつが一番怪しかったんだ」

「いや待った待った」李君が崔先輩に詰め寄ろうとするのを止める。「崔先輩が犯人なら、こんな『自分が犯人です』って分かるようなやり方、しないって」

中村先輩も頷く。「ま、仮にしたとしても『犯人は裕明荘《こ こ》の誰かだろう』『こんなボロによそから泥棒が来るわけがない』は言わないよね。『高級食材なら泥棒が入ったんだろう』とか『なくしただけじゃないのか？　よく捜したら？』とか言っておけばうやむやになるのに」

まったくだ、と崔先輩が肩をすくめてみせる。

確かに、至極もっともな意見である。論理的に言われるとわりと素直に引き下がる李君は、物欲しそうな川野にビーフジャーキーを分け与えながらうなだれた。

「……でも、それでは犯人がいなくなってしまいます。アリバイについては僕が午前中に、裕明荘の全員に確認しましたけど、右利きの上、アリバイがないのは崔と湯浅だけです。あとは左利きか、アリバイがあるかです」

「李が犯人っていうのはどうだ？　自分で甕をなくして自分で騒いだ」

崔先輩が腰に手を当てて言う。李君は大きな声で何か言いかけたが、中村先輩が止めた。「それはないよ。李君が犯人なら酒瓶を倒す必要はないし」

川野が唸《うな》る。「……じゃあ本当に犯人がいなくなるぞ」

言われてみればそうだなと思う。海参が何なのかは分からないままだがまさか甕ごと勝手に消えるようなものではあるまいし、これでは不可能犯罪になってしまう。住人同士のありふれたトラブルかと思ったら、怪事件になってしまった。

だが、中村先輩はなぜか満足げな顔で言った。

「大丈夫。こうなると思って、医学部卒の先輩でこういうのが得意な人を呼んでおいたから」

こういうのとは何だ、と思ったが、ちょうどそのタイミングで、玄関の開くギュエィィイイイイという音がした。

来た来た、と部屋から出る中村先輩に続いて中廊下に出て階段を下りる。その間にも来訪者はなぜか玄関のドアを何度も開閉させているらしくギュエィィィィイイ、ギュウェイイイイイイ、と耳障《みみざわ》りな音が建物内に響く。

「別紙《べっし》さん。鳴らさないでください。もう」

中村先輩が言うとようやく音がやみ、かわりに楽しげな早口が飛び込んできた。「いやあ中村君聞いた？　今の聞いた？　じつにいい音だねえ年季の入った赤錆《あかさび》と手入れのされていない鉄製蝶番《ちょうつがい》のたてる絶妙なハーモニー！　素晴らしいね」

言うなり玄関ドアを開け閉めするギュエィィィィイ、ギュウェイィィィィィ、という嫌な音が響き渡る。

「やめてください」中村先輩は玄関に出て、なぜか白衣を羽織《はお》った年齢不詳の怪しげな男を中に引っぱり込んだ。

引っぱり込まれた別紙氏は降りてきた僕たちに太陽のような笑顔を見せた。「いやあみなさんがこの素晴らしいボロアパートの住民ですね。お聞きになりましたか先程の美しい軋《きし》み音！　私の推測では五十年物クラスですね。どんなに素材を加工しても十年や二十年ではここまでの深みは出ません。自然のみが生み出せる奇跡ですよほら」

ヴィンテージの酒でも褒めるような口調でそう言い、玄関ドアに手を伸ばしてギュウェウィィ、と鳴らす。中村先輩がその手をぴしゃりと叩いて「そこまで」と言い、僕たちに頭を下げた。「ごめんね。この人軋み音マニアで」

世の中にはマニアックなマニアがいるものである。

「いやいや、裕明荘は前から気になっていたのですが、こうして軋ませる機会をいただけて幸せです」こちらとしてはそんな機会を与えた覚えはないが、別紙氏は両手を広げる。「素晴らしい。共用部分の軋み音は時間だけで創《つく》れるものではありません。管理者不在の上に住民の皆さんが誰も直さず放置するという絶妙な怠慢がなければ成立しないものなのです。いい仕事をなさいましたね」

怠慢を褒められたのは生まれて初めてだ。しかし別紙氏は靴を脱いで床を一歩踏むなり、床板の軋み音に反応して感嘆の声をあげる。「おおうこれまた素晴らしい。安物の国産杉材といいかげんな根太《ねだ》張り工法が生み出す奇跡のコラボレーション。手抜きと『安かろう悪かろう』精神の完璧なマリアージュです。ほほう。ほほう。床材単体の撓《たわ》み音に相互の摩擦音、さらに隠し味として古釘《ふるくぎ》の浮動音が絶妙にブレンドされていますね。おっと、このあたりなど湿って腐りかけている。基礎部分の通気性がよくてはこうはいきません。高温多湿の日本の気候に合わせた、深いコクとキレのいい酸味の見事なバランスです」

コーヒーじゃあるまいし。中村先輩は大型のゴミムシダマシのように這《は》い回《まわ》る別紙氏の襟首を摑んで引き起こす。「はい別紙さんそこまでです。電話で話した通り現場、二階ですから」

「おお、忘れていました。事件ですね」別紙氏は立ち上がると白衣の内ポケットから名刺を出し、一番近くにいた川野に渡した。「医師兼ユーチューバーの別紙です。よろしくお願いします」

「はあ。医師、兼」川野が眉をひそめる。なんだか組み合わせてほしくない肩書きだ。

「ああ、あと占い師でもあります。手相占い、足相占い、虹彩《こうさい》占いに静脈占い」

それは個人認証ではないかと思うが別紙氏はにこやかに言う。「私の勤務先に来ていただければCT占いにMRI占い、腹部エコー占いに胃部内視鏡占いもしてあげますよ。胃部内視鏡占いは喉からと鼻からを選べますし、内視鏡が苦手な方はバリウム占いもあります」

それを「占い」と言ってしまうのはいかがなものかと思うが、別紙氏はにこにこしている。「ああ、もちろんもっと気軽に、日本人の大好きな血液占いもしておりますよ。アレルギーからコレステロール値、中性脂肪、尿酸値、B・C型肝炎、何でも占えます」

こんな医師に診察されても不安しかないと思うが、別紙氏は自信満々に言った。「さて、今日はどうし……いえ、事件はどこですか？」

4

李君の部屋の前で中村先輩からこれまでの経緯を聞くと、別紙氏は「ほほう。不可能犯罪ですね。それは難しい」と唸った。玄関からここまで移動する間も床を踏み鳴らしてはおお、と言い壁を押してはああ、と喘《あえ》ぎ階段を軋ませてはあはあん、と感極まっていた怪しさも手伝い、僕はいささか心配だった。本当にこの人「こういうのが得意」なのか。別紙氏は二階中廊下の軋みにひとしきり感動した後、廊下の突き当たりまで行って窓を何度も開閉し、窓枠に飛び乗って壁掛け時計を摑み、壁から外してためつすがめつしている。別に特別な時計ではない。宅配ピザのLサイズくらいで厚さ三センチ程度、壁に打ち付けた釘に裏側の穴を引っかけてあるだけだ。それが分かったのか、別紙氏は時計をかたりと戻し、天井の電灯を眺《なが》め、窓枠から飛び降りた。傍目《はため》には変人そのものだが、本人は実に楽しそうである。

「薄くて軽い時計ですが、しっかり美しく埃が積もっていますね。この時計、文字盤は綺麗に拭いてあるものの、これでは。……まあ、いいでしょう。いくつか想像はできます」別紙氏はさっき飛び降りた窓枠を見ている。「では、とりあえず関係者全員をここに集めてもらえますか？　いろいろと伺いたいことがあるので」

中村先輩に促《うなが》されて、僕たちは頷きあう。別紙氏の奇行にただ圧倒されていても話が進まない。僕は携帯を出して李君に言う。「じゃ、僕がＳＮＳで言っとく……けど、どうしよう」

「ンガボは、友達のアドレスを知っているので僕が」

李君が言うと、別紙氏がなぜかそこに反応した。「ほほう。ンガボ君は携帯を持っていないのですか？」

李君が頷く。「この間『水没』させて、高いのでまだ買うことができていないそうです。一限の時は僕がノックをして起こしています」

壁が薄いので半分くらいの確率で僕も叩き起こされてしまうのだが、それは今は言うまいと思った。それにしてもこの裕明荘は、ここだけ半世紀前の世界のようだ。

別紙氏はそれを聞き、興味深げに頷いている。「ほほう。……ちなみに、他に携帯を持っていない人はいるのですか？　たとえばそちらの、スーツかつ二枚目の方。ええとラーチャテーウィーノーンブワサーラー君でしたっけ。君は？」

「お褒めいただきありがとうございます。僕は持っています。ンガボ君だけです」

「では、決まりですね」

何がだろう、と思ったが、別紙氏はあっさりと言った。「犯人と、彼の用いたトリックが、ですよ」

「え？」

「唵《アン》？」

「ඊ《ウィ》？」

まだ現場も見ていないのに本当だろうか。だが三ヵ国語で驚かれても、別紙氏は落ち着いていた。

「全員が集まったら、私からお話ししましょう」

5

　やはり気になっていたのか、携帯には「すぐ行く」という返信があり、三十分もしないうちに裕明荘の（行方不明のインドネシア人を除く）住人全員が集まった。中廊下は狭いためお互いに肩をぶつけあい立ち位置をもぞもぞ調整することになったが、別紙氏は中村先輩と並んで僕たち全員の顔が見える位置に立った。

「さてさて。よくお集まりくださいましたね。では私が今回の海参消失事件の犯人をお話しいたしましょう」

　別紙氏はそう言うと、なぜか中村先輩を見た。中村先輩は心得ているようで、さっきいなかったンガボ君などに向けて手際よくこれまでの経緯を説明した。

「……というわけで、犯人はここにいる住人のうちの誰かのはずなのに、一見、犯人らしい人が一人もいないということになるよね。容疑が外れる理由は三つ。まずンガボ君たち二人は、犯行時刻である昨夜十一時半から午前一時の間にアリバイがあった。この二人は仮に『A組』としましょうか。次に左利きだから容疑から外れる『B組』。ラーチャテーウィーノーンブワサーラー君と川野君、それに李君も左利きだから、この三人もやっぱり容疑から外れます。最後に湯浅君と崔、それに被害者の李君はこれまでの言動から犯人でないと推定されます。この三人は『C組』」

中村先輩はそこまで言うとすっと半歩、下がった。やはり床が軋まない。

別紙氏が後を引き継いで喋り始めた。

「重複する人もいますがね。裕明荘の住人は全員、最低でもA組からC組のいずれかには入るわけですね。どれかを崩さないと不可能犯罪になってしまうわけですが。……うん、いい音ですねぇ」別紙氏は誰かが身じろぎをして生じた床の音に目を閉じる。「まあC組はこちらが推理して気付いたことですから、犯人が何らかのトリックで偽装した、というのは考えにくいでしょう。B組についても同様です。狙うべきはA組です。というより、犯人がトリックを仕込んだとすれば間違いなくAの部分というわけです。なにしろ裕明荘の中で唯一携帯を持っていないンガボ君がAの証言者の一人になっているのですから」

えっ、ちょっと待った、と思った。しかし僕が口を開くより早く、別紙氏はぎしぎしと歩いて中廊下の奥に行き、壁掛け時計を見上げる。

「先程、こちらの李君が、ンガボ君は携帯を持っていないから『朝はドアを叩いて起こしている』と言いました。私はそこで気付きました。携帯を持っていなくても、タイマーのついた家電やテレビ、あるいは目覚まし機能付きの置き時計があれば、そんなことをしなくてもンガボ君は起きられるはずなのです。つまりンガボ君の部屋にはそれらもなかった」

「……ンガボ君、普段どうやって時刻見てるの？」

「テレビを点《つ》ければ画面に映ります」ンガボ君は言った。それで特に困っている様子はないようである。

「そうなんですよ」

別紙氏がなぜか頷き、ンガボ君を指さした。

「そう……とは？」

マシ君が眼鏡を直しながら質《ただ》すと、別紙氏はうむ、と頷いた。

「つまり、ンガボ君は深夜にいきなり起きた時、テレビを点けない限り、とっさには時刻が分からないということです」別紙氏は人差し指を立て、その指で壁掛け時計を指す。「ということは、深夜いきなり叩き起こされた場合、ほぼ間違いなくンガボ君は、この壁掛け時計で時刻を確認し、その時刻を証言するということです」

確かに、必要がなければわざわざテレビを点けたりしないだろう。

「まあ、万が一テレビを点けようとされてもいいように、事前にリモコンの電池を抜くなどしておいたのかもしれませんけどね」別紙氏はさあ分かっただろう、という顔で僕たちを見回す。「いいですか。そういう状況のンガボ君が事件の夜、叩き起こされた。そしてこの壁掛け時計を見て時刻を証言し、それが後にアリバイになった。これは偶然でしょうか？　どう考えても、一番怪しいのはＢでもＣでもなく、Ａですよね？　昨夜、時計を見たンガボ君に時刻を誤認させる方法さえ分かれば、Ａは崩れます。たとえば、この時計に何か細工をした、とかいったことで」

「細工」僕は壁掛け時計を見上げた。そう新しいものではないが壊れてもいない。何より。「……でもその時計、埃だらけでしたよね？　さっき触ってどうでした？」

「埃だらけでしたねえ。降り積もり、湿気と空気中の様々な物質を染みこませてこびりつく埃。それがいい軋み音を生むんですね。科学的製法で安定して当たりのワインが作れ、曜変天目茶碗《ようへんてんもく》の分析が進む現代でも、この自然の奇跡は再現不能です」

そんなもの研究する人間がいないだけではないかと思うが黙っておく。中村先輩が別紙氏を強めにつついて「話ずれてますよ」と囁く。

「失礼。何の軋み音の話でしたか」

「軋み音から離れてください。そこの壁掛け時計は埃が積もってて、つまり最近、誰かが時計を開けて針を動かしたとか、そういうことはないわけですよね？」

「ああ、そうそう。ありませんね。そもそも掛けてあるあそこから外した形跡もなかった」

別紙氏に倣《なら》って壁掛け時計を見上げる。誰も手を触れていないということか。だが別紙氏は「あの時計に細工をした」とも言った。どういうことなのだろう。

念のため携帯を出して時計表示を見た。壁掛け時計とは一致している。あの時計は安物で、電波時計でもない。つまり最近誰もいじっていないというなら、犯行時と同じ状態のままのはずである。今、時刻がずれていないなら、犯行時も時刻はずれていなかったということになる。一体どう「細工」したというのだろう。

「磁石で針を動かしたのか？　文字盤の表面には埃はついていないわけだろ」

崔先輩が言うと、別紙氏は「素晴らしい」と反応した。そのくせ首は振っている。「でも違いますね。この時計の針はプラスチックです」

「じゃあ念力だ」

「素晴らしい。あなた念力使えますか？」

「無理だ。セネガル人なら分からないが」

「偏見だよ。セネガル人は念力、できないよ。タイ人なら分からないけど」

「偏見です。中国人じゃないんですから」

「偏見だ。中国人はみんな気功が使えるって思ってる人、いまだにいるんだ。まあ内陸に行けば分からないけど。そういうのは日本人が得意なんじゃないのか？　忍術とか式神《しきがみ》とか」

「偏見だ。あれは厳しい修行を積まないと」

「いや川野、誤解を広めるのやめて」偏見合戦になっているのを止め、別紙氏に訊く。

「無理ですよね？　針は今も正しい時刻を指してるし、時計をいじったり遠隔操作でずらすことはできないし」

「みなさん、なかなかに先走りますね」別紙氏はもめる僕たちを見て苦笑する。「確かに私は、時計に細工をしたと言いました。ですが、だからといって時計を開けて中をいじる必要はありませんよ。埃をまき散らし、いかにも最近誰かがいじりました、という痕跡を残してまで壁から外す必要もありません。……ただ、まあ文字盤を綺麗に拭いておくらいはした方がいいわけですが」

皆が沈黙し、ヂヂ、という雀の鳴き声だけが外から聞こえてくる。

崔先輩が眉間に皺を寄せて訊く。「……どういうことだ？」

「あの時計、失礼ながら安物ですね。どこにでも売っていそうなありふれたものです」

別紙氏は崔先輩に微笑みかけ、言った。「つまり、誰かが同じものをもう一つ用意して、あの時計の文字盤の上からもう一つ同じ時計を貼りつけても、誰も気付きませんね」

「……文字盤に？」

一瞬、イメージが湧かず、僕は床の板目に視線を落として考えた。壁に掛かっている時計。そしてその時計を覆い隠すように、重ねて同じ時計がもう一つかけられている。つまり時計は二重になっている。

「……そうか」

もともとある壁掛け時計は別にいじられてはいない。だが別の時計がその上に掛けられた。どうやって掛けたか？　簡単だ。もともとある時計の文字盤に吸盤付きフックを吸い付かせ、そこに掛ければいい。別紙氏も言っていた。壁掛け時計は文字盤だけ綺麗に拭いてあった、と。あれは吸盤がちゃんと吸い付くようにするためだ。

中村先輩が壁の時計に背伸びをして、ジェスチャーで皆に説明すると、なるほどという声があがり始めた。確かに、それならンガボ君は時刻を誤認する。夜、この廊下は電灯をつけても暗いから、違和感に気付きはしないだろう。

「犯人が掛けた時計の針は何時間か遅らせてあったんだろうね。つまりンガボ君たちがゴキブリを退治したのは一時頃ではなくて、本当はもっと遅い……たとえば三時頃だったとしたら？」中村先輩はもはや子供に教える先生の口調になっている。「そうすれば、犯行可能な人がでてくるよね。Ａ組の人にアリバイがあるのは一時頃までなんだから、本当の犯行時刻が一時頃から三時頃までだとすれば、Ａ組の人たちのアリバイは不成立」

この事実はＢ組とＣ組には関係がない。つまり左利きの川野・ラーチャテーウィーノーンブワサーラー組と、言動から犯人らしくない僕と崔・李組。これら全員が容疑から外れる。だが、どちらにも入らないＡ組が犯人ということになると……。

別紙氏はそのＡ組の二人を見た。

「ゴキブリ騒動で起き、結果的に『アリバイ』を手に入れたＡ組は二人です。ただしンガボ君は『起こされた』方なのだから、犯人ではありませんね。犯人はアリバイを作るためにンガボ君を叩き起こした方の人物」別紙氏はマシ君を見た。「……つまりラーチャシーチャナノーンブワサーラー君。君しかいないわけです」

6

全員がマシ君――ソムチャイ・ラーチャシーチャナノーンブワサーラー君を見た。

「んー……あはははは」マシ君は天井の方に目をそらし、動揺を隠そうとするように携帯を出した。「僕、左利きなのでB組です……おっとそろそろログインしないと」

「うそつけ。今も右手で携帯、操作してるくせに」

川野が言い、眼鏡のマシ君の隣に立っている、スーツをビシッときめたラーチャテーウィーノーンブワサーラー君を指さした。「そっちのチャーングは左利きだけど、お前は違うだろ」

そうなのだ。裕明荘にはタイ人が二人いるわけだが、左利きでB組だから容疑から外れるラーチャテーウィーノーンブワサーラー君と違い、ラーチャシーチャナノーンブワサーラー君……つまりマシ君の方はA組である。A組の二人はアリバイ以外に拠り所がないのだから、ンガボ君が犯人でないなら犯人は彼、ということになる。

「『ช้าง《チャーング》』……ああ、ラーチャテーウィーノーンブワサーラー君って、ชื่อเล่น《チューレン》は『チャーング《象》』なんだね」中村先輩が微笑み、「チャーング君」ことラーチャテーウィーノーンブワサーラー君に言う。「君ならもうちょっとすらっとした、スタイルのいい動物でもよかったのに」

チャーング君は照れて顔を赤くした。「小さい時に親がつけたชื่อเล่น《チューレン》なので」

聞いたところでは、ชื่อเล่น《チューレン》は親がつけたり友人がつけたり自分で勝手に名乗ったりと様々らしい。当然、日本に来たなら日本用の新しいชื่อเล่น《チューレン》を勝手に考えて名乗ってもいい。だが結局、ラーチャテーウィーノーンブワサーラー君は昔からの「チャーング」を使い、マシ君――ソムチャイ・ラーチャシーチャナノーンブワサーラー君の方はとっさの自己紹介に戸惑っているうちに崔先輩に「マシ・オカに似てる！」と言われ、「マシ君」になってしまった。

「ちなみに、ラーチャシーチャナノーンブワサーラー君……『マシ君』の方のชื่อเล่น《チューレン》は何なの？」

「『น้ำลาย《ナムラーイ》』です」

「どういう意味？」

「『よだれ』」

「ひどい」

マシ君はうなだれた。「小さい時に親がつけたชื่อเล่น《チューレン》なので」

つまり、マシ君ことラーチャシーチャナノーンブワサーラー君が「マシ君」と呼ばれるままにしておいた理由もそのあたりにあったのだろう。ラーチャテーウィーノーンブワサーラー君の方は「象」だったから「ชื่อเล่น《チューレン》はช้าง《チャーング》です」と自己紹介できたが、一方のラーチャシーチャナノーンブワサーラー君の方は「僕のニックネームは『よだれ』です」とは言いにくかった。

「それにしても、ややこしいよね」中村先輩が溜め息をつき、並んで立つ裕明荘のタイ人二人を見る。「こっちがチャーング君で、本名はプラサート・ラーチャテーウィーノーンブワサーラー君。で、こっちがマシ君で、本名はソムチャイ・ラーチャシーチャナノーンブワサーラー君」

マシ君とチャーング君は顔を見合わせる。まあ、眼鏡でいかにもギークという風貌のマシ君と、すらりとした長身でモデルのようなチャーング君は、実際に目で見るとごっちゃになりようがないのだが。

チャーング君が言った。「僕たち、同郷なんです。だからファミリーネームが似てる。学校は違ったけど、マ……น้ำลาย《ナムラーイ》君が日本に留学した、っていうのを聞いて、僕も行こうかと思ったので」

「ごっちゃになるっていうか、裕明荘《うち》にタイ人が二人いるって分からなくなるよな。名前がややこしすぎて。顔はぜんぜん違うけど」崔先輩が言う。「まあ俺から見ると湯浅と川野も時々ごっちゃになるんだが」

僕は川野と顔を見合わせる。「……まあ、お互い様だと思うよ」

裕明荘の住人は日本人が僕と川野の二人。中国人が李君でセネガル人がンガボ君で韓国人が崔先輩。行方不明のインドネシア人はラスディさんといい、タイ人がラーチャシーチャナノーンブワサーラー君とラーチャテーウィーノーンブワサーラー君の二人。合計八人である。

事件発生時、李君に叩き起こされたネットゲーム狂の眼鏡がマシ君（ラーチャシーチャナノーンブワサーラー君）で、昼、中村先輩が来るからとスーツ姿で登場して、川野たちと一緒に李君の部屋を見たのはチャーング君（ラーチャテーウィーノーンブワサーラー君）の方だ。こう見てもまだややこしい。というかこの事件、話を聞いただけでは、ゴキブリ騒ぎでアリバイを作ったA組のラーチャシーチャナノーンブワサーラー君と左利きで容疑者リストから外れたB組のラーチャテーウィーノーンブワサーラー君が別人だということに気付かないのではないか。

「……で」李君がマシ君に詰め寄った。「僕の海参、どうした」

「ごめん」マシ君は眼鏡がずれるのも構わず床に膝をつき、頭を下げた。「中国人の友達がどうしても食べたい、一匹千円出すから、って言ってきて」

売ったらしい。僕も溜め息をついた。「……全部売ったの？」

「うん」

「売ったお金は？」

「課金した」

「おい」

「こら」

「C'est《セ》 dingue《ダーング》!」

「混蛋《フンダン》！」

「임마《インマ》！」

「บ้า《バー》」

「What an idiot!」

「中村先輩なんで英語なんですか？」

「いや、なんか私も言わなきゃいけないっぽい空気だったし」

「別にそういうわけでは」

各国語で罵られたマシ君は、慰謝料込みの三万円をアルバイトで返済することを約束させられた。

というわけで、裕明荘の海参消失事件は中村先輩と別紙氏のおかげで綺麗に解決した。

別紙氏は裕明荘のあちこちで軋み音を堪能したらしく、「礼には及びません……あ、いえ。時折来てもよろしいでしょうか」と言っていた。

唯一、未解決なのは、結局「海参」が何なのか分からないままだった点だけである。*4

＊4 本作では外国語がやたらと出てくるため、色々な方にお世話になりました。タイ人名の確認をしてくださった射場氏及びタイ語の校正をしてくださった กมลอร《カモンオーン》 คินิมาน《キニマーン》氏、さらには担当河北氏に、厚くお礼申し上げます。

ニッポンを背負うこけし

1

7.20 国会前大抗議行動　差別を許さない！　ヘイトスピーチを擁護《ようご》する神部《かんべ》法務大臣は即刻辞任を！　@MOTION

画面の中では雨が降っている。雨粒がはっきり映り込むほどだからそれなりに雨脚が強いのだと思うが、壇上でマイクを持つ青年は傘をささず、濡《ぬ》れるのも全く意に介さない様子で、強く、しかし怒鳴《どな》るでもなく、はっきりした言葉で語り続けている。

——中国人でも、韓国人でも、イラン人でもフィリピン人でも。

青年はどうやら壇上ではなく、停《と》めたミニワゴンの屋根に立って喋《しゃべ》っているらしい。アドルフ・ヒトラーのように拳《こぶし》を突き上げるでもなく、スティーブ・ジョブズのように両手を広げるでもなく、ただマイクを持って皆を見回しつつ喋っている。だが傘をさしたり雨合羽《あまがっぱ》を着たりして色とりどりの聴衆は、じっと彼の言葉を聴いている。

――ただ国籍がそこだというだけで、ただ外国人だというだけで、侮辱されたり、脅されて怖い思いをしたりしていいはずがありません。

青年は一言一言、はっきりと区切って言う。聴衆を見る視線の置き方といい、喋る時の発声やリズムといい、演説に慣れているようではある。画面に青年の顔がアップになる。やや茶色い髪のせいもあって、ぱっと見た印象は「若い」である。また、わりと綺麗《きれい》な顔をしているようだ。前髪がひと房、濡れて額に張りついている。そこから水滴が一筋、鼻筋を伝う。

――神部大臣の発言は、日本はこんな差別をする国ですと、世界に向けて発信しているようなものです。彼らは愛国心と言いますが、日本を貶《おとし》めているのは彼らじゃないですか。

カメラが切り替わり、デモの会場となった国会議事堂前の道路をゆっくりとなめて映す。傘を持って静かに集合した市民の周囲を盾を持った機動隊員がびっしりと囲み、輸送車両が何台も連なって壁を作っている。いつの頃からか、デモと言ったらこういう風景が普通になってしまった。七〇年代の左翼じゃなし、デモ隊は石や火炎瓶《かえんびん》を投げるでもなく、道路に溢《あふ》れ出《で》るわけでもなく、デモとしては非常に行儀のいいものなのだが、なぜここまで過剰に警備するのだろうか。要するに政府に都合の悪いデモを警備する場合、政府の意を汲《く》んで、できる限り威圧的にやれというお達しが出ているのだろう。直立不動の警官たちも心を殺した表情をしている。

「……宮仕えは辛《つら》い、ってとこですねぇ」

私は探偵事務所勤務という気楽さからそう言うと、隣の席の別紙《べっし》さんはシートをガタッと倒し、「んー、滑《なめ》らかな動き」と喜悦の声を漏らしてからシートを起こした。

「……まあ、そんなとこだねぇ。この日のデモは主催者発表で五千人。主催者はサバを読むものだし、映像を見ても実際の参加者は三千人ってところかな。武器も持たないスクラムも組まない。大人しいもんなんだけどね。E5系のシートっていうと千四十ミリあるシートピッチの広さとかに目が行きがちだけど、このさりげない座面スライドとか地味にピロースタンドの自由度が高いところとか、そのへんがいいよね。肘掛《ひじか》けがちょっと残念だけど」

途中から今座っている新幹線車両のシートの話になっている。話をしながらガッタガッタと何度もリクライニングを倒したり起こしたりを繰り返しており、「座席マニア」という珍しい種類の変態である別紙さんは、別紙探偵事務所が今回受けた依頼の重大さとか、依頼人が前代未聞の大物だったことなど全く意に介していないらしい。まあ、私の方も目《もっ》下《か》気になるのは別紙さんの後ろの席の人がどう感じているかなのだが。宇都宮《うつのみや》を過ぎたあたりでちらりと見たら眠っていたようだったが、まだ眠っていてくれるだろうか。ご迷惑をおかけします。

　別紙さんがシートを堪能《たんのう》しつつタブレットで見ている動画は、最近、話題の市民団体「ＭＯＴＩＯＮ」の呼びかけで集まった国会前デモの録画である。団体側が動画サイトで公開しているもので、再生回数はすでにかなりの数になり、ＳＮＳなどでもさかんに拡散されていた。

　ヘイトスピーチ。政治家の汚職。その隠蔽《いんぺい》。数々の「失言」に嘘《うそ》。それを擁護する連中がばら撒《ま》く、弱者叩《たた》きのデマ。記憶にある限り、私が子供の頃は、日本はこんなにひどくなかったと思う。ただ、その流れに一石を投じるというか、国民が自ら動かねば何も変わらないと考える人たちも出てきた。このＭＯＴＩＯＮという団体はその一つで、これまでの市民団体と違うのは、運動がスタイリッシュだった点だ。動画のデモは普通だったが、ＭＯＴＩＯＮは「その手に花を」運動や「歌うデモ」運動といった「参加するとちょっと知的でハイセンスに見える」運動を演出し、それまでの「デモなんてちょっとズレた痛い人のやること」という若年層の認識を変えた。動画でも演説していた代表の水鳥川《みとりがわ》亭《りょう》氏が美形ということもあって、今、ＭＯＴＩＯＮは高まる政府批判の受け皿となりつつあった。私、個人としては英語の〝motion〟には『排泄《はいせつ》』という意味もあるのだがいいのだろうかと心配になる程度で、たいして関心も持っていなかったのだが。

「MOTION……か、水鳥川亭に関心があるんですか?」

別紙さんがこういう動画サイトを見ているのは珍しいことなので訊《き》いたら、別紙さんはタブレットをぽんと停止させて「仕事に関心があるだけだよ」と答えた。

「仕事……?」

私は首をかしげざるを得なかった。私たちは今、宮城県に向かっているのだが、この仕事のことだろうか。だが、依頼内容にMOTIONだの水鳥川亭だのの名前は全く出てこなかったはずだ。私は依頼を受けた時のことを思い出してみる。

助手として勤め始めてから知ったことなのだが、別紙探偵事務所には実に様々なコネがあるらしい。警察関係、弁護士会、各種役所に政・財界まで。まあそれは経営する別紙一族が代々各界で活躍してきた結果できたコネであり、そもそも実のところ別紙家の商売としてはいささか些末《さまつ》でふさわしくない別紙探偵事務所自体、各所の友人、知人、友人の知人、知人の顧客、顧客の恩人などからあれこれの相談事を受けている結果、もう探偵事務所ということにして仕事でやってしまった方が話が早いし税金対策にもなろう、という理由で始まったものであるらしい。つまりうちの事務所は、通常の興信所とは出発点からして違うのだった。まあ、そうでなければこのご時世、こんな小規模でろくにネット広告も出していないような探偵事務所がやっていけるわけがないのである。

で、そういう探偵事務所であるから、持ち込まれる依頼も自《おの》ずと特殊になる。もともと興信所とはそういうところだが素性を明かせない依頼人も多いし、政治家とか官僚とかどこかの大企業の社長とかいったお偉いさんが「ここは信用できるから」とこっそりやってくることも多い。彼らの「自分のツテなら身内。身内なら信用できる」という謎《なぞ》の信仰は私には不思議ではあるが、まあ彼らからすれば周囲には仕事関係の人間ばかりで弱みを見せるわけにはいかず、仕方なく「もう身内だからと思って信用するしかない」でうちに来るのかもしれない。

その日やってきた和服の老人も、最初はどこかの大企業の社長だと思っていた。どうもこの人見たことがあるなと思ったが、うちの近所とかテレビのバラエティとかそういった場所ではなく、新聞や本で見たことがあった気がしたのだ。だが、付き添いのスーツの男性と一緒に応接室のソファを勧め、お茶を出す段階ですぐに気付いた。この老人は何か迫力が違う。小柄で付き添いの男性の肩ぐらいしかないが、顔に刻まれた皺《しわ》とぴしりとした動作に「威」とでも言うべきものがある。ヤクザの親分か何かか、とも思ったが、あんな連中とつきあいなどない。しかし以前、別紙さんが「ヤクザの幹部と一番雰囲気が似ている人種は政治家」と言っていたのを思い出した。

「……引退したものでね。名刺がないんですが」

老人はソファにゆったりと座ると、老練の歌舞伎《かぶき》役者を思わせる、妙に色気のある声で言った。「俵田幸三郎《たわらだこうざぶろう》と申します。私、個人からの依頼です」

その名前はうろ覚えながら私も知っていた。政治家だ。それも、たしか与党の大物ではなかったか。私が政治に対して有権者として必要な程度の関心を持つようになった頃にはすでに引退していたはずだが、小さい頃にニュースなどでは見た。あとで確かめたことだが、俵田幸三郎は長く与党の幹事長を務め、官僚は総理より先にこの人のご意向を伺いにいく、という隠然たる権力を持っていた大物だった。なんとその本人、本物が、直接うちに出向いてきたのだ。

私は思わず「えっ本物」と口走りそうになり、接客モードになっている心理状態のおかげでぎりぎりそれをこらえた。だが目が合った俵田氏は一瞬だけ、目尻《めじり》の皺の上にかすかに「ほう」という表情を浮かべた。「君の年齢で私を知っているのか」といったところだろうか。

もちろんうちの別紙所長も俵田氏が何者なのかは知っていたわけだが、依頼人に対しては「念のためですが、ご依頼内容に関係ない限り、ご依頼人の事情などは特に考慮しませんので」とわりとぞんざいに返していた。付き添いの男性の方はまさにそのあたりが心配だったのか硬い表情をしていたが、俵田氏本人は「もう分かっている。信用している」という穏《おだ》やかな態度だった。

そして言った。「日本の未来にかかわる話なのですが、よろしいですか」

さらりと言われたので、私はぎょっとした。やはり大物だと思った。しかしそんな突拍子もない話をなぜうちに、しかも「個人」として持ってくるのか。

だが私の隣に座る所長は通常通りに頷《うなず》いた。「承知しました。ご依頼内容をどうぞ」

付き添いの男性はうちの所長を窺《うかが》うように見ていたが、俵田氏は了解しているようで、平然と話を続けた。「……HEADHUNTER、という人物をご存じですか」

およそ横文字と縁のなさそうな和服の人物の口から、主にネット界隈《かいわい》で、若い人に有名なだけのはずのその名前が出てきた。だが所長は目顔《めがお》で頷くと、私を促《うなが》すようにちらりと見る。私は眼鏡《めがね》を直し、両手を膝《ひざ》の上にきちんと揃《そろ》えて応える。

「最近、話題になっている……悪戯《いたずら》の犯人ですね。各地のモニュメントに落書きや細工をして回っています。数ヵ月前まではネット上で騒ぎになっている程度でしたが、最近は……有名な銅像などもターゲットにするようになって、テレビ等でも取り上げられていますね」

私はネットで取り上げられている段階から知っていた。某駅前広場の母子像にダース・ベイダーの仮面が被《かぶ》せられていたり、某公園の野外アートスペースに展示されていた美少女像の頭部がブロッコリーに替えられていたり。ダース・ベイダーの仮面はパテで固めて着けられていたから綺麗に剝《は》がすのは無理だという話だったし、頭部をブロッコリーにされた美少女像はＦＲＰ（繊維強化プラスチック）製だったため鋸《のこぎり》で首から切られ、もとの頭部の方は見つかっていないから再生不能だ。その点を挙げて「悪ふざけで済ませていい問題ではない」「立派な器物損壊罪、あるいは威力業務妨害罪」ときちんと指摘する声もあったが、ネット上では面白がる反応が多数派だった。だが、数ヵ月前から傾向が変わり、ターゲットが急に有名どころになった。札幌《さっぽろ》・羊ヶ丘《ひつじがおか》展望台にあるクラーク像の頭にチョンマゲかつらが載せられた上に伸ばす手の先に金属製のハリセンが溶接されたり、高知・桂浜《かつらはま》にある坂本龍馬《さかもとりょうま》像の頭部にパテでバルカン砲が接続されたり。すでにテレビでも全国的に報道されており、さすがにそこでは面白がっているような取り上げ方はされていなかった。

「……テレビなどでは社会問題とされていますし、批判も多くあがっているようですが」

私は当初から「自己顕示欲で動く世間知らずの馬鹿《ばか》」という以外の評価をしていなかったのだが、依頼人がＨＥＡＤＨＵＮＴＥＲをどう思っているかは分からないので、どうしても歯切れの悪い言い方しかできない。

「そのようですね」俵田氏はＨＥＡＤＨＵＮＴＥＲをどう思っているのか窺えない表情のまま頷いた。「……私のお願いは、こうです。ＨＥＡＤＨＵＮＴＥＲを捕まえてほしい。あれが次の犯行をする前にね。身柄を拘束するのは難しいとしても、尻尾《しっぽ》を掴《つか》みたいのです」

「了解しました。我々は私人ですから、運よく現行犯逮捕できなければ、警察が逮捕に踏み切れるだけの証拠を収集するか、それが無理なら犯人を特定してその情報をお渡しする、ということになりますが」

随分簡単に言う。ＨＥＡＤＨＵＮＴＥＲがどこの誰なのかは全く分かっていないのに。ネット上ではＨＥＡＤＨＵＮＴＥＲが何県民で何者かという推測があれこれ乱れ飛んでいたが、どれも素人《しろうと》の当て推量の域を出るものではなかった。警察は単独犯だろうと発表していたが、だとすれば日本人及び在留外国人一億二千万人の中から全く予備情報なしに一人を特定しなければならない。一体どうやって探すつもりだろうか。しかしうちの所長は当然という顔をしている。

「よろしくお願いします」

俵田氏が頭を下げたので私は恐縮した。俵田幸三郎にお願いされたぞ、と思う。

付き添いの男性が口を開いた。「調査期間は一ヵ月でよろしいでしょうか。日当の方は前払いいたします。途中で完了した場合でも全額分。それに加えて成功報酬ということで」

「了解しました」

所長は自転車でも買う程度の気軽さでそう言い、後ろのデスクに置いてある籠《かご》を取ってテーブルに置いた。「せっかくですのでいかがですか」

おいそんなものを勧めるのかと思ったがもう遅い。うちの所長は夜にはバーテンダーに化ける一方で駄菓子マニアであり、駄菓子をつまみにカクテルを飲み、「究極のマリアージュ」を日々研究しているという変人なのだ。

私は慌てて立ち、すでにお盆に盛ってテーブルの真ん中に出していた高級あられを勧めようと思ったが、俵田氏の方が相好《そうごう》を崩して籠に手を伸ばした。「おお、梅ジャム[*1]ですか。懐《なつ》かしい。おお、これは日本一きびだんご[*2]」

「在庫切れぎりぎりで入手できましてね。梅ジャムの方は食べ納めです。こちらにソースせんべいもありますので、ぜひマリアージュで」

それはマリアージュじゃないだろうと思うが俵田氏は封を開けて出されたソースせんべいを嬉《うれ》しそうに囓《かじ》りつつ「昔はこういう材料そのままといった感じのやつが」「植田のあんこ玉などは現在でも」「砂糖じゃなくてサッカリンだったからねえ」などと所長と盛り上がり、付き添いの人も梅ジャムを塗ったソースせんべいをもりもりパリパリと食べている。まあいいか、ということにする。駄菓子が出てくる探偵事務所。一つくらいあってもいいだろう。

結局、俵田氏と所長はその後、駄菓子の話で盛り上がるだけで、仕事の話にはならなかった。私は俵田氏がＨＥＡＤＨＵＮＴＥＲの未公開情報を得ていて、それでうちに話を持ってきたのだろうと推測していたが、別にそういうことはなく、単純にＨＥＡＤＨＵＮＴ

ERを捕まえてほしい、というだけのようだった。

しかし、それは実に奇妙なことだった。なぜ元与党の大物政治家が、少々騒がれているとはいえ明らかに小物のHEADHUNTERを「捕まえてくれ」などと依頼するのか。

そして、それのどこが「日本の未来のため」なのだろうか。

「……依頼人の素性や事情をあまり詮索《せんさく》しない、というのは分かってますけど」

私が言うと、隣で座席のヘッドレストを撫《な》でまわしていた別紙さんが反応した。「気になる?」

「……私たち、何かに利用されてるんでしょうか」

＊1　梅の花本舗製の「元祖梅ジャム」のこと。小袋入り一つ十円の甘酸っぱいジャムで、駄菓子屋などで売られていた。社長が一人で発案、製造を七十年にわたり続けていたが、二〇一七年に製造終了となった。

＊2　北海道《ほっかいどう》の谷田製菓が製造・販売する、大正十二年からずっとあるという駄菓子。名前こそ「きびだんご」だが外見的にはオブラートに包まれた謎の茶色い棒であり、きなこ棒に近い風味でくせになる。

「あはは。まさか」別紙さんは私の心配を文字通り一笑に付した。「それだったらわざわざ俵田幸三郎なんて大物が出てこないよ。警戒されるだけでしょ」

「そうですよね。……別紙さん、何か分かってるんですか？」

「まあ、ＨＥＡＤＨＵＮＴＥＲについてはたまたま、少し調べていたからね」

別紙さんは窓の外を見る。今、遠景に続く稜線《りょうせん》のむこうに一瞬だけ見えた恰好《かっこう》いい山は磐梯山《ばんだいさん》だろうか。

「……この仕事のどこが『日本の未来のため』なんですか？」

「決して大げさな表現じゃないとは思うけどね」

「……じゃあ別紙さん、ＨＥＡＤＨＵＮＴＥＲの次のターゲット、どうして分かったんですか？」

依頼を受けた翌日、私には指令が下ったのである。近々ＨＥＡＤＨＵＮＴＥＲが現れる可能性があるから、宮城県、仙台《せんだい》市の南にある斎川町《さいかわちょう》に向かえ、と。今回の依頼は別紙探偵事務所としても総力を挙げるようで、すでに別のスタッフが現地入りしているという。

「すでに情報が入ってるからね。まあ簡潔に答えるなら、これだよ」別紙さんはタブレットの画面をこちらに見せた。「ＭＯＴＩＯＮ代表の水鳥川亭が、今日から講演のため仙台入りしてる」

「水鳥川亭……ですか」つまり、動画を見ていたのも今回の仕事と無関係ではなかったのだ。だが。「……どういうことですか？」

別紙さんは私の質問には答えなかった。「まあ、あとで説明する。うーちゃんには任務に集中してもらいたいしね」

「はい」上司にそう言われては仕方がないのだが。「あのう、とりあえずその『うーちゃん』っていうの何とかなりませんか」

十代の頃から妹のように可愛がられている部分もあるせいで未《いま》だにそう呼ばれるのだが、仕事中はやめてもらいたい。先方に聞かれたら印象もよくないだろうに。私は眼鏡を直してはっきり言うことにする。「あくまで助手なんで。ちゃんと三ツ木《みぎ》と呼んでください」

「駄目？　可愛いんだけどなあ」

別紙さんは私の頭を撫で、しかしふと真面目《まじめ》な顔に戻ると、「今回は君の働き次第だから。期待してるよ」と言った。

そんなことを言われたのは初めてだった。ここで若造らしく「上司に期待された！　よーし頑張るぞ！」と拳を握ればいいところを、「突然そんなことを言うなんて変だな」と疑ってしまうあたり、我ながら可愛くないと思う。

ともあれ、理由は分からないが「日本の未来がかかっている」仕事らしい。依頼人が依頼人であるからまずいことをすれば公安に消されかねない（いや、まさか）。気を引き締めていかなければならなかった。

2

「でっかい……」

我ながら小学生並みの感想だと思った。とっさの語彙力《ごいりょく》だの表現力だのは別に探偵に必要なものではなく、たとえば報告書が詩情溢れる文学調になってしまっては依頼者が困るからむしろ邪魔ですらあるのだが、これを見た直後の感想が「でっかい」だけなのは探偵以前に大人として駄目な気がする。だがしかし、上品な和顔で微笑《ほほえ》んでいながらこの威圧感。見上げるばかりの彼女に対してはそれ以外の言葉が出てこない。

「みなさんそうおっしゃいます」

斎川町観光推進係長の菅原《すがわら》さんは見上げて口を開けている私の反応がいかにも微笑ましいといった感じで笑顔である。おそらくここを訪れた人が九割九分同じ反応をするので慣れているのだろう。

「頭のてっぺんまでで高さが六・七メートルあります。世界最大のこけしとしてギネス申請中です」やはり人に見てもらうのが嬉しいのだろう。菅原さんは口許《くちもと》が緩《ゆる》んでいる。

「こけしはお土産《みやげ》としても人気が高いですからね。斎川には温泉とこけしがありますということをアピールしていかないと」

東北ではその二つの組み合わせはさして珍しいものではない。こけしはもともと温泉地で湯治客《とうじ》への土産物として生まれたものだからだ。仙台近郊でも鳴子《なるこ》に秋保《あきう》、そもそも隣の白石市《しろいし》もこけしの産地で鎌先《かまさき》などの温泉がある。新幹線も特急も停まらずもともとの知名度もない町が、なんとか話題になれば、と願ってこの子を作ったのだろう。この子の巨大さは言うなれば町民と菅原さんら町職員たちの願いを吸って膨張した結果である。

JR東北本線斎川温泉駅は、改札を出ると構内正面に巨大こけしが出現する。高さ六・七メートル、胴回り約三・二メートル。頭部は胴より太くて周囲約四メートル。ベレー帽のような紫の帽子をかぶり、胴体には襟や袖口《そでぐち》が簡素に描き込まれた弥治郎《やじろう》系こけし。菅原さん及び斎川町HPによると「お種ちゃん」という名前がついているらしい。斎川温泉駅の駅舎が三年ほど前にリニューアルされた際に、東口と西口を結ぶ自由通路は改札を出て正面北側が全面ガラス張りで天井高八メートル弱の、体育館のような広々とした空間になった。お種ちゃんの設置はJR東日本との協議の上、斎川温泉駅駅舎のリニューアル事業と同時に決定されたらしいが、最初は高さ三メートルほどのつもりだったのが「もう少しインパクトが出せないか」「どうせなら世界一大きいやつを」「秋保にあるやつより大きく」「世界一にしてギネスに申請しましょう」と町側がどんどん話をエスカレートさせ、結局この大きさになったという。

私はお種ちゃんの顔を見上げる。足下まで近付くと頭上に顎《あご》が来る形になり威圧感が増す。このままズズズズズと動き出して町を踏《ふ》み潰《つぶ》していきそうな雰囲気もある。描かれた顔は糸目おちょぼ口の可愛らしい和顔なのだがその顔と迫力のギャップが面白く、インパクトとしては確かにこのサイズで正解だろう。こうしている間にも観光客らしき人が見上げて写真を撮っている。傍《かたわ》らの売店でずんだ餅《もち》を売るおばちゃんが、その観光客に声をかけるタイミングを計ってちらちらと視線を送っている。

「中途半端《ちゅうとはんぱ》なサイズにするよりよかったと思うんです。ここととか、こうしてこう、二年前にニュースにもなりましたし」菅原さんはニュースサイトを表示させたタブレットを見せてくる。「ギネス申請が通った時も少し話題になりましたし。やはりSNSで取り上げられるのも大事ですしね」

私は別に斎川町の予算の使い方に何か言う立場ではないのでそんなにアピールしていただかなくてもいいのだが、黙ってタブレットを見る。FRP（強化繊維プラスチック）製で見た目ほどの重量はないらしいが、それでも建造には予算がかかっているから、菅原さんとしては効果のほどをつい宣伝したくなるのだろう。

菅原さんはタブレットをしまい、お種ちゃんの顎を見上げる。「……しかし、本当にうちのお種ちゃんが狙《ねら》われているんでしょうか。たとえば知名度などでは、どうしても仙台

「そこは間違いありませんよ。我々の方でも独自に得ている情報、というのがありましてね」

背後から声がして振り返ると、白ジャケットの怪しげな青年がどこから出したのかAV機器のケーブルをぶらぶら提《さ》げてやってきたところだった。まあ怪しげなというか、うちの上司なのだが。

「別紙さん、どこ行ってたんですか」

「いや、そこのモニタの配線が素晴らしくぐちゃぐちゃでしたものでね。やはりDisplayPort端子の壮麗なピンの並び方は癒《い》やされますよね。それを無骨なHDMI端子に変換してしまうという無体さがまたいい。諸行無常を感じますね」

「何言ってるかさっぱり分かりません」

隣を見ると菅原さんが唖然《あぜん》としている。まあ「周辺機器マニア」でモニター本体は知らないけどケーブルは大好き、カメラ本体は詳しくないけどプリンタは好きという、変態の自乗とでも言うべき人間に会った経験などないだろうから当然である。

「そのケーブル何ですか」

「あちらのモニタ、少々配線に無駄がありましたので外しておきました」

ぎょっとして振り返るが、後ろに設置された、町の見所などを紹介するプロモーション映像を流しているモニターは問題なく稼働している。確かに裏側を覗《のぞ》くとケーブルが剝《む》き出《だ》しでわりと混沌《こんとん》としていたのだが。「……駅の設備を勝手にいじったんですか」

「いじってはおりません。整理しただけです」うちの変態上司は勝手に抜いたらしきケーブルをぽんと菅原さんに渡す。「いやあミヨシ製金メッキコネクタを選ばれたんですね。そうそうDisplayPortケーブルに関しては解像度さえ確認すれば純正である必要はどこにもないわけですから、むしろ」

「はあ。あの、設置したのはＪＲさんですが」菅原さんは渡されたケーブルをどうしてよいのか分からない様子で曲げたり伸ばしたりしている。確かに渡されても困るだろう。

「ええと、あなたが」

「別紙探偵事務所の別紙と申します。……ＨＥＡＤＨＵＮＴＥＲはおそらく近日中にお種ちゃんを狙うでしょう。ですがご安心ください。被害が出る前に奴《やつ》を確保します」

「よろしくお願いします」

菅原さんは丁寧にお辞儀をした。到着前に依頼人と別紙探偵事務所を通して根回しをしていたとはいえ、こんな怪しげな人物に疑いの目を向けずにきちんと応対してくれるあたり、真面目で善良な人なのだろうと思った。

「ＪＲさんの方にも話を通してありますので。東口階段下と西口階段下にそれぞれ監視カメラを設置し、我々が二十四時間態勢で監視します。隠しカメラですからＨＥＡＤＨＵＮ

TERに見つかることはないでしょう。怪しい人間が映ったらすぐに駆けつけて制止しますのでご安心を」安心という言葉が連想しにくいうちの変態上司はぴしりとジャケットの襟を正し、私の背中をぽんと叩いた。「現行犯であればその場で逮捕もできます。この三ツ木君は逮捕術も心得ておりますので」

意外そうな顔で私を見る菅原さんに会釈する。まあそうなるだろうなと思っていたが、荒事《あらごと》になったら私の出番らしい。

でもなあ、と思って振り返り、西口側と東口側をそれぞれ見る。改札を出たら券売機と窓口、それに簡易の売店（こけし系一店舗・ずんだ餅系一店舗）があるだけのシンプルな駅だが、自由通路は多くの引き込み線をまたいでいるため広く長く、お種ちゃんの設置された改札正面からは西口も東口も三、四十メートルずつある。私たちは西口と東口に分かれて張り込むことになるだろうが、西口も東口も入口の真ん前で張り込むことはできないから、監視カメラで怪しい人間を見つけても、ぱっと出てすぐにお縄というわけにはいかないのだ。加えてこの小さな町では夜の人通りはおそらくほとんどなく、尾行も困難である。

それにそもそも、二十四時間態勢でお種ちゃんを監視できる日数は限られている。その間にちゃんとHEADHUNTERが来るのだろうか。世間を騒がせるHEADHUNTERの次のターゲットがお種ちゃんで、しかもHEADHUNTERが近日中に犯行にでるということにつき、別紙さんは「すでに情報が入っている」とのことだった。しかしその情報はどこからのものなのか。なぜ部下である私にも教えてくれないのか。

探偵の仕事にはしばしば裏がある。そこを嗅《か》ぎ取《と》る能力も必要だと、別紙さんからは言われているが。

私はお種ちゃんを見上げる。お種ちゃんは私の存在など気付かぬ顔でまっすぐに虚空を見て、可愛らしく微笑んでいる。無表情に微笑む、という矛盾する表情をやってのけているようにも見えた。

3

監視カメラのモニターに動くものがあった。通行人だ。私は画面に顔を近付け、襟元のピンマイクに報告しつつ携帯を口許に寄せて録音する。「こちら東口。通行人一名、階段を上がります。おそらく男性、黒っぽいデニムに紺色のジャンパー。荷物は特になし。キャップ着用のため髪型、年齢等確認できず。体格は中肉中背。以上」

耳に入れているイヤホンから「西口了解」という声が聞こえる。上からのアングルになるため撮られている人間が見上げてくれないと顔は確認できないのだが、不審な荷物を持っていないし周囲を窺う様子もないことが分かれば充分である。この人は「見送り」だ。

息を殺すように待っていると、イヤホンに音声が入った。——こちら西口。先程の通行人一名、通過確認。

「東口了解」

ふう、と息を吐《は》く。

立てた膝に、一定間隔で自分の吐息が当たる。その吐息がどう拡散していくかまで感じとれるほど、車内は静かだった。目立たないようにエンジンを切っているのだ。

暗い車内で、液晶モニターの発する光が私の手の甲を青白く照らしている。傍《はた》から見れば、画面を見る私の顔も暗闇《くらやみ》の中に青白く浮かんで見えるだろう。不気味な絵面《えづら》だなと思うが、後部座席の窓はシールドしてあるので外から見られる心配はない。

現在、二十三時五十一分。終電車は一時間ほど前に出たので、駅構内は泊まり勤務の駅員さんを除いて無人になっているはずである。モニターの映像もさっきから全く動かない。

何者でいつ現れるかも分からないＨＥＡＤＨＵＮＴＥＲに対しては、とにかくターゲットであるお種ちゃんの近くで張り込むしか手がなかった。夕方のうちに別紙さんが東口階段と西口階段の各入口に監視カメラを設置し、各入口付近に停めた二台の車両の中で映像をチェックしながらひたすら待つ、という作戦である。ＪＲ斎川温泉駅は終電が出た後は改札がシャッターで閉鎖されるため、お種ちゃんに近付くには西口か東口から自由通路に入るしかない。その両方を常時監視し、大きなバッグなど不審な荷物を持った人間を待つ。カメラには死角はないし、HEADHUNTERが現れれば必ず網にかかるはずだった。

無論、楽な仕事ではない。

私は眠気覚ましのフリスクを二粒ほど掌《てのひら》に出して口に入れる。二十四時間監視とか一晩中の張り込みの経験はわりとあるし、特に眠気があるわけではないが、暇なのである。HEADHUNTERが監視カメラの下をパッと駆け抜けてしまう可能性もあるので、一瞬たりともモニターから目を離すことができないのだ。それに体の方も、いつでもこの車から飛び出せるようにしておかなければならない。この車は東口のロータリーに停めてあるが、東口階段のすぐ前はさすがに目立ちすぎて停められず、ロータリーの入口付近である。東口階段までは三十メートルほどだが距離がある。そのことだけで不安だった。HEADHUNTERは現れるだろうか。もし現れたとして、私はうまくやれるだろうか。

私たちは警察ではない。怪しい奴が現れたら片《かた》っ端《ぱし》から声をかけて職務質問し、住所氏名を訊いてバッグを開けさせることはできない。それよりもっと繊細で、かつ迅速さの求められる仕事をすることになる。つまり、現行犯逮捕だ。監視カメラでHEADHUNTERの出現を確認したら、ばれないように至近距離まで詰め、奴が犯行を始めた直後に押さえる。HEADHUNTERはターゲットを傷つけるような悪戯の仕方をする。駆けつけるのが遅すぎればお種ちゃんが傷つけられてしまうし、早すぎれば犯行を中止されてしまう。犯行を中止してすっとぼけられたら、こちらは名前を尋《たず》ねることも持ち物を確認することもできない。HEADHUNTERは網を張られていたことに気付き、二度とこの町には現れないだろう。

タイミングが重要だった。そのために一番走りやすいシューズに履き替えているし、眼鏡はコンタクトに替えている。探偵に必要な程度の走力も備えているつもりだが、それでも不安はあった。全力疾走してしまっては、相手に気付かれる。ひと気のない静かな夜では、人間が走る音というのは予想外に響くものなのだ。これから犯行にでようというHEADHUNTERが、「終電車の出た田舎《いなか》駅で自分の方向に全力疾走してくる人間」に気付いてじっと待っているわけがない。できることなら私ではなく、別紙さんが監視している時に現れてほしい、などと情けないことも考えてしまう。

それでは駄目だ。私は口の中に残ったフリスクのかけらを噛《か》み砕《くだ》く。ペパーミントの強烈な香りが口の中を強引に清涼にしていく。

私ははっきり言ったことはないし、別紙さんも同様だが、私は将来的に別紙探偵事務所のメイン調査員になるつもりでいる。ここの仕事は危険だが面白く、何より仕事のやり方を自分で決めることができた。自分流の工夫が歓迎される仕事なんて、普通の勤め人ではなかなかない。それに中学の不登校から高校に行かず、高卒程度認定試験で大学に入った私は、いい高校からいい大学、いい大学から大企業、という一般的なコースにあまり興味がなかった。だが一般的なコースに乗らない人生というのはつまり、自分の実力以外に頼るものがない人生ということになる。だからこの仕事をちゃんと務めて、探偵としての実績が欲しかった。実績さえあれば、若かろうが我流だろうが認められて、やっていける業界なのだ。

だから現れろ。今夜でなくてもいい。私のいる方に現れろ。私はモニターに向けて祈る。なんせ今回の依頼人は与党の元ドン、俵田幸三郎なのだ。この人の仕事を「うまくやってのけた」という実績があれば、そちらの界隈《かいわい》にコネが作れる。いきなり全幅《ぜんぷく》の信頼を置かれるわけではないだろうが、俵田幸三郎ほどの人脈のある人間なら、何か仕事を振ってくれるだろう。

だが、これまでの犯行記録を見る限り、HEADHUNTERは慎重かつ大胆という、最も厄介な性格だった。夜間、羊ヶ丘展望台のゲートは閉まっていたというのに、クラーク像はいつの間にかやられていて、監視カメラにも何も映っていなかったという。桂浜の坂本龍馬像は台座を含めると十三メートル以上の高さがあるにもかかわらず、HEADHUNTERはどうにかしてよじ登って頭部にバルカン砲を接着している。慣れもあるだろうし、手際はかなりよい。敵が「現行犯」でいてくれる時間は極めて短いはずだった。そこを突かなくてはならない。

私は襟元に着けている無線のマイクを指で確認し、監視カメラに怪しい人影が現れた時の動きをシミュレートした。「不審者発見」。ドアを開ける。「追跡します」。車外に飛び出す。だが全力疾走はせず足音と気配を殺す。東口階段までは早足。階段下で上る人影を確認……。

突然後部ドアが開いて人が乗り込んできたので、私は飛び上がりそうになった。「うわ」

「集中してますね。偉い偉い」

「別紙さん」そういえば、この人はさっき車を出ていったきりだった。「今のところ異常なしです。通行人はちらほらいますけど、不審な人間はまだ」

「了解。じゃ、私はちょっと」

「どこ行くんですか」

「西口の公園に公衆トイレがあったから、ちょっと視察。ここの駅のトイレ、小便器の周囲は余裕のある広さで床面にTOTOのハイドロセラ・フロアPU（厚型）を採用してましてね。メンテナンスの省力化による人件費削減の工夫が随所に見られて楽しいんです。西口公園もJR東の管理らしいから、公園のトイレも期待できる」

言うなりポール・スミスのジャケットを翻《ひるがえ》して車から降り、東口階段に消えてしまう。ちょっと、と呼びかけようとしたが目立つので大声は出せない。

諦《あきら》めてドアを閉じた。まったく、と思う。トイレマニアという希少種の変態であることはかなり昔から知っていたが、仕事中にそれはないだろう、と思う。HEADHUNTERがいつ現れるか分からないのだし、俵田幸三郎からの、しかも理由は不明ながら「日本の未来がかかっている」という依頼なのに、緊張感がないことと言ったらない。

私は窓の外からモニターに視線を戻す。コンタクトが落ちないよう気をつけながら目の周りを揉《も》む。肩甲骨《けんこうこつ》を回して肩と首周りの血行をよくする。徹夜、立ちっぱなし、情報収集のための接待飲食など、探偵の仕事は体を壊しやすい。若いうちから気をつけておかないとあとでツケが来る、と別紙さんからも脅されていた。まだ夜は長い。下りの始発が来るのが五時十五分。それまで、最低限の集中力を維持し続けなくてはならない。

だが、結果的にその必要はなかった。しばらく後に、私のイヤホンにはさっき出ていったトイレマニアの声が入ったのだ。

――こちら別紙。三ツ木君、現場に来てください。やられています。

「……は？」よく分からないがとにかく車のドアを開けて外に出る。「やられてる、ってどういうことですか？」

――言葉の通りです。お種ちゃんの顔が増えています。分かりやすく言うとアズラーイールのように。

「分かりにくいです」*3

——力士シールのように。

「分かりにくいです[*4]。もっと別な喩《たと》えはないんですか」東口階段に飛び込み、私の接近を感知してエスカレーターが動き始めるより先にステップを駆け上がる。

自由通路はまっすぐで見通しがよいためエスカレーターを上まで上がればすぐにお種ちゃんの巨大な横顔が視界に入る。この自由通路は町の東側と西側をつなぐ役割もあるため、夜間も改札側の一部を除いて明かりが点《つ》いたままである。そのお陰《かげ》で、近くまで駆け寄る前に見えた。お種ちゃんの目が増えている。その分だけ眉《まゆ》も増えているし口も鼻も増えているようだ。三面六臂《さんめんろっぴ》の阿修羅《あしゅら》像、よりもっと多い。その正面に彼女を見上げる人影。走る自分の足音が深夜の駅構内に響く。

「別紙さん」

「やられました」

---

*3 アズラーイール、またはアズラエル。イスラム教における死の天使。顔が四つある上に体には無数の目がついており、その目が一つまばたきをするたびに人が一人死ぬというが、本人は誰がいつ死ぬのかは知らず、アラーのみがそれを知っている。

*4 ゼロ年代後半頃、都内各所に出現した謎のシール。太った人間の顔が二つ連なったようなデザインであり、意味も意図も全く分からないため不気味だった。

駆け寄りつつお種ちゃんを見上げる。確かに「顔が増え」ていた。それもかなり巧妙で、描き足《かた》された目も口も眉も鼻ももともと描かれていたものと似ているため、一瞬、どれがもともとの顔でどれが新たに悪戯書きされたものなのか分からなくなった。上品な笑顔も無数に分裂すると不気味である。分裂し崩壊し、秩序を失いながらも微笑み続け、同じ表情で多方向を見つめる顔面の重なり。異形化《いぎょうか》されたお種ちゃんの顔にぞっとするものを覚える。

「……ひどい。でも別紙さん、監視カメラには不審者は一人も」

「西口も同様でした。……さて、これは果たしてどういうことか」

間近で見上げてみると、本物の目や眉と悪戯書きされたそれらとの間には確かに差異があった。だがかなり丁寧に描かれているのが、ここからでも分かる。そう。HEADHUNTERの仕事は丁寧なのだ。クラーク像のハリセンは簡単には落ちないようにしっかり溶接されていたという。龍馬像のバルカン砲もだ。

私は左右を見る。もちろん西口にも、今駆け上がってきた東口にも人影はない。私はまずどうすればいいかを考えた。菅原さん、いや、駅員室に連絡だ。しかしその前に。

「遺留品を捜します。別紙さん、駅員さんへの報告をお願いしていいですか」

「了解です。しかしそれは後でもいいでしょう。監視カメラの映像を巻き戻して確認してきます」

それで何か見つかるかは分からないが、とにかく私はお種ちゃんの周囲を回って何か落ちていないか、何もないとしても何かの痕跡《こんせき》が残っていないかを探すことにした。

だが、私の頭上には不可解の雲が渦巻いていた。改札口はシャッターが閉まっているし、駅員室のドアのむこうには泊まり勤務の駅員さんがいる。この自由通路の出入口は西口と東口の階段しかない。だがその二ヵ所は私たちが監視していた。不審者はいなかったはずだ。

いわばこの自由通路は大きな密室なのだった。HEADHUNTERはどこからここに入り、お種ちゃんに大量の目鼻を描き込んだ後、どこから出ていったのだろう?

4

きゅっ、きゅっ、という私の靴音が響く。天井の照明は改札側が落とされているため、真上からの光で床にくっきり影ができている。床の痕跡を見落とさないように私は途中から膝をついた。

どういうことなのか。

わけが分からなかった。密室状態の自由通路。突然、出現していたお種ちゃんの落書き。HEADHUNTERはいつの間に、どうやってこれを描いたのだろう。私は静まりかえった空間で一人、床を一歩分ずつ移動しながら痕跡を探した。何を探すべきかは分からない。とにかく何かを探すしかなかった。

だが、探せば探すほど「何もない」ことが分かり、不可解さが濃くなっていく。床は綺麗に掃除されており、綿埃《わたぼこり》一つ落ちていない。お種ちゃんに触れ、持っていたオペラグラスで顔の周囲をぐるりと観察しても、傷の一つもない。天井も、全面ガラス張りの背後の壁も同様だった。何もないのだ。お種ちゃんの落書きだけが突然出現している。数えたところ、目と眉が五つずつ、口と鼻が二つずつ。顔の前面に集中してはいるが、かなりの数だ。

「……そんな、まさか」

落書きはかなり細密かつ正確で、ぶれてもいないし斜めになってもいない。遠隔操作でできるようなものではない。描き足された目鼻がどれも全く同じに見えることから、スタンプのようなものを使って短時間で「つけた」のかもしれなかったが、それでもドローンやマジックハンドのようなものでは無理なはずだった。そもそもそれらの道具を使うなら、この自由通路にそれを持ち込まなければならない。だがそういうものを持っていそうな人間が通ったら「不審者」と認識した私たちが動いていたはずなのだ。

立ち上がり、赤で着物の裾《すそ》が描かれたお種ちゃんの胴を撫でる。ＦＲＰ製の硬質で冷たい感触が手から伝わるが、ＦＲＰが金属とは違うことを私は知っている。荷重をかければ倒れるし、硬いものが触れれば塗装に傷がつく。現に鳴子温泉にあった同じ素材の巨大こけしは二〇一七年に強風で頭部がふっとんでしまった。お種ちゃんの足下にも、観光客が触れたことによる小さな傷が無数についている。だが見る限り、通常人が手を伸ばさない、私の頭より高い位置に傷はなかった。

それが奇妙だった。お種ちゃんの胴にはこけしらしく全くとっかかりがない「すとん」としたものだから簡単にはよじ登れない。かといってスパイクのようなものを履いてよじ登ったり、ワイヤーのようなものをどこかに引っかけたりすれば確実に傷が残るはずなのに。

傷が残らないよう、柔らかい布のようなものをワイヤー代わりに使ったのだろうかと考えてみる。HEADHUNTERはその「鮮やかな」手口も特徴だから、ポリシーに従って余計な傷をつけないようにするため、そうしたものを使うことは考えられる。だがそうなると、今度は「大きな荷物を持った人間は通らなかった」という事実が立ちはだかる。最低でもこの胴体を一周する布となると、畳んでもそれなりの嵩《かさ》になる。そんなものを持ち込めた人間はいなかったはずだ。それに、そんな忍者みたいな方法であの顔のところまで行けるだろうか。犯人はお種ちゃんの顔に手が届く六メートルの高さまで手早く上り、作業中に手元がぶれないようしっかり体を支え、そして素早く安全に床に降りなければならない。どう考えても高めの脚立《きゃたつ》か強度のあるフック付きロープが要《い》る。だがそんな大荷物を持ち込んだ人間はいない。壁から頭に飛び移るとか、天井からぶら下がるとかの作業をすればそちらに傷がつきそうなのに、ガラス張りの壁にも天井にも傷らしきものはない。犯人は空中に浮いていたのだろうか。吸盤のようなものを使って蜘蛛《くも》男《おとこ》よろしくお種ちゃんの体を這《は》い上《あ》がることは可能かもしれないが、人間一人の体重を支えるなら真空ポンプ付きの吸盤が必要で、やはり持ち込みが不可能になる。ジェットパックのようなありえない道具を想定してもそれは同様だ。

だとすれば、ＨＥＡＤＨＵＮＴＥＲは手ぶらで高さ六メートルのつるつるの胴体をよじ登るか、作業ができる程度の安定性をも保《たも》ったまま空中に浮遊しなければならない。そんなことは人間には無理だ。ドローンや小鳥やハムスターといった小動物を調教して頭まで上らせ正確に落書きスタンプを押させる、なんていうのはもっと無理だ。だとすれば。

私は閉じられている駅員室のドアに向かった。

「……お、お種、ちゃん……そんな」

駅員の千葉《ちば》さんはお種ちゃんの惨状を見るなり頭を抱《かか》え、どか、と音をたてて膝から崩れ落ちた。慌てて飛び出してきたのか腰から出ているシャツの裾がふわりと舞う。

「……お種ちゃんが、殺された」

「いえ、そういうわけではないと思いますが」

目鼻が増えただけなので死ぬよりはだいぶましだと思う。とはいえ謝らねばならない。いや私が謝ることなのだろうか。しかしJR側にも話を通した上で監視カメラを設置して張り込んでいたにもかかわらずやられてしまったのだ。やはり謝るべきだろう。「……申《もう》し訳《わけ》ありません。私どもの力が及ばず」

「ひどい……」千葉さんはくずおれたまま呻《うめ》く。「俺、お種ちゃんの笑顔だけが毎日の癒やしだったのに。お種ちゃんは笑いかけてくれるから今日も頑張らなきゃって……」

「あー……ネットでうつ病診断とかしてみてくださいね」町役場が設置した巨大こけしの笑顔しか癒やしがない日々というのは相当やばいのではないかと思ったが、私も仕事上、関係者のメンタルケアより事件の話をしなければならない。「……で、ちょっとお話を伺いたいんですけど」

「お種ちゃんの笑顔は日本女性にしかない美しさを見事に表現していると思うんです。外国人は同じ『アルカイック・スマイル』でひとくくりにしてしまうかもしれませんが、あの微笑みは無言の中に日本女性が生まれ持つ母の優しさと包容力を」

「いえ。それ、どうでもいいんで」結婚できないタイプだなと思った。「それよりさっき……というか昨夜の状況を教えてください。終電が出た後、構内に誰か残っていませんでしたか？」

「はあ？」

千葉さんは目を真っ赤にして顔だけこちらに向け、出かかっていた鼻水をじゅるりと吸い込んだ。私はうわあ泣いてる、という内心を押し隠して膝を折る。「重要なことなんです。説明をお聞きかと思いますが、私どもはここの西口・東口双方に監視カメラを設置させていただいて不審者の有無を確認していました。ですが終電後、不審者が入口から入ってきた様子はなかったんです」

だとすれば、残った可能性はいくつもなかった。たとえば、HEADHUNTERは脚立のような道具を持った状態で、まだ乗降客の多い段階で駅構内に紛《まぎ》れ込《こ》み、そのまま終電後までこの自由通路内に留まり、ひと目がなくなってから犯行に及んだのだ。持っていた道具はこの構内のどこかに放棄した。

だが、涙目で床に両手をついたまま千葉さんは首を振った。

「いません。不審物もありません。終電車の発車後、改札のシャッターを閉める時点で駅構内はチェックするんです」

となると、道具だけをどこかに隠しておいて終電後に犯行にでた、ということでもないらしい。私は周囲を見回す。トイレは改札内だし、自由通路内にあるものといえば券売機と、二十一時頃に閉店した売店のブースくらいのもので、人や物を長時間、隠しておけるスペースはない。

それでも私は暖簾《のれん》が畳まれてただの長机になっている売店のブースに歩み寄る。「仙台

名物　ずんだ」「斎川名物　温泉こけし」と書かれたのぼりがまとめて横たえてあり、それだけだ。机の下にもどこにも不審なものはないし、まさかお種ちゃん自身の中に潜むなんてこともできない。私も終電前後に、別紙さんと一緒に確認しているのだ。自由通路内には確かに何もなかった。人が隠れる場所もない。あらかじめ何かを隠しておいたとか、隠れていたとか、そういうトリックではないのだ。それなら。

私はあーあーあーと嘆きながら携帯を出し、どこかに電話を始めた千葉さんを見る。町役場にはもう人がいないだろうから警察にかけているのだろう。ＨＥＡＤＨＵＮＴＥＲがこの自由通路に出入りしていないというなら、最初から駅構内にいた唯一の人間、つまりこの千葉さんが犯人ではないかとも考えたのだが、これは明らかに違う。駅員という仕事柄、千葉さんがほいほいと日本全国のモニュメントに悪戯しに出張できるほど余裕があるとは思えないし、なにより、それまで日本全国のモニュメントをターゲットにし、どこの誰なのか一切不明だったはずのＨＥＡＤＨＵＮＴＥＲが唐突に「自分の職場」で犯行をし、日本中に広がっていた容疑者探しの輪をいきなり自分の周囲だけに縮めてしまうような愚行は犯さないだろう。

出入口は監視されていて、道具を持ち込むのは不可能。終電の時点では何もなかったから、あらかじめ置いておくのも不可能。お種ちゃんにも周囲の壁にも天井にも、何かを打ち込んだり貼《は》りつけたりした痕跡はない。つけた傷を修復したような痕《あと》もない。ワイヤーなどをかけて上るのは不可能。私は考え、画像データの不具合で何重にもぶれてしまったかのようなお種ちゃんの顔を見上げる。作業は人の手でされたはずだ。一瞬でできるものではないし遠隔操作でできるものでもない。

「待った。犯行は本当に終電後だったのかな……？」

たとえば、お種ちゃんの頭部にカバーをかけるというのはどうだろうか。道具の持ち込みを監視しきれない終電前によじ上って犯行をし、その上から犯行前の顔を印刷したカバーをかけて「異常なし」と見せかける。そして終電後に、通行人のふりをしてさっとカバーを外す。それだけの動作なら短時間で、よじ上らずに可能ではないか。薄いビニールのカバーなら、小さなバッグでも詰め込んで脱出できる。「……そう。それしかないかも」

「それはありません」

いつの間に電話を終えたのか、真っ赤な目のまま千葉さんが立ち上がり、売店のブースの方を指さして言った。

「二十一時過ぎまではそこの売店に販売員がいますし、その後はわりとお客様が多くなります。終電までの間に、お種ちゃんにこんなことをする時間的余裕はありません」

「……ですね」

言われてみればそうだった。この自由通路は見通しがいい。階段を上がりきればすぐにお種ちゃんの姿が見える。当然、そこによじ上って落書きをしている犯人の姿も。一気にひと気のなくなる終電後でなければ、いつ誰が通って目撃されるか分かったものではないのだ。リスクが大きすぎる。

「だとすると……」

「不可能犯罪ですねえ。見事だ」

後ろから別の声がした。「……別紙さん」

「三ツ木君、事件の要点をまとめてくれてありがとうございます。君は本件の不可能性をよく理解している」

「……なんでニヤニヤしてるんですか？」

しかし、普段からわりと何を考えているか分からない我が上司は、満足げにお種ちゃんを見上げていた。そして言った。「こうなったら、集合知に期待するのはいかがでしょうかね？」

「……集合知？」

「メディアに取り上げてもらうんですよ。ＨＥＡＤＨＵＮＴＥＲまた出現。今回の『犠牲者』は斎川温泉駅のシンボルである巨大こけし。しかも密室のはずの駅構内なのに突然、巨大こけしの顔に落書きが出現していた」

我が雇い主はにやりと笑って私を見た。

「あらかじめ地元のテレビ局に話をしておきましたからね。先程、連絡したので、まもなくスタッフがこちらに来るはずです。……千葉さんの方はJR東の許可待ちですが、三ツ木君はインタビューを受けてもらいますよ。今回の事件がどんな状況だったのか、ミステリータッチで盛り上げつつ証言してくださいね」

そんなことをしていいのだろうかと思った。監視していたにもかかわらずHEADHUNTERの犯行を防げず、その上に、依頼人の許可も得ずにまさかの敗北宣言だ。

もちろん私も分かっている。依頼内容は「HEADHUNTERの尻尾を摑む」ことだ。現行犯逮捕に失敗した今、どんな手でも使って情報を集めないと報告書が書けない。

5

――にもかかわらず、その監視カメラには何も映っていなかった、というわけですね。

「……はい。西口も東口も、事件発生後に確認しましたが、何も」

――個人的に、どういったことが起こったと思いますか?

「もともと巧妙な手口で知られている犯人ですので、監視カメラに映らないよう、何らかの方法をとったものだと思われますが……」

――具体的には。

「……調査中です」

ディレクターさんの後についてスタジオから廊下に出ると、突き当たりの自動販売機の隣に置いてあるゴミ箱の蓋《ふた》を開け閉めしながら「ほう」「ほほう」「高音部にパワーが」とぶつぶつ呟《つぶや》く怪しげな男がいた。ディレクターさんはそれを見てぎょっとしたが、男がぱっとゴミ箱を離れ、今度はトイレの入口のドアを開閉しはじめ「ほほおうこちらも」「湿《しっ》気《け》が蝶《ちょう》番《つがい》にほどよい分散具合で錆《さび》を」と呟いている。やばいと思ったのかディレクターさんが携帯電話を出すのを、手を振って止める。一応私を「お客様」として扱い、さりげなく庇《かば》う位置に出てくれているのは感謝するが、別に危険はない。どう見てもありそうだがない。体格に似合わずちょこまかと動くあれは私の上司だ。「別紙さん。何やってんですか」

「おお。収録、終わりましたね」

収録、などと言われるとちょっとタレント気分だが、音声と顔、さらに探偵事務所の名前を出さないことを条件に証言をしてきただけである。「……勝手に入ってきたんですか？」

「関係者ですから。ちゃんとディレクターさんの名刺を見せ、収録中の三ツ木君の保護者だと」

嘘ではないか。「誰が保護者ですか」

地方局のスタジオにまでよく侵入したものだと思うが、私はとにかく、唖然としているディレクターさんに「お話しした、医師兼探偵の別紙です」と紹介した。通報をやめさせねばならない。「すみません。すぐ連れ出しますので」

「三ツ木君、お疲れ様です。声に張りがありませんね。ちょっと喉《のど》を」

「いや徹夜の上に喋り通しなだけですから。ペンライト出さなくていいですから」常時携帯しているとは知らなかった。「出ましょう。終わりましたから。……いやドア鳴らさないでください。うるさいですから」

軋《きし》み音マニアであるこの人の奇行は変人を通り越して土着の妖怪《ようかい》レベルである。あまりディレクターさんを困惑させるとそっちをニュースにされかねないので、これ以上ボロを出す前に退散した方が賢明だった。幸いなことにディレクターさんは取材意欲よりも防衛本能を優先させたらしく、ドアの軋み音にいちいち感想を漏らすドクター別紙からはできる限り距離を置き、一言もやりとりをしないまま私をスタジオの玄関まで送ってくれた。

「すいません朝のニュースになりますんで、編集後の映像を確認していただいている余裕がないかもしれないんですが」

「いえいえ、注意点さえ守っていただいていればOKですよ」私が言われたのにドクター別紙が勝手に応じる。「では、ジャンジャン放送して盛り上げてやってください。他局にも好きなだけ映像を提供して。派手に報道された方がありがたいですからね」

別紙探偵事務所としては言ってみれば「敗戦の弁」を公共の電波で放送されることになるわけで、事務所名は出ないとしても不名誉極まるはずなのだが、そこは実利優先ということなのだろう。もっともただテレビを観《み》ただけの視聴者から何か役に立つような証言なりアイディアなりが寄せられることなど、そう期待はできないと思うのだが。

スタジオを出ると予想外にまだ夜であった。腕時計を見ると四時二分である。警察の事情聴取に続き、地元のテレビ局に行って「事件の目撃者」としてインタビューを受けたわけだが、どちらも極めて手際がよく、テレビの収録ってこんなにあっさりしているのかと思うほどさっと終わってしまった。前の道を新聞配達のバイクが通り過ぎていく。空には太陽の気配がし始めたが空気はまだ涼しい。隣のドクター別紙はむっ、と唸《うな》りつつ伸びをした。

「さて三ツ木君。ここでの仕事はこれでひと段落。君の業務はここまでです。朝一番の電車で東京に帰ってもいいですし、ついでに観光をしていっても構いません。斎川温泉の多くはナトリウム・カルシウム－塩化物・硫酸塩泉だそうですから、萎縮《いしゅく》性胃炎や便秘にいいそうですよ」

「してませんから」むしろこの人とずっといる方が胃によくない気もする。「それと、私、これで帰るのはちょっとできません」

「現行犯逮捕できなかった責任、と考えているのですか？　そういうのは指揮命令する立場の人間が考えることです。君が気に病む必要はありませんよ」

「お気遣《きづか》いありがとうございます」だが、そうではないのだ。「……いえ、少し気になることがあるんで、車に戻って監視カメラの映像を見ようかと思って」

「ほう」

ドクター別紙はにやりとした。「そういうことなら、存分にやりなさい」

いつのまにか、モニターの光がなくても手元がはっきり見えるようになっていることに気付いた。後部座席のシートに体を沈めて窓から外を見ると、明け方の風景が視界に広がる。なんとなく清純さを感じさせる薄青の空は明るいのに、その下の町はまだ暗がりの中に沈んでいる。明け方と夕方は似ているが、人通りがない分、シルエットになった町の不気味さは明け方の方が上だった。探偵業やバー勤務なのでこの時間は慣れているが、この静けさに爽《さわ》やかさではなく疲れをイメージしてしまうのは夜勤の人間だけの感覚だろうか。

目が疲れた。コンタクトは外しているが、眼鏡でも疲れる。私は首を回す。

……でも、疲れた甲斐《かい》はあった。

私はテレビ局を辞したのち、東口に置いたままの車両に戻り、昨夜の終電前から事件発生までの映像を西口と東口、同時進行で確認していた。西口の映像を自分で見るのは初めてだが、やはり別紙さんの言った通り、不審者はいなかった。仙台、または白石などからの帰りなのか、終電が出ると十数人ずつがばらばらと出口から出ていったが、その後も主に商店街のある東口から住宅地の西口へ、ちらほらと通行人が確認できた。西口の映像をもう一度再生する。スーツの男性。飲んだ帰りらしき男女の四人組。カップルらしき男女。学生らしき男性。いずれも大きな荷物は持っておらず、服に妙な膨《ふく》らみもなければ歩き方も普通（の酔っぱらい）だ。何かを隠し持っている人間特有の歩き方を見分けるスキルは探偵として身につけている。不審者はいなかった。

そして東口の映像を確認する。スーツの男性。四人組。カップル。学生。私は画面右下の時計表示を見る。

……やっぱりだ。間違いない。

携帯を出して別紙さんにかけた。「……今、いいですか？　どこにいますか？」

——西口の車両で仮眠中。

「あ、すいません」

——いいよー。で、何か見つけた？

「はい」私は唇《くちびる》を舐《な》め、一拍置いてから言った。「分かりました。全部」

少し間があり、電話口からはぱたぱたぱたと、単発の拍手が聞こえてきた。

——おめでとう！　うーちゃん、合格。

やはりそういう話だったのかと思った。「ありがとうございます。私もそっち、行っていいですか？」

——おいで。といっても朝七時までは仮眠だけどね。

私はモニターを切り、車のドアを開けた。昇ったばかりの朝日が、私の視界にきらりと降ってきた。

「……私も手伝います。これから捕まえるんですよね？　ＨＥＡＤＨＵＮＴＥＲを」

6

隣の個室から水を流す音がして、しばらくしてドアが開く音がした。私はやれやれと息をついた。これで隣は空《あ》いた。女子トイレは満員ではないはずだ。満員で入れないとなると人は当然、待つ。そしていくら待っても「二番目の個室だけ出てこない」となると、場合によっては駅員さんに報告しかねないのだ。そうなったら困る。

斎川温泉駅構内の女子トイレは清潔感があって便座周りも使いやすく、張り込みをする身には大変ありがたかった。うまいことに便座のプラグを抜いて壁のコンセントを拝借すれば、モバイルバッテリーを消費せずに携帯をつけっぱなしにできる。お種ちゃんの付近に設置した監視カメラの映像を常時確認していなければいけないわけだが、この空《す》き方なら、あまりやりたくないことだが食事を摂《と》りながらまる一日一人で粘《ねば》る事も可能そうだ。トイレの心配もないわけであるし。

事件の真相を別紙さんに話したら、じゃあ特別手当をつけるから張り込みに参加してほしい、と言われた。早ければ今日中《きょうじゅう》。遅くても明日明後日《あさって》のうちに、HEADHUNTERがお種ちゃんの前に現れるかもしれないから、と。

確かに、お種ちゃんの事件は朝のローカルニュースで、私のインタビューと千葉さん、菅原さんの証言つきで放送された。監視カメラの映像も提供し、まるで推理小説のような不可能犯罪が行われたという演出で特集されたらしいから、大いに話題になっただろう。すでにネットニュースにも載っているし、昼のニュースでは全国放送されるという。

となれば、どこかでそれを見たHEADHUNTERがここにやってくるのはおそらく今日中だろう。深夜かもしれないから長丁場にはなるが、ひと晩ふた晩の徹夜は覚悟の上だった。私は探偵なのだ。推理した真相を別紙さんに報告したら「合格」と言われた。さらにHEADHUNTERの身柄《ガラ》を押さえられれば大手柄である。

もっとも今回は現行犯逮捕ができない。HEADHUNTERが現れるとしても、あくまで「ニュースでやっていた現場を見にきた物好きな観光客」を装うはずだからだ。だから警察と連携し、疑わしい挙動の人間はこちらで引き留め、その間に駅事務室に詰めている刑事さんに報告して職質をかけてもらう、という方法になる。宮城県警の全面協力が得られたわけではなく、別紙さんと依頼主のコネで所轄署の刑事さんを一人、動員してもらっただけに過ぎないから、こういう方法をとるしかなかったのだが、事情はちゃんと説明してあるらしいので、刑事さんはかなり執拗《しつよう》に職質をやってくれるだろう。顔・氏名・住所・職業まで押さえられれば、HEADHUNTERではないかという人物は絞れるし、されるはずがないシチュエーションで執拗に職質をかけられたとなれば、慎重なHEADHUNTERは警戒して以後の犯行を自粛するだろう。そうなったらなったで、そいつが犯人決定ということになる。

私は便座に腰掛けたまま携帯の画面を見ている。お種ちゃんの周囲を映すカメラは、ズームすれば立ち止まっている人間一人一人の表情まで見える距離とアングルである。私は画面をタップし、新たにやってきた男性をズームした。

現在、午前十時四十七分。朝のニュースを見たHEADHUNTERが駆けつけてくるならそろそろだが、一人旅の若い男性が観光でふらりとやってくるのは珍しい時期と時間帯だ。大学の夏休みは終わっているし、平日の午前中に、一時間に一本しか電車がないこの東北本線の、特急が停まらない斎川温泉駅でわざわざ下車する観光客はまずいない。

そして私は気付いた。今ズームしているこの男性、目鼻が増えてしまった哀《あわ》れなお種ちゃんを見上げ、周囲をぐるりと回ってわりと念入りにチェックしている。そのわりに携帯もカメラも出さない。野次馬ならまず写真を撮るはずだが。

私はピンマイクに言った。「……該当者来ました。二十代男性。黒のTシャツにグレーのパーカ、紺色のデニム。緑のリュック所持」

イヤホンから別紙さんの声が聞こえる。

——だよねー。今行く。

その声が終わるか終わらないかのうちに、画面にセミロングの女性が現れた。音声は録《と》れないため何を言っているのかは分からないが、軽い調子で男性に話しかけ、お種ちゃんを指さしたりしている。男性は困惑した様子で目を伏せている。さして急ぎでもなさそうだが、突然話しかけられてそわそわし、その場を離れようとしている様子である。顔を見せたがらないとなると。

私がピンマイクに言う前に別紙さんの方が連絡したらしかった。画面に観光客を装った刑事さんが現れ、身分証明書を出して男性に質問を始めた。男性はさっと俯《うつむ》き、明らかに動揺している。その場を離れようとするのを、刑事さんが立《た》ち塞《ふさ》がって質問を続ける。

……職務質問されただけであの反応。これは当たりか？

思った瞬間、画面の中の男性がぱっと身を翻して駆け出した。

「……ちょっと！」

当たりだ。私は携帯をしまって個室から飛び出る。まさか突然逃げ出すとは思っていなかった。イヤホンから別紙さんの声がする。

——改札に入った。うーちゃんお願い！

「了解！」

女子トイレから飛び出すと、男性がすごい勢いで前を駆け抜け、ホームへ降りる階段に飛び込んでいった。私は全速力で後を追う。後ろからばたばたと足音もする。刑事さんと別紙さんだろう。広い階段をほとんど飛ぶようにして下りながら気付いた。上り一番線ホームに電車が来ている。

私は叫んだ。「その人痴漢です！　捕まえてください！　灰色のパーカの男！」

男性がぎょっとして一瞬振り返り、その拍子《ひょうし》に脚をもつれさせてふらつく。ハズレだったら私が名誉毀損《きそん》罪に問われかねないが、とにかく周囲の注目を集めねばならない。

——こちら別紙。確保する！

イヤホンから声がするが早いか、ホーム上で待機していた所長が男性に駆け寄って摑みかかった。だが、男性は彼を見ると、すっと体を沈めて懐《ふところ》に飛び込み、ぶつかってきた勢いを利用して鮮やかに投げ飛ばした。所長はホームの地面に落とされ、ぐえ、という声がイヤホンから聞こえる。

だがその時には、もう反対側からドクター別紙が肉薄していた。とっさに襟を取ろうとする男の手を払い、鳩尾《みぞおち》に肘を入れ、次の瞬間にはもう腕を取って脇固《わきがた》めを決めていた。どちらかといえば大柄《おおがら》なドクター別紙は見た目相応に力も強い。男性は全く動けないようだった。

イヤホンから声がする。

――こちら別紙。確保しました。骨の軋み音、というのを一度生で聞いてみたいのですが。

「駄目ですよ」

私はドクター別紙に駆け寄る。後ろから来た別紙さんが、髪をかき上げてふう、と息をついた。「お疲れー。ごめんごめん。まさかいきなりダッシュするとは」

さっき投げられた別紙所長も怪我《けが》はなかったようで、腰をさすりながらやってきた。

「刑事さん。私、暴行されました。大腰《おおごし》で投げ飛ばされました」

刑事さんは別紙所長を見て頷き、手錠を出して男性にかけた。「暴行罪の現行犯で逮捕します」

引き起こされた男性がわめく。「そんな。だってあの人が先に」

「そこらへんの弁解は警察署で」

刑事さんは無線機を出して警察署に報告を始めた。その時にちらりと、投げられた別紙所長の方を見たので私は納得した。男性は職質をかけられて逃げ出しただけで、駅の改札もIC乗車券でちゃんと通過したらしいから、詐欺《さぎ》も公務執行妨害も問えない。もちろんあとで正当防衛にはなるだろうが、とりあえず手っ取り早く今、逮捕できる「暴行罪」の罪状を得るため、所長がわざと投げられたらしい。えぐいなあ、と思う。

「無理しちゃって」別紙さんがにやにやして所長に言う。「受身ちゃんと取った？」

「取りました。そのせいで左腕が痛いんですよ」別紙所長が左手首を揉みながら顔をしかめる。「しばらくシェーカーを振れなくなってしまいます」

「いやあ力が強い。しかも柔道をやっていたとはね」ドクター別紙が男性を振り返る。

「腹筋も硬かったですし。ＨＥＡＤＨＵＮＴＥＲ、なかなかの肉体派でした」

イヤホンから声がする。

――こちら別紙。今、改札です。

別の声がそれに続く。

――こちら別紙。こちらは今、下りていくところです。

私はたまらずピンマイクに言った。

「ああもうっ。みなさん揃《そろ》いも揃って『こちら別紙』『こちら別紙』って。ちゃんと下の名前で名乗ってくださいよ。混乱するじゃないですか」

「あはは。ごめんごめん。わざとだから」階段の上から、昨日から着たきりのポール・スミスのジャケットを羽織《はお》った別紙さんが下りてきた。

「声で区別がつかないかな？　まあ区別する必要もあんまりないんだけど」その後ろから、白ジャケットの別紙さんも下りてきた。

ホームに並んだ五人の別紙さんたちを見て、まあ確かに声も外見も似ていないのだけど、と私は溜《た》め息《いき》をつく。

確かにこの五人は年齢も性別も、趣味もばらばらだ。並べると以下のようになる。

ポール・スミスのジャケットを羽織った別紙さんは「別紙雪成《ゆきなり》」さん。年齢はたしか三十二歳か三歳。トイレマニアという変人である。主な職業は人材育成系のコンサルタントだ。

白ジャケットの別紙さんは「別紙月人《つきと》」さん。二十七歳だったか。カメラは知らないがプリンタは詳しい、モニターは知らないがケーブルは詳しい、という周辺機器マニアの変人である。主な職業は自然科学系の雑誌によく記事を書くフリーのライターだ。

セミロングの別紙さんは「別紙鮮花《あざか》」さんだ。唯一の女性で私とは一番歳《とし》が近いため、わりとプライベートで遊びにいったりもする。たしか今年二十五歳だったか。座席マニアの変人である。主な職業、というか身分は数学を専攻する大学院生である。

そして皆から「所長」ということにされているのが長兄の「別紙宙之《ひろゆき》」さん。たしか今年、四十六歳で、主な職業はバーテンダーだ。このお店は私も勤めているから、探偵としてもバーテンダーとしても私の上司ということになる。駄菓子マニアの変人である。

さらにそこに、さっきHEADHUNTERらしき男性を取り押さえたドクター別紙こと「別紙星也《せいや》」さんが加わる。歳は四十二か三だったか。その名の通り主な職業は内科の勤務医だが、正直この人に診察されたくはない。しかも軋み音マニアの変人ときている。

なるほど、こうして五人並べてみると、別紙一家は全く違う。はずなのだが、どうしてもそっくりな印象になる。なぜか。「変人」という極めて強烈な要素が全員、共通しているせいだ。そのせいで他の部分の差異が個体識別の役に立っていない。

私は五人全員と面識があるが、こうして五人並ぶのはわりと珍しいことだった。今回の依頼は人手が要るのとたまたま五人ともが暇な時期だったのもあって、別紙探偵事務所の五人の別紙氏が総動員されたのだ。そして私は今回の事件中、五人全員とやりとりをしている。新幹線に乗ってこの斎川町に来る時、一緒にいたのは「別紙鮮花」さんだったし、その前、俵田幸三郎氏から依頼を受けた時は所長である別紙宙之さんと一緒だった。斎川町に着いた時点で鮮花さんと別れ、先に現地入りしていた別紙月人さんと一緒に菅原さんの話を聞き、「事件発生」時は別紙雪成さんと一緒だった。事件後、ローカルテレビ局でインタビューを収録した後、私を迎えにきてくれたのは別紙星也さんである。

どれも変人で、常にフォローに気を遣わなくてはならなかったのだが、まあ慣れてはいる。

応援の警察官がやってきた。刑事さんからＨＥＡＤＨＵＮＴＥＲが引き渡され、別紙さんたちは口々にばらばらに事情聴取に応じ、五人の変人から一斉に証言を浴びせられる警察官たちが混乱しているようだ。何だろうなこの構図はと思う。そもそもホームズが五人でワトソンが一人というのはバランスが悪すぎないだろうか。

思い返してみれば、中学時代から現在までで、私は五人の別紙さん、全員が推理する場面に居合わせたことがあるのだった。中学時代、不登校で昼間の居場所がなかった私は、祖父が働く株式会社セブンティーズという、一度定年した人ばかり集めた会社に学校の制服のまま出入りして手伝いをしていたのだが、私はそこで「いつの間にかトイレの詰まりがとれ、掃除されていた事件」を起こし、突然社屋に飛び入りしてきた別紙雪成さんの推理で犯人だと看破された。それが別紙一家との出会いである。その後、中学を卒業した私は高卒程度認定試験を経《へ》て大学受験をし、見学のため訪ねた大学で別紙月人さんと一緒に、「アナログ写真のフィルターが4½号から0号にすり替えられている」というマニアックな事件を解決した。大学に入ったら入ったで、別紙鮮花さんと一緒に外国の変な映画を観にいって地震に遭ったし、バーでのバイト中にあまりにも暇だったので、別紙宙之さんに以前読んだ本の真相をクイズで出したりした。そして最近では、大学近くの国際貧乏アパート「裕明荘《ゆうめいそう》」で起こった海参消失事件を別紙星也さんに解いてもらったりもしている。いずれの別紙さんも推理は冴《さ》えており、あるいはその冴え方が共通しているせいで、この五人の印象が「名探偵」でいっしょくたにされてしまうのかもしれない。

警察官二人がこちらにやってくる。私は関係者の一人として名前を訊かれ、「うーちゃん」と答えようとする鮮花さんを遮《さえぎ》って「三ツ木羽海《うみ》です」と答えた。この間、ずっと不仲だった両親がとうとう離婚したため私は中村《なかむら》羽海から三ツ木羽海になったのだが、新しい姓はまだ慣れず、偽名を言っているような後ろめたさがある。

　後ろめたさはもう一つあった。逮捕された男性を見る。当然のことながら彼は「職務質問をされて逃げた」だけであり、別紙宙之さんを投げ飛ばしたのは完全なる正当防衛である。だがそれでも一応「詳しく話を聞かせてもらおうか」ということになるし、その過程で住所氏名等個人情報や持ち物の内容、なぜ斎川町に来ていたのかを知ることができる。ＨＥＡＤＨＵＮＴＥＲだったらそのまま容疑を切り替えて逮捕、ということになる。別件逮捕であるし、そのきっかけも「転び公妨」[*5]よりひどい完全なる言いがかりであるから、だいぶひどい。警察がここまでひどい手を使うのはなんとしてもＨＥＡＤＨＵＮＴＥＲを捕まえたいからだろうが、別紙一家や俵田幸三郎が背後にいるからこれが可能になったのではないか、と考えると、手放しでは喜べない気分にもなる。

　しかし、職務質問されて逃げるほどとなると、あの男性がおそらくＨＥＡＤＨＵＮＴＥＲなのだろう。お種ちゃんを利用してＨＥＡＤＨＵＮＴＥＲをおびき出す、という別紙探偵事務所の作戦は見事に成功したのだった。私には事前に作戦の全容を教えてくれなかったのは不満だが、まあ、仕方がない。探偵なら、真相は自分で見抜くべきだ。

「それじゃ、うーちゃんの推理を聞かせてもらいたいな」助手席の鮮花さんがにこにこして、宙之さんからもらったポッキーをポリポリかじりながら私を見た。「うーちゃん、どうして私たち五人が犯人だって分かったの？」

「監視カメラの映像をもう一度、詳しくチェックしました。西口のカメラにも東口のカメラにも、大きな荷物を隠し持っているような不審者は映っていませんでした。ただし、東口から入った通行人の中に四人ほど、西口から出るまでに十分以上かかっている人がいました」

「おー。気付いたね」鮮花さんは悪戯っぽく笑う。「あれ、兄貴三人と私。雪成《ゆきにい》は後から

7

＊5　警察官が「こいつちょっと怪しいな。じっくり取調したいけどまだ何もやっていないな」という人間を「とりあえず拘束」する手口の一つ。職務質問をし、会話中に体のどこかが当たるように仕向け、当たった瞬間にわざと転んで「暴行があった。公務執行妨害の疑い」でしょっぴくのである。最近ではやると問題になるため、めったに使われなくなった。

来たけど」

第一発見者を疑え、という基本通りだったわけだ。事件時、一緒にいた雪成さんは先行した四人と自由通路内で合流して犯行を済ませた後、何食わぬ顔で私に「お種ちゃんがやられてる」と報告してきた。

「……まあ、不可能犯罪でしたし」ウィンカーを出して追い越し車線に乗り、アクセルを踏み込んで前のトラックを追い抜く。西口の方で使っていたこのワゴンRはだいぶ年季が入っている上に荷物が多いので、うおりゃーとベタ踏みしても九十五km／hまでしか出ず、高速道路で追い越しができない。「監視カメラには大きな荷物を持った人間は一人も映りませんでした。高さ六・七メートルの巨大こけしの顔に、脚立もワイヤーフックも何も使わずによじ登って落書きをするのは、単独犯では不可能です。でも五人いれば可能です。雑技団みたく組体操をして縦に連なれば、一人あたりの高さが一・五メートルだとして四人で六メートル。五人目はお種ちゃんの顔と同じ高さになります。たぶん一番大柄でパワーのあるドクター別紙、っていうか別紙星也さんが一番下で、その上に順不同で所長……別紙宙之さんと月人さんと雪成さんの三人が乗って、一番軽い別紙さ……ああもう。鮮花さん。あなたが一番上になって作業したんですよね」

絵にすると随分阿呆《あほう》である。私は昔、アメリカで言われていたジョークを思い出した。「月面に到達したアポロの乗組員が背後に『人の気配』を感じて振り返ると、中国人が肩車を連ねて月まで到達していた」。そう。私が同行した「別紙さん」は五人いた。これが最大のヒントだったのである。

「こんなに知性を感じないトリックって初めてですけど。……でも、確かにこれなら何の道具も使わず、さっと六・七メートルの高さに到達してさっと下りて、何の痕跡も残さずに現場を去れますよね」

お種ちゃんの顔にはおそらくスタンプのようなものを丁寧に押していったのだろう。組体操は一分もかからないし、犯行全体を見ても三、四分だろう。何より犯人は別紙さんたちなのだ。西口と東口の階段には監視カメラが仕掛けてあり、そこに通行人が映ったら犯行をやめればいい。あの監視カメラは不可能状況の演出だけでなく、犯行時の見張りという目的も兼ねていたのだ。

ちなみに、お種ちゃんの顔に描かれた追加の目鼻はすべて水彩だそうで、濡れ雑巾《ぞうきん》で拭《ふ》けば綺麗に落ちるのだという。今頃はお種ちゃんも綺麗にされて、何事もなかったかのように斎川温泉駅で微笑んでいるかもしれない。

鮮花さんはポッキーを半分かじり、なぜか残り半分をこちらに差し出してくる。歯で受け取って舌で口の奥に入れつつ、アクセルを緩めて前方のトラックとの車間距離を保つ。

「……よく考えてみれば容疑者なんて何人もいないわけです。犯人がＨＥＡＤＨＵＮＴＥＲなら、そもそも監視カメラの存在を知らないはずですから、堂々と脚立でも持ってきてさっと犯行を済ませればいいわけで。そうせずに『不可能犯罪』を演出した時点で、容疑者は監視カメラの存在を知っている人間……つまり私か別紙さんたちか、あとはせいぜい菅原さんと斎川温泉駅の駅員さんに絞られますよね」

「まあね」言外に「当然だよね」という含みを持たせて鮮花さんが頷く。

「その上、私はずっと疑問でした。どうして西口と東口の各階段だけで、肝心のお種ちゃんを映す位置に監視カメラを設置しないのか。……確かにそのカメラでHEADHUNTERを見つけてから現場に走っていくんじゃ遅すぎますけど、映像があればHEADHUNTERの特定につながるし、決定的な証拠になるのに」

「ふむふむ。なるほど」

ポッキーをポリポリ食べつつ満足げに応じる鮮花さんを見て、ああやっぱり試されていたのだなと確信する。この程度、臨機応変に「裏」が読めないようでは探偵は務まらない。とすると私は合格なのだろうか。それともまだ不充分なのだろうか。

昼過ぎ、刑事さんから電話が来た。とんでもない言いがかりの「暴行罪」で取調を受けていた男性は仙台市内に宿泊しており、同意を得て捜索したホテルの部屋からは家庭用溶接機や遮光マスクが出てきたという。男性は自分がHEADHUNTERであることと、次のターゲットである仙台城址の伊達《だて》政宗像には金属製のヤシの木の模型を溶接して頭に載せるつもりだったということを認めた。

つまり別紙探偵事務所としては見事に仕事を成功させたわけだ。私は鮮花さんと一緒に西口側で使っていたワゴンRに乗って、残りの別紙さん四人は東口側で使っていたステップワゴンに乗って、それぞれ帰り道である。

「……もともと、そういう計画だったんですね」アクセルを踏み込んで追い越し車線に出る。前方のトラックは家畜運搬車だったようで、柵《さく》の間から顔を覗かせる牛たちに鮮花さんが手を振っている。「……ＨＥＡＤＨＵＮＴＥＲが仙台にいるという情報を得た所長たちは、仙台の近郊で模倣犯を演じてＨＥＡＤＨＵＮＴＥＲをおびき寄せようと考えた。ＨＥＡＤＨＵＮＴＥＲは手口の鮮やかさにもこだわっている様子だったから、『本家』より鮮やかな不可能犯罪で似たような犯行をすれば、ＨＥＡＤＨＵＮＴＥＲは興味を持つ……というか、現場に確かめに来ずにはいられなくなるだろう、っていう」

ニュースを見て野次馬で来た人間と、いきなり遠征先で模倣犯が出て慌てて確認しにきたＨＥＡＤＨＵＮＴＥＲなら、まあ挙動で区別はつくだろう。つかなくとも、該当しそうな人間に全員職務質問をかけてプレッシャーを与えれば、ＨＥＡＤＨＵＮＴＥＲは以後の活動を自粛する可能性が大きい。

「……一発でうまくいってくれて、ほっとしてるよ」後方に遠ざかっていく家畜運搬車を見送り、鮮花さんが前を向く。

「来なかったりＨＥＡＤＨＵＮＴＥＲを特定できなかったりした場合、また次の手を打つつもり……だったんですよね」

「調査期間、一ヵ月もらったからね」鮮花さんはポッキーを二本束《たば》ねてくわえた。「いやー、おかげで残り丸々休暇だよ。ね、私が今の論文上がったら映画行かない？　横浜にできた新しいとこのね、プレミアムシートがよさそうなの」

「行きましょう」座席目当てで映画館に行く人というのも珍しいが。「……でも別紙さん。そういう計画だったら私にも教えてくれてよかったのに。……『敵を欺くにはまず味方から』っていうあれですか？」

手回しよく地元のテレビ局からの取材を取りつけていた点や、自分ではなく私にインタビューを受けさせた点から、そういうことだったのだろうとは思う。私は演技があまり得意でないし、本気で「HEADHUNTERが不可能犯罪をやってのけた」と信じている方が、より疑われない「証言」ができた。町役場の菅原さんもである。インタビュー時の態度に少しでも怪しいところがあれば「結果としてお種ちゃんがニュースに取り上げられたのだから、町側の自作自演ではないか」と言われかねない。

鮮花さんは言った。「もっと単純に、『秘密を共有する人間は少ない方がいい』っていう理由なんだけどね」

「まあ……犯罪ですからね」

水彩ですぐ落ちるとはいえ、お種ちゃんはしっかり落書きされているし、地元のメディアも自作自演の事件を「HEADHUNTERの犯行か」と報じてしまった。立派な業務妨害罪である。「JRさんとか斎川町役場の方には、ちゃんとフォローしたんですか?」

「依頼主の方からね」鮮花さんはこともなげに言う。「でも、成功したからよかったけど、一ヵ月かけてHEADHUNTERが捕まらなかったら、依頼主もフォローのしようがなかったかもね」

そんな状況なのに別紙一家は駅のトイレに興味を持ったりモニターのケーブルを配線し直したりしていた。神経の太さが私とは違う。

「元与党幹部・俵田幸三郎先生承認のもと、斎川町のシンボルに自作自演の落書き事件を起こす……確かに、別紙探偵事務所《うち》ならではの仕事ですね」こうしてまとめてみるとすごい。「でも、HEADHUNTERが今、仙台にいるってどこ情報ですか? っていうか、そっちから当たれば普通に捕まえられたんじゃ」

「あれはただの推測だよ。MOTIONの水鳥川亭が仙台入りしてるから」

そういえば、その名前も行きの新幹線の中で出ていた。鮮花さんがタブレットで動画を見ていたのだ。

「……つまり、水鳥川亭がHEADHUNTER?」

しかし、逮捕された男性は明らかに別人だった。

鮮花さんも首を振る。「じゃなくて、そう思わせたい団体がHEADHUNTERとつながってたの。で、おそらく『水鳥川亭のいる場所で犯行をしてくれ』って依頼してた」

「つまり……」話が政治的になってきて、ようやく私にも全貌《ぜんぼう》が分かった。「……スキャンダル工作、ですか。水鳥川亭を潰すための」

「汚いことするよね」鮮花さんは空になったポッキーの小袋をくしゃりと握り潰し、箱の中に押し込んだ。「ネットでヘイト系デマを流しまくったり、新大久保《しんおおくぼ》とか難波《なんば》でヘイトデモをやってる『美しい国を取り戻す会』って聞いたことあるでしょ？　あのヘイト団体が最近、MOTIONと水鳥川亭を攻撃し始めたんだってさ。反日とか朝鮮のスパイとかレッテル貼って」

ヘイト団体はHEADHUNTERに依頼して、水鳥川亭のいる場所で犯行をしてもらう。それから「水鳥川亭の行動とHEADHUNTERの犯行場所が一致している。水鳥川亭はHEADHUNTERではないか」と噂《うわさ》を流す。真偽はどうでもいいのだ。とにかくグレーだという印象を与え、「よくない噂もあるらしいよ」と囁《ささや》き続ければ、イメージが大事な運動家には大打撃になる。特に水鳥川亭のように「なんとなく、空気で」支持されている人間なら、「よくない空気」を作り出すだけでかなりの支持者が離れるだろう。

「最低」私はげっそりした。「MOTIONの主張は反ヘイトとか、セクハラ防止とか、大臣の汚職疑惑を解明しろとか……そういう当たり前のことだけですよ。一体それの何が気に食わないんでしょうね」

「その当たり前が気に食わないんだろうね。『差別をさせろ』『セクハラをさせろ』『弱者叩きをさせろ』……本心でそう思っている人たちにとっては」鮮花さんはポッキーの新たな小袋を開ける。「そもそも水鳥川亭が気に食わないんでしょう。市民団体とか被害者団体の代表が記者会見で何かを訴えたりすると途端に叩かれる、っていう現象があるでしょ？　たぶん『あいつは一般人のくせにテレビに出て調子に乗っている』みたいに感じるんだろうね」

私はMOTIONの活動にも水鳥川亭にも特に興味はなかったから知らないが、そういう状況は想像ができた。ああいう連中は、常にデマを拡散させるのだ。反戦団体が警察官に暴力を振るった。野党議員が不謹慎な発言をしてにやにや笑っていた。障害者団体がクレームをつけて番組の内容を変えさせた。なぜか常に弱い側、今、困っている側の人間を選んで叩きたがる彼らの今回のターゲットは、最近勢いをつけてきて「危険」で「気に食わない」水鳥川亭とMOTIONだったというわけだ。

私は口の中のポッキーを噛み砕く。MOTIONはすでに政治力を持ち、選挙でも若い層の投票行動に影響を与えている。それをデマで潰すとなれば、それはもう「嫌がらせ」ではなく「陰謀」で、卑劣な「政治工作」である。

「……でも、それを阻止するっていう依頼をどうして俵田幸三郎が持ってきたんですか？　ヘイト団体は与党支持でしょう。あの人も与党にいたのに」

鮮花さんは俵田氏を思い浮かべてか、ふふ、と微笑んだ。

「だからこそ、だってさ。『美しい日本を取り戻す会』は与党議員の何人かと仲良しで、だから調子に乗ってる、っていう面もある。俵田さんからすれば言語道断みたい。昔の与党を知っているからこそ、今の状態を憂《うれ》う、っていう人もいるんだね」

私とたいして歳が違わないはずの鮮花さんは、私よりずっと大人っぽく目を細める。

「昔の与党はこんなにひどくはなかった。自由闊達《かったつ》に意見をぶつけあい、汚職に対してもある程度の自浄作用が働いていた。ましてデマを流して市民団体を潰そうなんて連中を歓迎するような恥知らずはいなかった……だ、そうだよ」

「……なるほど」

ようやく仕事の背景が分かった。そして思った。ここまで話してもらえたとなると、私は一応「合格」なのだろう。背中から緊張がしゅるしゅる抜けて、シートのむこうに拡散してゆく。

追い越し車線に窓を開けたミニワゴンが並んだ。ぴったり併走してくるので何かと思ったが、張り込みの時、東口側で使っていたステップワゴンだった。

助手席で月人さんが、後部座席で星也さんと雪成さんが手を振っている。運転席の宙之さんがこちらをちらりと見て、それから併走していたステップワゴンは、すっと加速して離れていく。私はそれに手を振り返した。

「……なるほど『日本の未来のため』ですね」

「……まあね」

鮮花さんが微笑む。少しだけ誇らしい気持ちになった私は、ワゴンRのアクセルをぐっと踏み込んだ。

あとがき

お読みいただきましてまことにありがとうございました。著者の似鳥《にたとり》です。いやはや、今回の原稿は慣れないことをやって疲れました。でもそもそも小説家というのは慣れないこと、ルーティンを外れたこと、これまでにない独創的なことをやるのがお仕事ですので、心地よい疲れでございます。今後もこれまでに書いたことがないものを書き続けていきたいものです。登場人物が探偵ワトソン容疑者悪役黒幕ヒロイン狂言回しまで全員力士の相撲《すもう》ミステリ「力士探偵智恵《ちえ》の山シリーズ」とか、どうでしょうか。『力士探偵智恵の山　地方巡業殺人事件』『力士探偵智恵の山2　殺意の下手《したて》出し投げ』『力士探偵智恵の山3　支度《したく》部屋より愛をこめて』『力士探偵智恵の山4　そして引退へ……』どう見ても四巻で終わっていますが面白そうです。問題は売れなそうなことと、講談社の担当河北《かわきた》氏が絶対にうんと言わなそうなことだけです。

今回も担当河北氏には苦労をかけてしまいました。というか河北氏、原稿完成前に打ち合わせをしていたら死体で発見されました。第一発見者は講談社営業部の片岡《かたおか》氏です。私と河北氏と片岡氏は刊行予定の新刊の宣伝をどうするか、講談社ビル一階、正面玄関を入ったところの庭園で打ち合わせをしていたのですが、打ち合わせが白熱して夜十一時半を過ぎた頃、私がトイレから戻ると、暗い庭園の奥、巨大な観葉植物が茂った陰《かげ》から私を呼ぶ声がしました。

何だろうと思って植物をかき分けつつ行ってみると、床に仰向けに倒れた男の傍《かたわ》らに片岡氏が立ち尽くしていました。

倒れているのが河北氏だとすぐに分かったので、私は駆け寄りました。「あれっ。河北さんどうしました？」

「……死んでいます」

片岡氏がそう答えたので、私は当然、何かの冗談だと思いました。だって講談社ですよ。メフィストとか講談社ノベルスとか『金田一少年の事件簿』とか出してるとこですよ。そのくらいのジョークは仕掛けてくると思うじゃないですか。

だからとりあえず頭を下げました。「あー……すいません。すごい時間になっちゃってますもんね」

しかし、なぜか片岡氏の顔色は白いままでした。「いえ……寝ているんじゃないんです。死んでます。河北」

私は「ははあ何かクイズ形式のサプライズを仕掛けてくれたのだな」と思いました。だって講談社ですよ。『Q．E．D．証明終了』とか講談社ＢＯＸとかＶ：ｉＶｉとか出してるとこですよ。

しかし、倒れている河北氏をよくよく見ると、本当に死んでいるのが分かりました。仰向けに気をつけをするように倒れている河北氏は、顔面が楕円形《だえんけい》にべっこりと凹《へこ》んでいたのです。

「見事に死んでいますね」

「見事に死んでいます」

「生き返りますか」

「ドラゴンボールがあれば」

「ここ講談社ですよ」*1

「じゃ、無理ですね」

私と片岡氏は頷《うなず》きあいました。

「どういうことですか？」

「……分かりません。河北は奥の自動販売機で飲み物を買ってくると言って席を外したんですが、しばらくすると『ちょ、危ない危ない』『やめてやめて』『うわあああああ』と河北の悲鳴が聞こえてきて……。十分ほど前でしょうか。私はまあいいやと思って待っていたんですが、なかなか戻ってこないので、気になって来てみたらこうなっていました」

一体どこが「まあいい」のでしょうか。この営業部員は人でなしだと思いました。

「……最初に悲鳴が聞こえた時点で見にいかなかったんですか？」

「まあそのあたり、編集部と営業部では認識が違いますから」

変なところで無駄なセクショナリズムを出して首を振る片岡氏に呆《あき》れつつ、とりあえず私は提案しました。「警察を呼んだ方がいいのでは?」

片岡氏は困った顔で首を振りました。「我々、容疑者になっちゃいますが」

言われて思い出しました。もう午後十一時半過ぎなのです。講談社の従業員はみんなすでに帰宅、と見せかけてその何割かは打ち合わせをしたり近所のロイヤルホストで原稿を読んだりメールを返したり、仕事を家に持ち帰って労働時間が把握できない、労働衛生上はいささか問題のあるスタイルで就業中なのですが、それでもとにかく社屋からは出ています。石《いし》ノ森《もり》章《しょう》太《た》郎《ろう》の生原稿とかDVD付き限定版『進撃の巨人』25巻とかいった貴重な財宝を保管している関係もあって講談社ビルのセキュリティは厳しく、この時間に社屋から一度出たら、警備員室を通さない限り入ることはできないはずでした。

とすると、社屋内で死んでいた河北氏を殺したのは社屋内にいた私と片岡氏、あとは警備員室の警備員さんの三人のうちの誰か、ということになってしまいます。

「いや、ちょっと待った」

私は河北氏の凹んだ顔を覗《のぞ》き込《こ》みました。河北氏の顔面はナマコ形というかゾウリムシ

＊1　『DRAGON BALL』（全42巻、完全版全34巻／鳥山明《とりやまあきら》）集英社刊。

形というか、とにかくそういう形の楕円形が二つ並んだ形に凹んでいました。

「……これ、凶器何ですか?」

「キリンです」

片岡氏は庭園の中をゆったりと歩いている二頭のキリンを指さしました。あまり一般には知られていないことですが、以前乙一《おついち》先生が『小生物語』(幻冬舎)に書いていた通り、講談社本社ビルの一階ロビーには庭園があり、夜になるとキリンが放し飼いされるのです。

「なるほど、この凹み方は確かに」私は頷きました。「でも、それなら事故じゃないですか?」「いえ。キリンは大人しい動物です。人間を踏み殺すなんてまさか」片岡氏は首を振りました。「誰かが脅かすか餌《えさ》で釣るかしてけしかけない限り、ンドゥマやトゥンデが人を踏んづけるということはありえません。これは殺人事件です」

中央アフリカ出身のキリンのようです。「けしかけるなんて、そんな簡単にいくんですか?」

「トゥンデの方は食い意地がすごくて、鼻先にニンジンをぶら下げるとめちゃくちゃ興奮するんです。それこそ、河北を踏んづけても気付かないぐらいに」片岡氏はフェニックスの木のむこうを悠々と歩いているキリンを仰ぎ見ました。「簡単に操れます」

困りました。だとすると、やっぱり警察を呼ばなければなりません。私は抵抗しました。「……この庭園の中に、あるいは社屋のどこかに、我々以外の誰かが隠れているのでは」

「それもありえません」片岡氏は照明が落とされてシルエットになっている植物群を見回しながら答えました。「夜十時を過ぎても社屋内に残る場合は、ちゃんと社員証か来客用カードで申請しないといけません。していない人間は不審者と見做《みな》されて消されます」

私は夜十時過ぎ、来客用カードで「夜間在社登録」をするよう言われたことを思い出しました。そういえば手塚治虫《てづかおさむ》の生原稿とか『鬼灯《ほおずき》の冷徹』プレミアムBOXとか貴重な財宝を保管している関係もあって、講談社ビル内には全自動不審者排除システム、何の略だかは忘れましたが通称KILLシステムが備えてあり、午後十時前に「夜間在社登録」をした社員証か来客用カードを携帯していないと自動的に不審者と見做され、高出力レーザーでチュッと蒸発させせられてしまうのでした。

「とすると……」

やっぱり犯人はここにいる誰か、という話になってしまうわけです。

私と片岡氏はほぼ同時に同じことを考えて頷きあい、庭園を出たところにある警備員室を訪ねて事情を話し、夜勤で詰めていた初老の警備員さんに頼んで「夜間在社登録」を調べてもらいました。当然のことながら警備員さんは「警察に届けないと」と言いましたが、片岡氏が「まあまあ。穏便に頼みますよ。これあげますから」とポケットから出した

「うまい棒」を見ると、「まあ、めんたい味なら……」と承諾してくれました。

しかし警備員室の端末で「夜間在社登録」を確認してみると、登録されているのは片岡氏と私、それに殺された河北氏の三人だけでした。つまりそれ以外の人間が庭園に入ったら一秒くらいでチュッとやられるわけです。

「やっぱりか……。我々のうちどちらかが犯人です」片岡氏は言い、警備員さんの座る椅《い》子《す》の背もたれに手をつきました。「……まあ、警備員のあなたも庭園に入れるはずですが」

「いやいや、ちょっと」背もたれを押されて倒れそうになった警備員さんが首を振りました。「私を入れないでくださいよ。警備員は夜間在社登録をしていません。KILLシステムが反応するのはオフィス内と倉庫内、それにそこの庭園だけなんです。だから私は廊下とかこの部屋しか出入りできません」

「見えすいた嘘《うそ》を」

私は警備員さんを椅子から引きずり下ろして庭園に引っぱっていきましたが、庭園のドアを開けた途端に真っ赤な警告灯を光らせたKILLボットが目の前に下りてきたので、慌てて廊下に戻る羽目になりました。

「わっ、わっ、分かったでしょ」警備員さんは泣きそうになりながら言いました。「ワタシ犯人チガウ。犯行ムリ」

なぜか片言になる警備員さんに詫《わ》び、私は腕を組みました。「……一時的にKILLシステムを止めれば」

片岡さんが首を振りました。「無理ですよ。止めると大音量でアナウンスが流れますから」

警備員氏が犯人ではなさそうだという雰囲気になったので、私は急いで言いました。

「私も犯人じゃないですよ。警備員さん、見てましたよね。私、二十分くらい前に来客用カード、預けましたよね。で、さっき受け取って庭園に戻りました」

「……ええ、まあ」警備員さんは頷きました。そして、くるりと片岡氏を見ました。

「……だとすると、あんたが犯人だということに」

「間違いないです。片岡さんが犯人です」営業部のみなさんにはいつもお世話になっているわけですが、私は容赦なく言いました。「私は庭園にいなかったし、他の人間は庭園に入っても数秒で蒸発させられるわけですから」

「一応、KILLボットは識別装置で『動物または十二歳以下の子供』と判断した対象は狙《ねら》わないそうですが」片岡さんが困った顔で私を見ます。「私も無理ですよ。私、あの二頭に超嫌われてるんで。目の前にニンジン垂らしてけしかけるなんて、そんな間合いに近付いたら私が真っ先に蹴《け》り殺されます」

「そんな馬鹿《ばか》な」

「御都合主義過ぎます」

私は暴《あば》れる片岡氏をアルゼンチン・バックブリーカーの要領で担ぎ上げ、庭園に入ってキリンに近付きました。すると二頭が突然興奮してブンモォォォォと鳴き、突進してきました。

「うわ」

私は「ほら、だから言ったでしょほら」と暴れる片岡氏を二頭に向かって放り投げて囮《おとり》にし、庭園から走って脱出しました。庭園の中から長く尾を引いた悲鳴が聞こえてきて、それが止《や》むと静かになりました。見にいってみると片岡氏がうつ伏せに倒れ、背中にナマコ形というかゾウリムシ形というか、とにかくそういう形の楕円形が二つ並んだ形の痕《あと》がついていました。

「片岡さん、死にました?」

「死んでませんっ」片岡氏は頑強にもがば、と起き上がりました。「ほら。だから言ったでしょ。ほら」

「そうですね」私はキリンに踏んづけられても死なない片岡氏の丈夫さに感心しました。やはり営業部員は体が資本なのです。

警備員室に戻ると、警備員さんが感心した様子で腕を組んでいました。「最近の若い人は頑丈だねえ」

「アメフト部だったんですよ大学時代」片岡氏はそれでも痛そうに背中をさすっていまし

た。

「でも、そうなると犯人がいなくなってしまいますね」私は首をかしげざるを得ませんでした。「片岡さんはこのザマでしょ。私は来客用カードを警備員さんに預けてたし、警備員さんはカード持ってないし。……不可能犯罪になっちゃいますよ」

「いや、待った」さっきキリンに踏まれた時に内臓を痛めたらしく、片岡氏が口からゴブゥと血を吐《は》きながら手を挙げました。「警備員さんなら犯行可能じゃないですか。似鳥先生の来客用カード、手元にあったわけでしょ」

「いや、いやいやいや、そりゃないでしょ」警備員さんが慌てて手を振りました。「私は警備員室を一歩も出ていませんよ。そこのＰＣでGreatest Journey2やってたんですから。チャットの記録もあります。見ますかほら」

「どこかで聞いたようなアリバイですね」

「それより仕事中にオンラインゲームやってちゃ駄目でしょ」

私と片岡氏は口々につっこみましたが、しかし警備員さんが見せてくれたゲーム画面では、確かについさっきまでチャットをしていた跡がありました。もちろん何かの細工で時刻表示をいじることは可能かもしれませんが、そもそも河北氏の死亡時、私が警備員室に来客用カードを預けたこと自体が偶然なのですから、その偶然を奇貨としてとっさにそんな細工をする、というのは無理でしょう。

しかし私はまだ食い下がりました。「じゃ、どうです。河北さんをこの部屋に呼びつけて社員証を奪い、一緒に庭園に入れば攻撃されないんじゃ」

しかし今度は片岡氏が首を振りました。「河北は自分の社員証をちゃんと首から提《さ》げた状態で死んでいました。殺すとこまではそれでよくても、河北の死体から庭園の入口まではかなり距離があります。戻る途中でチュンですよ」

「それなら」

私は言いかけましたが、何も思いつかないことに気付いて黙りました。どうやら警備員さんにも犯行は無理なようです。

「……だとすると」私は言いました。「やっぱり、不可能犯罪ということになりますね」

私が腕を組んだところで、突然背後から声が聞こえました。「あのう」

まさかこんな夜中に、しかもろくに足音もたてずに人が入ってきているとは思わなかったので、私たち三人はびっくりしました。

振り返ると、眼鏡《めがね》をかけた女性が困り顔で警備員室を覗き込んでいました。

「はい。何の御用で」警備員さんが廊下に出ていきます。

「夜分にすみません。連れが迷子になってしまったもので。……別紙《べっし》と名乗る怪しい人、ここに来ませんでしたか？」

「いえ、そういうのは」

警備員さんが首を振ると、女性は遠慮がちに言いました。

「それと、もう一つすみません。その事件、別に不可能犯罪じゃないのでは」

「えっ」

「すみません。ちょっと話が聞こえてしまったものですから」女性は眼鏡を直して頭を下げます。「ですが、犯人は分かりますよね？　早く拘束した方がいいのでは」

「えっ。いや……」

「犯人って……」

警備員さんと片岡氏はもごもごと困ったように言いました。

しかし、二人はしっかり、横目で私を見ていました。

私はやばいと判断して警備員室を飛び出し、庭園に飛び込もうとしました。この中なら警備員さんは追ってこられないし、キリンの近くに逃げれば片岡氏も撒《ま》けると思ったのです。

ですが庭園のドアに手をかけたと思った瞬間、私の体はぐん、と後ろに引っぱられ、さらに次の瞬間には両足が宙に浮いていました。

「せっ、と……」

眼鏡の女性は私を軽々と投げ、とん、と床に倒すと、そのまま私の手首を背中に回して拘束しました。「逃げちゃ駄目ですよ」

「別に逃げたわけじゃ」私は抵抗しようとしましたが、すごい力で手首が拘束されていてまったく動けませんでした。「なんで私が犯人なんですか。カードは預けたって言ったでしょ」

「あ、そうか」片岡氏がぽんと手を打ちました。

「やっぱりそうなんですね」警備員さんも頷きました。

女性は後ろから私に囁《ささや》きました。「似鳥先生。あなた十二歳以下ですよね。話によると、十二歳以下の子供はKILLボット？　ですか？　に攻撃されないのでは？」

私はうなだれるしかありませんでした。私こと似鳥傾《にたとりけい》が十歳でデビューして当時は「神童」と騒がれ、まだ十二歳の小学生であることは、片岡氏が当然知っていることだからです。

「似鳥先生。あなたは自分の来客用カードを警備員室に預けて、警備員さんがGreatest Journey2に夢中になっている隙《すき》に警備員室の前を抜けて庭園に戻り、キリンをけしかけて河北さんを殺し、何食わぬ顔で警備員室を訪ねてカードを回収して現場に戻った。……違いませんよね？」

私はうなだれたまま、ああおしまいだ、と思いました。

「まあ、小説家が担当編集者を殺す動機なんていくらでも考えられますから、そこは警察の方に話してもらうとして」眼鏡の女性は私を全く子供扱いせず言いました。「一一〇番してもらいますから、それまでに自首するか、あくまで言い訳するか、決めておいてください ね」

自首するしかないな、と思いました。私が著者であり、かつ、まだ十二歳の子供であることを考慮して、片岡氏も警備員さんも、なるべく疑わないで済むように他の可能性を考えてくれていたようですが、もはやどう言い訳しても容疑を免《まぬが》れるのは無理なようでした。私が十二歳らしからぬ悪知恵とパワーを持っていることは二人もすでに知っています。

私は言いました。「……すみません。自首させてください。私が河北さんを殺しました」

※

という話を書いて送った後、講談社の庭園で担当河北氏に会ったら、氏は明らかに困惑した顔をしていました。

「……さすがに、これはないんじゃ、と思いますけど」

私は内心の自信のなさをごまかすため、わざと明るい顔で言いました。

「面白くないですか？　一回やってみたかったんですよ『あとがき』っていうタイトルの

話」

「……読者に対して不親切になりませんか?」

「いいえ。ちゃんとヒントは出してますよ。そもそも私の名前、違うじゃないですか。『似鳥』にちゃんと『にたとり』ってルビ、振りましたよね」私は翼をばささせつつ言いました。「あとがきなら事実を書かないといけませんが、『あとがき』というタイトルの短編小説なら嘘っぱちを書いてもいいわけです。『著者』も私でなくていいわけです。だから『著者』の『似鳥』が十二歳の子供だった、ということにしてもフェアもフェア。発見!角川文庫夏の文庫フェアです」

「よその宣伝はしないでいいです。あと、そこはかとなく鮎川哲也《あゆかわてつや》のパクリ臭がするんですけど、どうします?」

「パクリではありません。オマージュです」

「堂々とした態度で使い古されたギャグを言わないでください」[*2]

「なら変奏です。換骨奪胎です」

「元ネタはもっとフェアでしたよ。読者が勝手に騙《だま》されていく感じの」

「こっちだってフェアです。そもそも明らかに事実と違うことを書いてるわけだし」私は尻《しり》からタマゴをプリュッと産みつつ言いました。「これがあとがきなんかじゃなくて小説《フィクション》だ、ということぐらい読者の皆様にもすぐ分かりますって。私、いつもあとがきには事実しか書いてないんですから」

「どの口がそんなことを。今だって『タマゴをプリュッと産みつつ』とか大嘘書いてるじゃないですか」

「比喩《ひゆ》ですよ比喩。何の比喩かは知りませんけど何かの比喩です」テーブルの下を見ると、今産んだタマゴは落ちた衝撃で割れ、中から雛《ひな》がピヨピヨ鳴きつつ出てきていました。「それにこの話が最後にならないと、序文の『読者への挑戦状』で出したヒントに誰も騙されてくれないじゃないですか。私が困るんですよそれじゃ」

「あなたの都合じゃないですか。あとその雛どうするんですか」

「ああ、どうしましょう」私は雛をつまみ上げ、主翼羽の伸びが遅いのを見つけて河北氏に投げました。「オスでした。食べていいですよ[*3]」

*2　「パクリ」「パロディ」「オマージュ」の三者は区別が曖昧《あいまい》だが、「元ネタを知るとつまらなくなる」ならパクリ、「元ネタを知らないとつまらない」がパロディ、「元ネタを知ると別の面白さになる」がオマージュ、という分け方はどうだろうか。これは「作者が元ネタを知られたくなさそうならパクリ」「作者が元ネタを知っててほしそうならパロディ」「作者が元ネタを知られても構わなそうならオマージュ」という言い方もできる。

「鬼っ」河北氏は雛を受け取ってなでなでしました。

「『読者への挑戦状』では『ヒント』と称して**太字**で書きました。

最終話などはノーヒントで問題なく解けるでしょうが、**その前の話では「それまでの話すべてを読み返してみる」**とトリックに気付きやすくなるでしょう。**さらにその前の話では「最初のシーンがなぜ書かれたのか」、その前の話では「たくさんいる登場人物をどこかにメモして並べておく」**ことが、**その前の話では「なぜ登場人物の名前がそれなのか」、その前の話では「なぜその形式で語るのか」**が重要になります。書きすぎた上に太字にまでしてしまったのはやりすぎかもしれないと気付いたので**ここまでにいたします**

ふふふ。しかし、です。この『あとがき』は『あとがき』というタイトルの本文です。つまり『読者への挑戦状』で書いている**最終話**というのは、この話のことです。この話、ノーヒントで解けますもんね。**その前の話**というのは『ニッポンを背負うこけし』のことです。この話においては**「それまでの話すべてを読み返して」**みれば、別紙さんが同一人物だとすると不自然なことが分かるでしょう。次の**さらにその前の話**というのは『貧乏荘の怪事件』のことですから、書いた通り、**「たくさんいる登場人物をどこかにメモして並べて」**みると一発で分かりますね。で、**その前の話**こと『なんとなく買った本の結末』では、**最初のシーン**、つまり中村羽海と別紙が勤務先のバーでだべっているシーンって不要なはずですよね。それが**なぜ書かれたのか**を考えればトリックに気付きやすくなる。そして**その前の話**つまり『閉じられた三人と二人』では**「なぜ登場人物の名前がそれなのか」**、つまり欧米系なのかを考えれば、そして**その前の話**こと『背中合わせの恋人』では**なぜその形式で語るのか**、つまりなぜ堀木《ほりき》輝《ひかる》と平松《ひらまつ》詩織《しおり》の二つの視点なのかを考えれば、おおよそトリックに見当がつきます。『読者への挑戦状』では**ここまでにいたします**、ということで第一話『ちゃんと流す神様』については触れていないわけですが、わはははははは。どうですか。本の最初で各話のヒントをこんなに露骨に書いてくれている本格ミステリなど他にありませんよ。なんて親切」

「それは『意地悪』と言うのでは」

「それに『ニッポンを背負うこけし』については別のヒントもでかでかと出してますよね？」

一人だけ、すべての話に同じ人が登場している

＊3　初生びな鑑別法の一つだが、実際には熟練が必要であり、こんなに簡単にはいかない。

って。すべての話に同じ三ツ木羽海、旧姓中村羽海が登場していることは明らかですから、これもハッキリしたヒントでしょ」

「どちらかというとレッドへリングな気もしますが」

河北氏は冷静でした。しかしここで引き下がると原稿が没になるので、私は尻からポコポコタマゴを産み落としながら力説しました。「意地悪万歳《ばんざい》です。ミステリ作家なんて人を騙して喜んでいるわけですから、どうせみんな意地悪のひねくれ者ですよ。それでいいんです。河北さんもミステリの編集者なら善人ぶらない！　おっとまたオス、あれ、こっちもオスだ。あげます。唐揚げにどうぞ」

「人でなしですね」

「まあ人じゃないんで」

私はそう言ってコケコケと笑い、河北氏を強引に説き伏せてこの企画を押し通したのでした。

というわけで、お付き合いいただきましてまことにありがとうございました。またこういうふざけた企画でお会いできれば嬉《うれ》しいです。それでは。

著作リスト

似鳥　鶏

『理由《わけ》あって冬に出る』（創元推理文庫２００７年10月）
『さよならの次にくる〈卒業式編〉』（創元推理文庫２００９年６月）
『さよならの次にくる〈新学期編〉』（創元推理文庫２００９年８月）
『まもなく電車が出現します』（創元推理文庫２０１１年５月）
『いわゆる天使の文化祭』（創元推理文庫２０１１年12月）
『午後からはワニ日和』（文春文庫２０１２年３月）
『戦力外捜査官　姫デカ・海月千波』（河出書房新社２０１２年９月／河出文庫２０１３年10月）
『昨日まで不思議の校舎』（創元推理文庫２０１３年４月）
『ダチョウは軽車両に該当します』（文春文庫２０１３年６月）
『神様の値段　戦力外捜査官』（河出書房新社２０１３年11月／河出文庫２０１５年３月）
『迫りくる自分』（光文社２０１４年２月／光文社文庫２０１６年２月）
『迷いアルパカ拾いました』（文春文庫２０１４年７月）
『ゼロの日に叫ぶ　戦力外捜査官』（河出書房新社２０１４年10月／河出文庫２０１７年９月）
『青藍病治療マニュアル』
（ＫＡＤＯＫＡＷＡ２０１５年２月／改題『きみのために青く光る』角川文庫２０１７年７月）
『世界が終わる街　戦力外捜査官』（河出書房新社２０１５年10月／河出文庫２０１７年10月）

『シャーロック・ホームズの不均衡』（講談社タイガ2015年11月）
『レジまでの推理　本屋さんの名探偵』（光文社2016年1月／光文社文庫2018年4月）
『家庭用事件』（創元推理文庫2016年4月）
『一〇一教室』（河出書房新社2016年10月）
『シャーロック・ホームズの十字架』（講談社タイガ2016年11月）
『彼女の色に届くまで』（KADOKAWA2017年3月／角川文庫2020年2月）
『モモンガの件はおまかせを』（文春文庫2017年5月）
『100億人のヨリコさん』（光文社2017年8月／光文社文庫2019年6月）
『破壊者の翼　戦力外捜査官』（河出書房新社2017年11月）
『名探偵誕生』（実業之日本社2018年6月）
『叙述トリック短編集』（講談社2018年9月／講談社文庫2021年4月）
『そこにいるのに』（河出書房新社2018年11月）
『育休刑事』（幻冬舎2019年5月）
『目を見て話せない』（KADOKAWA2019年10月）
『七丁目まで空が象色』（文春文庫2020年1月）
『難事件カフェ』
（幻冬舎文庫『パティシエの秘密推理　お召し上がりは容疑者から』2013年9月／改題『難事件カフェ』光文社文庫2020年4月）
『難事件カフェ　焙煎推理2』（光文社文庫2020年5月）
『生まれつきの花　警視庁花人犯罪対策班』（河出書房新社2020年9月）
『卒業したら教室で』（創元推理文庫2021年3月）

本書は二〇一八年九月に小社より単行本として刊行されたものです。

この物語はフィクションであり、
実在するいかなる場所、団体、人物等とも一切関係ありません。

〈著者紹介〉
似鳥 鶏（にたどり・けい）
1981年千葉県生まれ。2006年『理由《わけ》あって冬に出る』で第16回鮎川哲也賞に佳作入選しデビュー。魅力的なキャラクターやユーモラスな文体で、軽妙な青春小説を上梓する一方、精緻《せいち》な本格ミステリや、重厚な物語など、幅広い作風を持つ。

叙述《じょじゅつ》トリック短編集《たんぺんしゅう》

2021年4月15日　第1刷発行　　定価はカバーに表示してあります
2024年1月24日　第9刷発行

著者……………………似鳥《にたどり》 鶏《けい》

発行者……………………森田浩章
発行所……………………株式会社 講談社
〒112-8001 東京都文京区音羽2-12-21
編集03-5395-3510
販売03-5395-5817
業務03-5395-3615

KODANSHA

本文データ制作…………講談社デジタル製作
印刷………………………株式会社ＫＰＳプロダクツ
製本………………………株式会社ＫＰＳプロダクツ
カバー印刷………………株式会社新藤慶昌堂
装丁フォーマット………ムシカゴグラフィクス
本文フォーマット………next door design

ISBN978-4-06-523087-9　N.D.C.913　334p　15cm